觀劇之魔女

有馬二——著
Demahmw——繪

目　次

ショーン

出生日期：不詳

出生地：不詳

性別：女

血型：不詳

陣營：中立邪惡

倉科明日奈

くらしな　あすな

出生日期：A.D. 2000/05/13（万通元年五月十三日）

出生地：東京都

性別：女

血型：ＡＢ＋

陣營：中立善良

かがみ

出生日期：不詳

出生地：鶴岡市

性別：女

血型：不適用

陣營：守序中立

佐佐木杏珠

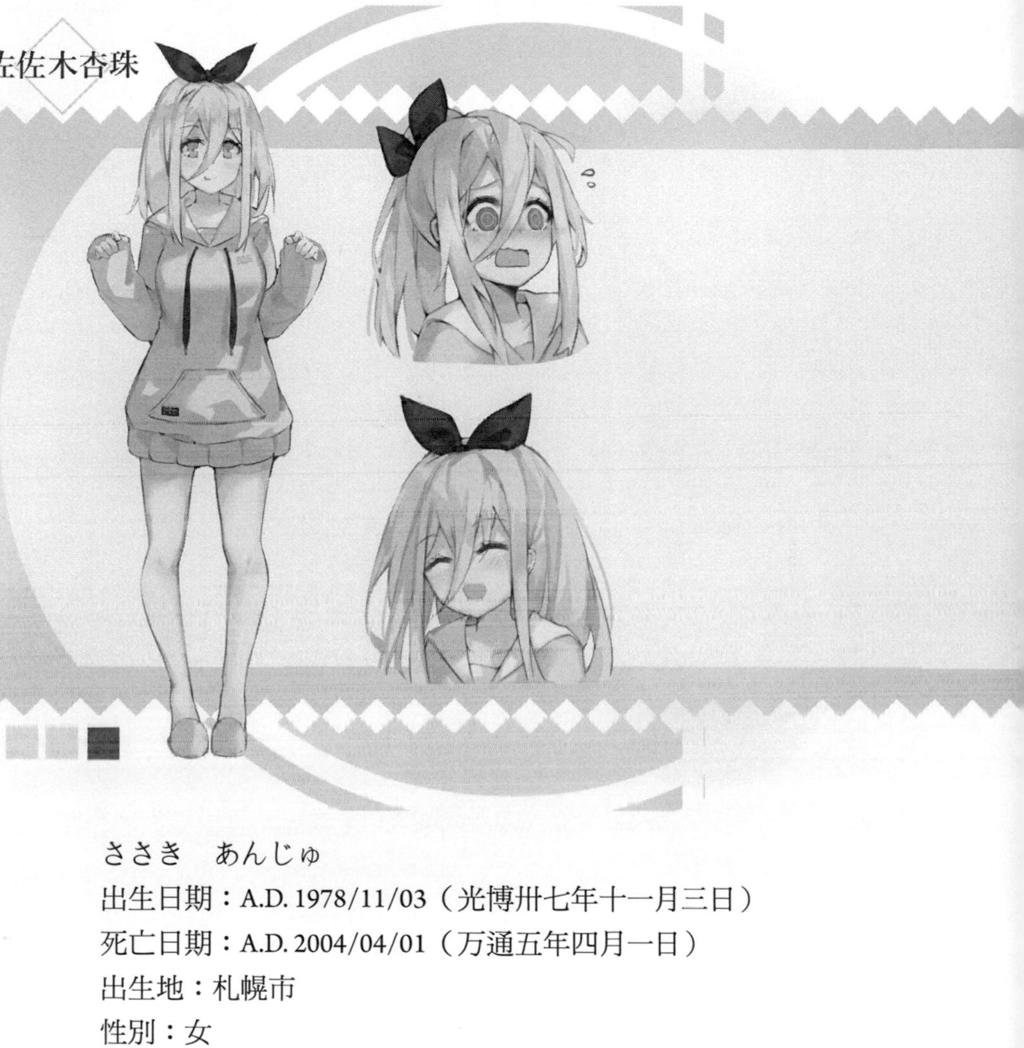

ささき　あんじゅ

出生日期：A.D. 1978/11/03（光博卅七年十一月三日）

死亡日期：A.D. 2004/04/01（万通五年四月一日）

出生地：札幌市

性別：女

血型：O＋

陣營：守序中立

楔子

A.D. 1999/12/31

法國預言家諾查丹瑪斯，晚年撰寫的《諸世紀》，收錄近千首預言詩歌。其中最為人熟知，驚心怵目的，恐怕是這一首：

一九九九年第七個月份
恐怖大王將從天而降
他將把蒙古穆拉的偉大君主帶回人間
此前和此後戰火肆虐連綿

回想二十世紀末最後十年，這段預言詩歌曾經於世界各地喧嚣一時，讓人們普遍染上世紀末恐懼症。最終公元一九九九年最後一天，世界仍然如常運轉，甚麼事都沒有發生，和平邁進公元二千年。後人回想時，不免笑稱席捲全球的金融風暴還更加可怕。

無人知曉當天黃昏，一位孤獨的登山者，孤獨地涉足富士山西北側山麓。冷寂暗沉的山嶺趟開大門，灰色悲愴的墨跡映入眼廉。參天古木無垠密集堆疊，腳下殘葉滿地鋪成墊，晚風於遠方奏起噼里啪啦的刺耳樂曲。直上陡坡，觀察隱蔽處，總見萬古不語的聽眾，或立或臥或坐或臥，飄逸出異樣的氣味。

「不愧是青木原樹海，果真是名副其實的自殺勝地。」

外表清癯文靜，眼珠炯炯有神，富有藝術氣質的中年男子，於這片人跡罕至的森幽中讚歎大自然的瑰麗。球鞋橐橐地響著，訇然足音踏破地面上泥葉斷枝。不經不覺日將西沉，所有美景終將融入黑暗。自太陽下山後，周遭氣溫如同過山車般急遽下降，縱衣物再厚重，尚不足以驅散層層透入骨髓的寒氣。

起行前幻想旅途上會否遇見幽靈、鬼魂或妖怪，結果甚麼都見不到，難免有點失望。不過此行本非靈探，也就不便強求。

某位作家曾經說過，特殊一點的人一定會研究出怎樣死的嶄新的妙計來。作為大半生活得普通得不能再普通的普通人，至少希望死亡時挑選稱心如意的場所及死法。長久思考後，決定親自登上青木原樹海，尋找最美麗的風景自縊。

從腰包中掏出電筒往前射去，照亮前面的路。突然眼睛捕捉某處目標，雙腿加快衝前，靠近一株蒼鬱挺拔的高樹。樹根牢牢抓住前方斜坡，蹣跚滑下去，意外找到安穩的立足點。月缺星稀的夜幕下，遠眺遠處繁華文明的點點燈火。今年最後一天，想必家家戶戶皆團團圓圓圍坐桌前，聽紅白歌會吃蕎麥麵和年糕，準備翌天早上到神社初詣。

孤伶清冷間，霎時福至心靈，認定這處就是自己尋求的歸所。急急卸去背囊，親手挖開腳下濕漉漉的泥土。從背囊內取出一疊沉甸甸的原稿紙，完整地以塑膠袋密封妥當，小心翼翼埋下。

某位作家曾經說過，寫一輩子小說，到死的時候如果發現沒有一部能夠墊棺作枕的書，好像棺材都躺不穩。男子無奈苦笑，自己正是那位「棺材都躺不穩」的人。縱使已屆不惑之齡，卻未曾出版過半部著作，哪兒有墊棺作枕之書可用？惟有將傾注最後一口氣完成的原稿，權當墊腳石發揮僅餘的作用。

用腳掌踩踏泥地後，攀回斜坡上，於樹椏上繫好繩結。只要輕輕蹬足往前面斜坡盪出去，便能夠離開人世。

徐夕晚上一百零八下鐘聲響過，日本正式迎來新任女天皇登基，並改元万通。由衷祈禱新時代到來，祝願世界更加美好，隨即將脖子套進繩圈內，輕輕往前一躍。

人生在世不稱意，砸頭撞牆死去算。那怕知道自縊時頸項會受巨大的力量扼住，窒息致死的過程苦不堪言，他都願意接受。頑強的意志力阻止身體本能掙扎求生，安然送自己抵達終點。

死在聞名世界的「自殺勝地」，不會帶給任何人麻煩，而且可以獨佔如此美景，不正是奢侈過頭的好歸宿嗎？閉上眼睛忍受酷烈的劇痛，坦然接受死亡。翩翩沉浸在曼妙的幸福中，思考、情感與記憶有點恍惚，如夢幻泡影般虛無，一切都與外界剝離。

如無意外，張仲恆成為日本万通元年首位死者。

第一話　關於我轉生變成女孩子這檔事

A.D. 2000/05/13 - 05/14

意識持續模糊，朦朧渡過不知幾許，恍惚間恢復觸覺時，渾身說不出的難受。四肢極力揮舞掙扎，張開口吃力深呼吸。強行撐開肺腑，錐心裂骨的疼痛襲來，頓時不由自主大哭。與此同時微妙的光線穿刺進眼簾，只能辨識到一堆黑影輪廓晃來晃去，吵吵鬧鬧的聲音鑽進耳道內。

這處就是天國嗎？抑或是地獄呢？無論是光線及聲音，都讓人有點畏懼。腦袋如同注滿鉛水，仍舊昏昏沉沉。好像想起某些事，但眨眼間就忘記了。思考變得緩慢，反應非常遲鈍。旋告眼皮沉重，自然而然閉上雙眼，很快就呼嚕入眠。

過去好一段時間，意識徐徐浮上，大腦開始暢順運作。記得自己走去青木原樹海自殺，怎麼又活過來呢？難道有人好心做壞事，出手救人嗎？內心鬱悶間，第一時間確認目前狀況。脖子只可以微微扭動，勉強看得見身邊環境，四面圍有高高的白色欄柵，似乎臥在柔軟而舒適的床上。下意識想撐起身軀，無奈手足乏力，那怕動一根指頭都辦不到。張開嘴巴，咬不準音節之餘，亦只能無力地呼出「咿咿呀呀」鈴鐺般的聲音。

難不成繩子勒太緊，導致喉嚨受損嗎？唉，連自殺都辦不到，究竟有多無能啊？果然人生就只有無窮的坎坷苦難！

自怨自艾時，聽得身邊有一男一女說話。未來得及細聽對話內容，那名男人走過來抱起自己。視線與平常不同，從下而上仰觀巨人，微妙地有點怪異。靜心傾聽下，確定二人說的是日本語。憑以前稍微粗淺學習過的程度，勉強聽得懂三、四成，隨即使人震驚得瞠目結舌。

「Youko（ようこ），我們這位寶貝該叫甚麼名字？」

「Asuna（あすな）。這個名字很可愛。」

「Asuna……Kurashina（くらしな） Asuna（あすな）……好啊！好名字！」

「Yuuji（ゆうじ），不開心嗎？」

「怎麼可能不開心呢！這是我們可愛的女兒啊！」

陌生的男人抱著自己狂歡跳躍，強大的離心力下，好像快要把人拋飛出去，嚇得心臟都停下來。任憑如何叫喊，連呼救都辦不到，反倒是嘩啦嘩啦的哭出來。

「哎呀，Asuna又哭了，會不會是肚子餓？」

「難道Asuna不喜歡爸爸嗎？不想爸爸抱嗎？」

「抱過來讓我瞧瞧。」

眼前換成陌生的女人，突然解除前胸束縛，將自己的頭推去她的乳房前。凸起的乳頭塞入嘴巴內，轉折過於神奇，霎時不知怎生應付。

「沒有吸奶水，似乎不是肚子餓。」

「難道女兒不喜歡爸爸嗎？」

二人左右同時呵護，聽他們的對話，越想越不對勁。腦袋尚在思考時，一名穿著護士服的女人走進來，聲言幫嬰兒洗澡。

且慢！嬰兒？怎麼會抱自己過去？莫非……難不成……

腦袋一片混亂間，對方已經準備好溫水，從速脫去裹住身體的毛巾，把自己脖子以下浸在盆內，再以另一條小毛巾輕輕拭擦。當毛巾抹過下體時，頓覺兩條大腿間的位置似乎缺少某些東西。

簡單浸洗完後，護士抱起自己，以消毒過的暖毛巾將下體好好抹乾淨。那怕看不見，雙手碰不著，亦決不會搞錯。幾可肯定陪伴四十年的好弟弟不翼而飛。加之一連串遭遇，逐漸理解現狀，細思極恐：「難道現在的我是嬰兒？而且投胎重生成女孩子？莫非是傳說中的投胎轉生嗎？怎麼可能有如此荒謬的事啊？」

過去屢次聽聞佛家輪迴轉世的故事，像是幾歲的兒童，從小時候起便記得前世原本姓甚名誰，還能夠找前世的家人相認，甚至指證殺死自己的兇手之類。雖然屬於非科學的範疇，卻亦有學者認真研究，發表過好幾篇權威的學術論文。更別說市面上過氣廉價奇幻小說不斷「發揚光大」，把轉生橋段用完又用，寫到不堪入目。反倒自己從未想過會親身經歷，內心五味雜陳。渴求脫離人世苦難而自殺，豈料死後既去不成天堂，也到不達地獄，反而同時被兩邊列入黑名單，像皮球般踢回陽間，又得重頭做人。

身為四十歲的處男，平生連女生的小手都未拖過，這輩子陰差陽錯顛倒性別成為女嬰，簡直是——

太棒啦！太美妙啦！感謝神明與魔鬼啊！

轉生成女孩子，不就能夠光明正大出入女洗手間嗎？堂堂正正在更衣室飽覽無邊的春光嗎？隨便親近女孩子，任意牽起她們又白又滑又嫩的柔荑嗎？就算對女孩子做出再過分的事，都是合情合理合法，並不會標籤為痴漢，無疑前途一片光明璀璨啊……

咳咳咳，妄想都要有個限度！就算能夠親近女孩子，但自己同樣是女孩子，看得見吃不到。更別說長大成亭亭玉立的美少女，反過來被男人騎在上面，懷孕後為對方生孩子，談何興奮呢？

雖說一本正經地以四十歲處男的道德觀及價值觀自我批判，無奈前世人生徹頭徹尾壓倒性失敗。回首往昔惟有悲慘的回憶，毫無值得炫耀或自滿的事。最後拋棄自尊自信，落得上山自縊的下場，不由自主長吁一口氣。反過來說，前世做男人時那麼失敗，根本找不到半點可以執著回首的過去。既來之則安之，索性以此為契機，今世徹頭徹尾與「張仲恆」完美切割，豈不妙哉？

想想古代的哪吒，削骨還父削肉還母，自己更進一步改名換姓更易性別。就算進行ＤＮＡ鑑定，都查驗不出「她」就是「張仲恆」。從頭再來一遍，全新的人生，會不會活得比前世更精彩呢？腦中胡思亂想一番，強烈的倦意再度襲來。迷糊間瞌上眼睛前，隱約看見房內除去男女及護士外還有「第四個人」。遺憾眼皮越來越沉重，精神撐不住，未來得及細看對方是何方神聖，便告沉沉睡去。

對比前世廿四小時不斷工作，導致身心透支嚴重，健康惡化成重疾，如今嬰兒的生活無疑美好得無以復加：吃飽就睡，睡醒就吃。這樣的日子真夠愜意舒適，甚至奢望能夠永遠持續下去。

不行！這樣和前世時有何分別呢？她才不想再次經歷一事無成的人生啊！

身為重生者，深知人生如白隙過隙。別看現在還是小嬰兒，時光匆匆穿梭，一眨眼就會長大成人。有前車之鑑，這輩子決不能重蹈覆轍，絕對要活得精彩。然而該如何活得精彩，身為人生的失敗者，霎時想不到努力的方向啊。
「哎呀！好痛啊！」
「Youko，甚麼事？」
「Asuna吮得很大力唷。」
「我的乖寶貝，慢慢吸好不好？要不要爸爸示範給女兒看看，正確吸奶奶的方法？」疑似是父親的男人，他的頭也埋進疑似母親的女人另一邊乳房，張口作勢搶著吸另外半邊，女人笑著推開他的頭道：「別鬧了，給我走開。」
只要肚子餓，大聲哭鬧幾聲，就可以喝母親的奶水。兩座小小的山峰，治得了初生嬰兒的胃，治不了靈魂深處的欲望。難得轉生成女孩子，當然希望長得漂亮身材姣好。然而想起自己繼承眼前女人的貧乳基因，恐怕未來的成長空間相當有限。
「話說Asuna的右瞳，顏色好像和左邊不一樣。」
「醫生診斷過，說這是虹膜異色症。」
「虹膜異色症？會不會有害？」
「放心吧，醫生說沒事。不過為安全起見，之後仍然會安排檢查。」
看見父親輕撫自己臉頰時，內心嘀咕瞳孔究竟如何「與別不同」。前世聽聞虹膜異色症，指人的兩邊瞳孔呈現兩種不同顏色。以目前的情況考慮，多半是先天遺傳引致。只要不影響視力，那末便沒有問題。
每當吃飽喝足後回到育嬰床上，除去運動腦袋以外，啥事也做不到。百無聊賴時，不免靜心思考。特地飛來日本，登上青木原樹海自盡，肯定澈底死透，為何會帶著前世的記憶轉生呢？據說不少投胎轉生者，均會隨著成長同時慢慢忘記前世的事。會不會過幾年之後，自己亦會遺忘前世的記憶呢？泯泯然成為普通的女孩子，那樣子還算是自己嗎？

（哼哼哼，看樣子順利轉生了。）

一道陌生的聲音不經雙耳過濾，直接闖入大腦內迴盪，彷彿有人鑽到腦袋內說話，那怕無法理解的陌生語言，亦自然而然地明白意思。登時提高警惕，眼珠子四處打轉。

（誰在我腦內傳話？）

喉嚨沒法好好發聲，難耐地「啊啊嗯嗯」的呼出來，根本不成言語。

（是人家唷。）

明明沒有說出口，內心驀然思考，對方都能夠讀取並回應。瞳孔骨碌碌地轉了幾下，總算發現房間內存在「第四個人」。一位穿著白色和服，留著一頭長長白銀頭髮，貌似七、八歲的女孩子，像置身無重力空間的太空人般橫浮在空中，貼在天花板那邊自由而輕盈地飄盪著身軀，從高處往下與之對視。她不斷向女嬰揮舞手臂，長長的振袖上下蓬勃地抖動，殊為逗趣詼諧。

（哈囉，看得見人家嗎？）

（鬼？）

（人家不是鬼唷。）

（幽靈？）

（也不是幽靈！）

（半透明身體，飄浮在空中，不是鬼的話又是甚麼？）
（那個，因為人家的肉身留在另一處地方，現在只是以靈魂出竅的狀態活動。勉強要說的話，是精神體之類吧。）
（精神體？這樣子算是靈魂吧……所以呢？現在是扮成鬼來嚇小孩子嗎？）
前世常常幻想過，自己有否機會與靈異、超自然及不可思議事件接觸，展開不可思議的奇遇。如此微小的妄想，即使臨終前踏上青木原樹海，仍然無緣得見。萬萬沒料及踏破鐵鞋無覓處，轉生後就有緣碰見，霎時彌補前世的遺憾。然而對方像搞笑藝人般，不斷展現誇張搞笑的表情，完全不會讓人感到一絲一毫的恐懼。
（都說人家不是鬼唷！也不是在扮鬼！）
雪白和服女童緩緩飄降，盈盈眸子脈脈投來，嬌憨地主張道。即使如此顯眼，身邊的父母卻渾然未覺。
（且慢，為何我心中所想的話，妳都會知道？還能夠往我大腦內傳話？）
（哼哼，厲害吧？只要心裏面想著想要說出來的話，人家就能夠讀取到啦。）
莫非是「念話」或「心靈感應」？驟然獲得奇異的超能力，不免驚愕起來。對方無比興奮，整個人靠近，幾乎要貼上臉來。
（終於找到妳唷，《少女心事》的真正作者。）
（……呃？）
對方的話中彷彿帶著利刃，一下子扎進心臟。女嬰全身抽搐，無形的手一把攥住心臟，胸口非常難受。一瞬間惱火吞噬情緒，臉龐閃過一絲痛苦與憤怒的神情。

對方口中提及的《少女心事》，顯然是指中國作家紀春筠的處女作、成名作兼代表作。這部愛情小說從最初報章上連載時已經一鳴驚人，發布出版後更一紙風行，作者於文壇嶄露頭角。廣受各方好評下，先後改編為電視劇及電影。

（對不起，我不是紀春筠，妳找錯人了。）

怎麼死後轉生，仍然聽到那部小說，以及那個女人的姓名？對方兀自不理眼前蘊含怒意的視線，像小狗趴在女嬰身上，一個勁兒嗅來嗅去。

（誒誒誒？人家決不可能搞錯！妳身上散發的味道，與《少女心事》完全一樣啊！）

旁人角度而言，這樣的姿勢未免有點滑稽。可惜身為被嗅的對象，倒是完全笑不出來。最恨是雙臂嬌嫩無力，無法舉手推開她。

（才剛出生，就算有味道也是奶水味。）

（不不不，人家才不像人類那麼膚淺。並非指外在氣味，而是深入靈魂，每個人最真實，獨一無二的味道。）

儘管對方說著很帥的話，不過徒令聽者更加反感。

（靈魂深處的話，應該是人到中年一敗塗地的大叔的味道吧？）

肖恩退後，吃吃地笑起來。

（哎呀，原以為寫出《少女心事》那般美妙絕倫的小說，作者肯定是懷春可愛的女孩子，沒想到本尊竟然是毫不起眼的中年大叔，這是詐騙對吧？若然讓外面萬千書迷知道，絕對會暴怒撕書呢。）

（中年大叔得罪妳嗎？中年大叔就不能寫少女愛情小說嗎？）

憤怒蒙蔽理智，女嬰懶得偽裝。如此緊張地維護反駁，無疑此地無銀三百兩，間接證明自己就是《少女心事》的作者。

（當然可以啊，只要是好作品，人家定必從頭至尾仔細咀嚼，連最精華的地方都一併吸收，決不殘留半分呢。）

對方並無沿此點痛打下去，反而痴態盡露，使勁舔動舌頭，向女嬰露出獵食者的目光。

（別一邊舔著嘴巴流口水，一邊描述這些事，太嘔心了。）

（怎麼啦？人家明明在誇讚妳的大作耶，為何不高興呢？）

（我的大作？那兒有寫我的名字？影集化電影化舞台劇化以至翻譯成八國語言出版，出席講座簽名會，完全沒有我的份兒，這樣子能算作我的大作？）

說好拋卻前世投入新生，豈料轉瞬間便扯回去面對過去的因緣。這丫頭是故意來刺激自己嗎？需知當今世上，若然問及《少女心事》的作者究竟是誰，眾所周知必然一致回答「紀春筠」。

——張仲恆？誰？不知道，不認識，不重要。

（嗅得出比海還要深沉的恩怨，中間必有一番隱情，不介意的話能告訴人家嗎？）

思緒紛紛擾擾，沉淪於痛苦的回憶中。那孩子伏在自己面前，反倒露出燦爛自信的笑容。赤紅如寶石的雙眸看透內心，彷彿把隱藏於底蘊中的一切都揭發出來。

（吶吶吶，難得讓妳帶著前世記憶死而復生，不告訴人家更多關於妳的事嗎？肯定相當有趣，讓人家消煩解悶呢。）

對方無心的玩笑，如一盆冷水沖下頭。有趣？前世的人生哪兒有趣啊！莫名其妙地轉生，還遇上瘋癲的幽靈，難不成二者有關係嗎？

（且慢，難道我會帶著前世記憶轉生，是妳做的好事嗎？）

聽到眼前人終於有反應，清脆利落的掌聲傳來。肖恩半瞇雙眼，白皙的臉上滿是異樣的激情。

（太厲害了！不需說明，這麼快就注意到，不愧是人家看上的對象呢！）

（不，多多少少注意到是妳自己話語間透露出來吧？）

投胎轉生這些過於隨機及意外性的事件，很難想像會發生在平凡的自己身上。那麼突然從身邊冒出來的不明靈體，一直吵嚷前世的破事，十有八九就是幕後黑手。

（可惡！妳到底是甚麼人？究竟對我做過甚麼事？為何安排我轉生？）

（人家乃「觀劇」之魔女肖恩（ショーン），請多多指教。）

觀劇？魔女？肖恩？每一隻字都聽得懂，可是連在一起就無法理解。

（說來真是夠嗆呢，找到妳時慢了半步，竟然脖子一歪斷氣身亡。萬不得已，臨急臨忙抓住快要飄走的靈魂，強制締結契約轉化成眷屬，這樣才能保留前世記憶下安排轉生。）

（眷屬？）

（沒錯，反正保留前世記憶，轉生後自然繼承知識及技能，無需浪費時間重零開始學習鍛鍊。如何？很便利吧？）

（為何要做那樣的事？）

無視怒濤的質詢，肖恩噗哧大笑，自信十足地放話。

（《少女心事》是何等優秀的名作！光是捧起來那一瞬間，陣陣的芬芳直轟大腦，頃刻間傳遍全身，感受到無與倫比的衝擊，震撼靈魂深處。那怕現在回想，仍然回味無窮，心靈也浸潤在溫暖滿足中。若然讓妳就此離去，無疑是絕大的損失喲！不過只要保留這份才華轉生，那末就能夠繼續創作啦！）

（居然為了這點無聊的小事，就肆意玩弄他人的靈魂？）

（才不是小事，是大事啊。關乎人家未來的幸福唷！因為人家還想要閱讀更多，品嘗更甘美的名作。撒呀，順利繼承前世記憶，應該能夠創作出比《少女心事》更豐腴美味的新作吧！）

兇手就是她！打擾自己長眠，硬要扯回人世的惡魔！眸子映照著對方那對赤紅的眸子，內心隱約醞釀起某種躁動。明明氣得想殺死對方，內心卻相當鎮靜，冷冷拒絕對方的請求。

（對不起，我不再寫小說了。）

（……嗄？甚麼？）

（前世自殺之前，我暗自發誓，以後不會再寫小說。）

第二話　我不想做作家了，肖恩！

A.D. 2000/08/28

「現在副刊版面沒有空間啊！暫時繼續替毛艮、鄭宇仁和寒玉清寫稿吧。之後有替補時，一定優先考慮你。」

「先別提這件事啦，你知道申龍那老賊開坑不填坑，留下十萬字的原稿後就聯絡不上，快快過來幫忙救火！每日供一千字的稿，你應該沒問題吧？」

「只要好好幫忙敝出版社寫稿，將來必會協助閣下出書啦。首先必須完成慕容燕的新作《緣來如此》，這處是她遞來的故事大綱，麻煩你本周內完成首八萬字的稿件，趕及下月出版第一集……」

無論是誰，都只視「張仲恆」為便利的快槍手，呼之即來揮之即去。偏生自己人微言輕，太醉心於寫作的夢想，又急需討錢維生，從無考慮否決。需知代筆的人一大堆，多一個不多，少一個不少。一旦拒絕接受工作，對方大可以找另一個人頂替，自己亦勢必列入黑名單，一輩子都不可能再向出版社叩門出書。為實現夢想，決定咬緊牙關，每天在正職以外，蹲在又髒又臭的馬桶上，一筆一劃一格填滿原稿紙，完成別人的大作後發送去報館，掛上他人的名字刊登發布。

十分耕耘，卻無半分收穫。十數年下來寫成無數作品，每一篇都是標上其他作家的大名刊行。

默默為他人作嫁衣裳，到頭來只是一個任人宰割的工具人。讀者的讚美及榮耀、作品出版發行改編的豐厚版稅，全部都歸在那些名作家身上，「張仲恆」豈會心甘情願。

右手往虛空處抓去，卻抓了個空。那支筆遺落在夢中，從未曾在現實手中掌握過。猶如書局及圖書館的書架上，連一部自己的作品都沒有。

「怎麼啦……竟然會夢見這麼討厭的往事。」

轉生成為女嬰已屆三個月，每天只能在嬰兒床上翻來覆去。除吃奶與睡覺外，就是思考人生的意義，生活就是如此樸實無華。說不定因為閒得發悶，悶得發慌，才會閃過前世記憶化作噩夢。驚懼中醒過來，背上冷汗黏住衣服，內心陷入痛苦和迷茫。為求轉移精神，忘記不愉快的思緒，決定抓緊時間積極收集外界的情報，瞭解轉生後的環境。比方說偷聽父母的對話，還有偷看電視機的節目。既可以知曉家事國事天下事，順便訓練日本語聽力。

首先現在仍然是公元二千年，日本新任女天皇業已登基，改元万通。其次自己名叫倉科（くらしな）明日奈（あすな），距離前世自殺不足半年，於五月十三日出生。

父親倉科雄司（ゆうじ），任職於全球知名的JUICE百貨總部門市部，於自己出生前正好擢升至係長；母親曜子（ようこ），現為主婦，日常留在家中照顧女兒。一家三口租住於東京都足立區內某棟廉價公寓的五樓零五室，只有八帖[1]的1DK[2]公寓內。由於曜子持家有道，用心收拾得井井有條，所以住得舒適。

---

1 一帖約等於一點六二平方

2 DK=Dining Kitchen，廚房與臥室有相隔，並且有客廳的公寓。1DK是一個獨立房間，2DK為兩個獨立房間，如此類推。

看似尋常普通的家庭，卻混進一位擁有前世記憶的女嬰。倉科明日奈心想自己的精神年齡四十歲，比今世父母還要年老，心態上難免無所適從。加之有一隻不請自來的靈體，毫無廉恥的擠在一屋簷下，兼且每天都在身邊做出各種滋擾，更是苦不堪言。

（寫小說！寫小說！寫小說！寫小說！寫小說！寫小說！寫小說！寫小說！）

（妳好煩啊！鬧夠了沒有？）

（人家就是為看明日奈的大作才出手相救，若然不點頭答允，就堅持繼續抗爭。）

肖恩似乎有無窮的活力，一天廿四小時賴在嬰兒床邊聒噪不休，不斷折磨著倉科明日奈的精神，導致她想好好睡覺都辦不到。

（妳是熊孩子嗎？耍賴也得有個限度！我現在連筆都握不住，怎麼寫啊？）

（不會寫，可以口述啊。像是落語[3]之類，都是用一張嘴說故事唷。）

（沒興趣，沒心情，提不起勁。）

（人家好歹是救命恩人，難道連這一點點恩義都不念嗎？）

（救命恩人？我可是一心尋死，從沒有打算求救。）

自己胡亂救人，之後還開天殺價索求回禮，完全是強盜邏輯。

（豈有此理，沒想到《少女心事》的作者竟然是卑鄙無禮忘恩負義的雜碎，太讓人家失望

3 日本傳統曲藝，表演形式類似單口相聲。通常是一位落語家身穿和服，並跪坐於座墊上，用手帕或扇子分飾多角進行表演。

啦！）

（別老是搬《少女心事》出來勒索！我才不會吃這一套！）

擅自在死後捕獲自己的靈魂，未經事前同意即單方面締結契約，這是哪兒來的極惡傳銷員？似乎雙方精神魂魄綁在一塊，結果像兩邊都能夠透過意識傳話。看似很美好的「超能力」，現階段亦只能夠讓二人日以繼夜爭執不止。倉科明日奈趕不走這冤鬼，肖恩無法改變倉科明日奈的決定。誰也不服誰，兩邊都不願讓步，陷入尷尬的拉鋸戰。

倉科曜子只道女兒突然哭喊，連忙放下手上的工作，溫柔抱入懷內呵護一番。

（哪有小說家不寫小說啊？）

（我不是小說家，只是寫小說的人。）

肖恩之所以盯上自己，契機源於《少女心事》日本語版發售。這部視為華文圈近代最具影響力的作品，於上世紀九十年代末，日本出版社取得日本語版翻譯權及發行權。初版上市旋即搶購一空，震撼國內文壇，惹來無數熱議，蔚為一時社會現象。

且說肖恩無意間在書局中初睹《少女心事》日本語譯本，一瞬間就好似滿身融入陳年佳釀浸泡的大湖，口啖外酥內軟的糕點，唇齒間爆開無可比疑的震撼。

凡人閱書，只會膚淺地注意文章修辭運句等皮毛；肖恩閱書，卻是用鼻子使勁地嗅，深入作品的核心吸啜本源。《少女心事》帶來的體驗最是畢生難忘，彷彿成為魔女的千載，只為品嘗這部小說而存活，繼而上癮無法自拔。

「這位作者太厲害了！假如能夠將她納為眷屬，豈不是近水樓台，每天隨意敞開肚皮讀她的小說，無限享受絕頂升天的快感嗎？」

迷得㜷㜷的肖恩精神陷入瘋狂，正好打聽到《少女心事》作者紀春筠赴日出席簽名會，登時慕名飄去與真人會晤，同時向對方提出訂立契約的請求。

（肖恩不是靈魂狀態嗎？普通人怎麼能夠看見妳？）

肖恩總不可能一天到晚都在催促倉科明日奈寫小說，有一回鬧得無聊，不經意間問及對方是怎麼盯上自己。好奇尋問後，她居然大方憶述前事。敘至此處，明日奈順勢將內心百思不得其解的疑問拋出來。

（哼哼哼，明日奈有所不知。若是創作力旺盛，與人家合緣之作者，就能窺見身姿。過去以此為條件尋找眷屬，從未試過失誤。就是這次……）

能寫出《少女心事》如此鉅著的作者，肯定是水準甚高的一流作家，絕對能夠看見自己。肖恩堅信此點，興高采烈飛至會場。遺憾她遇上的，卻是一個偽物。

「我們誠摯邀請，《少女心事》的作者，紀春筠女士登臺。」

在狂熱讀者雷動掌聲下現身的中年女子，縱是皮囊保養得再好，亦難掩渾身腐臭敗爛的氣味，庸俗膚淺得難以置信。更何況她散發出來的氣味，與《少女心事》截然不同。肖恩眉頭一皺，憑她活上數百年，閱破萬本小說的經驗，即時判斷紀春筠絕對不可能是《少女心事》的作者。

若然不是她，那麼又是誰呢？強烈的好奇心驅使下，肖恩憑澎湃的活力，筆直朝中國那邊飛去。於龍江出版社內部明查暗訪，花費無數功夫，終於打聽到《少女心事》的真正作者，是一位住在南京，名叫「張仲恆」的男人。

對普通人而言，這個真相無疑顛覆既有的認知，甚至視為毫無根據的謠言拒絕相信；然而肖恩只需到張仲恆家中走一趟，嗅一嗅氣味，就肯定自己沒有搞錯。

倉科明日奈從不曾想過有天會從別人口中，聽到前世那段痛苦不堪的經歷。寫作《少女心事》的日子，可謂最不堪回首的過去。更別提背叛自己的紀春筠，恨不得親手宰了那個賤女人。只恨自己只是社會底層的失敗者，無力與大財團大人物大出版社作對，只能選擇放棄一切自絕生命，用死亡向乖舛的命運控訴。偏生死後被肖恩強拉回來，還整天搬這件事出來說嘴，無疑不斷拂其逆鱗，心情頓時盪到一個低到不能再低的谷底。

照肖恩的敘述，她摸上張仲恆的住處時，自己早就收拾好所有生前物品，飛去日本自殺。千辛萬苦走到這一步，豈能讓獵物自眼前逃走呢？匆忙從中國飛回日本，沿氣味追至青木原樹海內。最終依然晚了半步，目睹張仲恆懸吊在樹幹上，正巧斷氣身亡。

「荒謬！沒可能！這樣死掉了，人家豈不是沒法再讀到那麼美好的作品嗎？」

肖恩衝動間埋沒理智，趁張仲恆魂魄未散，先一步蒐集回來，強行訂立契約化作眷屬。如是者雙方的靈魂聯繫在一起，再隨便塞進某位孕婦的胎兒內，好使靈魂繼承記憶轉生成嬰兒。這樣子初出娘胎後就擁有與前世同樣水準的文學造詣及寫作技巧，必然輕鬆創作出同等甚至更棒的佳作。

計畫看似美好，不過完全無視本人意願。萬萬料不到倉科明日奈個性一板一眼，前世傷害過深，導致今世認真又無情地拒絕再寫小說。辛辛苦苦撒下的種子不發芽，豈非一切都是做白工嗎？

過去訂立契約的眷屬，一旦他們江郎才盡，寫不出讓肖恩感興趣的作品，萌生煩厭無聊之情，便中斷契約說再見。偏生倉科明日奈與之前有別，二人乃是於靈魂狀態下締結契約，結果發生連肖恩都始料未及的狀況。待明日奈出生後，她便發現自己無法離開對方兩米範圍以外，只能在身邊打轉。那怕想解除契約，另找新的眷屬，亦未能如願。身為精神體的肖恩，無法干涉現實物理，連殺死眷屬都辦不到。如同遭受無形的禁錮，除去出動一張嘴吵吵鬧鬧，就毫無轉圜之法。

（嗚嗚嗚嗚嗚……怎麼會這樣……難道要等明日奈百年歸老，變回靈魂狀態後才可以廢除契約恢復自由嗎？太殘忍了！）

（這是自業自得吧。）

（對了，明日奈不是一心求死嗎？可否現在跳下床自殺呢？）

（吃屎啦！）

（嗚嗚嗚嗚嗚……這不是人家認識的紀春筠老師……）

（都說我不是紀春筠！別再將我和那個賤女人的名字扯上關係！）

未能趕走這傢伙，又無法向人求助。無端端被怨靈附身，貌似還得緊貼一輩子，倉科明日奈心想自己才是切切實實的受害者。由於靈魂與對方綁在一塊，再從母胎內轉生為嬰兒，作為眷屬的印記亦不在身體表面，而是烙印於靈魂之窗上。右瞳呈現出與肖恩瞳孔相同的朱丹色，故此才被醫生誤判為虹膜異色症。

人類是容易習慣現狀的生物，三個月過去後漸漸麻木。肖恩厭倦一成不變的日常，發現繼續吵鬧亦徒勞費聲，不得不接受現實。多虧她對現狀低頭妥協，總算讓倉科明日奈耳根清靜，安心享受睡眠。

且說這天倉科曜子抱著女兒到飯廳，坐在沙發上打開電視看節目，同時解開胸罩讓女兒喝奶。

打從需要餵哺母乳後，她一律只穿前扣式內衣，輕鬆且快速解放胸前。小小的胸脯奶水非常充足，才剛脫去內衣的扣子，一下子釋放壓力，奶水從乳頭噴射出來。明日奈給噴了一臉，正好感覺肚子空空，自然不想浪費，迅速張嘴吸住乳頭，暢快喝下肚。

胸不在小，有奶則靈。

前世沒有女朋友，除母親外沒接觸過其他女人的身體，轉世後竟然可以光明正大吸女人的奶子，某方面真是幸福啊。對於內心是四十歲的大叔而言，肉體轉生成女嬰，每天埋首於女人胸脯前喝奶，完全沒有感到任何害羞。一切都是為了生存，而且現在是女孩子，所以一點問題都沒有。倉科明日奈十分珍惜，故意慢慢吸，好使這份幸福能夠延長多一點。

倉科曜子微笑地端視可愛的女兒，抽出紙巾輕輕拭去濺在稚嫩臉蛋上的奶汁：「明日奈，不用吸那麼緊喲。」

此時電視機正在播放財經節目，節目內主持訪問專家，分析日本股市的表現。說話空泛，感覺相當無聊。倉科曜子雖無特別認真傾聽，卻不免皺起眉頭。

縱然無相關的財經知識，但身為掌握家中開支大權的主婦，擁有最全面的社區情報網絡，得以對社會現況有貼身且獨特的認知，保持最敏銳的觸覺。當打聽到樓下的石田先生失業、樓上的丸山小姐因為企業取消內定而無業、廣橋太太抱怨丈夫上納的家用減少等等，便切身體會到國內經濟步入凜冽的寒冬。

大約於公元一九九六年左右，美國一間舉世知名的基金投資公司揭發做假帳，跨國龐大的企業旦夕間宣布破產，引發多米諾骨牌效應。該基金公司發行的債券轉瞬化為廢紙，好幾間與之有關聯的銀行現金流緊張，更傳言陷入周轉不靈的狀況。消息傳出去，大量市民擠往銀行提款，華爾街頓時陷入大恐慌，短短幾天股市蒸發三兆美元。當時大量企業倒閉，失業率上升，嚴重打擊美國經濟。餘波更自西往東掃過去，歐洲及亞洲各國經濟陸續崩塌，環球股市屢次下挫，油價大跌，無數投資者損失慘重，甚至破產離場。

最初人們晃如世界末日，以「金融風暴」形容這場災難，祈禱經濟很快復甦，可惜第二波第三波的浪潮持續不休。部分國家更因為經濟危機導致政局動蕩，經濟破產，為千禧年的來臨蒙上一片陰霾。

前世自殺前，日本尚是少數未受金融風暴影響的國家。如同世外桃源般的人間樂土，舉國上下在紙醉金迷的太平盛世中習以為常甚至傲慢自大，認為小小島國可以自全球危機下獨善其身。原以為踏入公元二千年，迎立新天皇登基後，國家會有一番新氣象。豈料毫無徵兆下，好幾間工廠、公司及銀行突然倒閉，宣示金融風暴終於攻陷這片位處極東的孤島。適逢新一屆畢業生投入勞動市場，碰上經濟不景氣，失業人數一下子飆升，國民難免怨聲載道，對政府諸多不滿，整個社會逐漸被戾氣包圍。

倉科雄司這位一家之主，慶幸入社時間早，依賴終身僱傭制和年功序工資制度，不致捲至失業浪潮中。在這片大蕭條下成為最後生還者，猶可為妻女掙得飽飯吃，總算是不幸中的大幸。至於一介嬰兒面對影響全球的巨大力量，就算擔心亦於事無補。相比國家社稷，個人切身苦惱者，反而是奶水的味道不夠甜、母親抱的姿勢不舒服，還有肖恩很礙眼等等問題。

「……各大上市公司的股價持續受壓，尤其是西茲株式會社的股價走勢持續低迷，三木銀行亦跟隨美國聯儲局減息，觸發外界對經濟持續衰退感到不安。專家分析，短期內股市難以從低位回升……」

倉科曜子對財經分析無特別興趣，只是期待接下來播放的午間劇場。中午十二時至一時，電視台會播放專門面向家庭主婦的電視劇集。劇情主要是以女性尤其是家庭主婦為重心發展，也就是俗稱的肥皂劇。之前明日奈在母親懷內觀看過數集，身為一位心智年齡四十歲的大叔而言，對內容一點兒也不感興趣。反倒是肖恩浮在旁邊，全神貫注盯著電視機螢幕，臉上充滿期待雀躍的心情。當問她是否對午間劇場有興趣，肖恩立馬否定。

（那些根本是豬吃的餿水，只是現在百般無聊，才勉為其難看看。）

肖恩既冠有「觀劇」之名，自然對觀賞作品有一套獨特的審美標準。作為觀眾的她，舉凡面對小說、戲劇或電影等等，均處處挑剔，簡直是麻煩人物。比方說現在晚上播放的大河劇，居然批評至不值一文，說味同嚼蠟拒不受落。更別說製作更粗劣的午間劇場，送到面前都不會吃。要不是她無法離開倉科明日奈過遠，早就跑出去自尋樂趣。

（都是明日奈不願寫小說，人家只好飢不擇食，過上如此貧乏可憐的生活。長期營養不良，恐怕很快就會死啦。）

（精神體需要進食嗎？）

（當然需要啦！優秀的作品，乃是最佳的精神食糧。倘若讀不到有趣的故事，就好像身處沒有光明的絕境，渾身不舒服不自在。反之假如作品超級有趣，就算吃癟也心甘情願。唉呀，假如可以再讀到像《少女心事》那麼出色的作品就好啦。）

（恭維話就免了，妳只是想我再作馮婦吧。）
（明日奈是天才嗎？會讀心術嗎？求求快點寫小說，否則人家要餓死喔。）
（那麼請安心去死吧。）
（好殘忍！明日奈的血是甚麼顏色？）
自己的小說哪兒好啊？竟然得蒙魔女青睞，捧得像是稀世的山珍海錯。前世就是耳朵太軟，才一直被別人欺騙，寫別人的作品。倉科明日奈才不會相信肖恩的甜言蜜語，敢情是無法廢除契約另找其他作家，才不得不低聲下氣討自己歡心。
肖恩越是讚歎，倉科明日奈心中越加難受。若然真的像她描述般那麼棒，前世早就名成利就，當上一流的小說家，靠版稅爽爽過好日子，用實績狠狠打母親的臉，焉會潦倒到上山自縊呢。
與此同時財經節目結束，即將播放午間劇。倉科曜子見女兒未睡覺，就繼續抱著她看電視。
（這啥鬼啊。）
（最近獲得鄰近主婦一致讚好，幽默輕鬆又惹笑的午間推理劇場。）
（推妳個頭啦！這垃圾不是叫推理，而是侮辱推理！）
開幕不到十分鐘，倉科明日奈就大叫糟糕透頂，難以忍受。
劇集名稱為《警部太太又跑了》，主角是警視廳某警部的內子。劇集以單元劇方式製作，開場旁白簡單交代主角日常與丈夫爭執鬧矛盾而離家出走。這次下榻在某鄉下的溫泉旅館，警部趕來勸妻子回家時，正巧旅館發生殺人事件，於是當場宣示身分並接手調查。
（這樣的劇情太爛了，哪部分吸引啊？）

（對比明日奈永垂千古的偉大創作，當然是小巫見大巫。）

拐個彎兒又在拍馬屁，倉科明日奈瞪肖恩一眼。自己的作品連出版面世的機會都沒有，更無法拍成電視劇，真不知道哪邊才是「小巫」呢。

（明日奈意見真多呢，具體有何不滿意喲？）

（糟點太多啦！比方說男主人公警部，最初登場時強調自己隸屬警視廳，本身就錯得一塌糊塗。）

（誒？為甚麼？）

（警視廳職權只限負責東京都一帶，如果在東京都以外，應該交由警察廳那邊負責。）

肖恩彷彿發現新大陸般瞠目結舌，突然冒起某些疑問，整塊臉堆過來發問。

（奇怪，為何明日奈如此清楚？）

（以前寫小說時做過不少資料搜集，所以對日本行政及治安機關有一點認識。）

（不愧是明日奈喲，連這些事都瞭若指掌，知識面太廣啦。）

（寫作總得會基本的資料搜集吧？根本不是甚麼了不起的事。）

「不用慌！犯人一定還在這間旅館內！」

推理劇內有角色被不明身分的犯人殺害，固然最容易引發劇情張力，挑起觀眾的緊張感。可是一而再再而三地濫用，面對屢見不鮮的凶殺案，只會予人麻木，落入俗套。倉科明日奈過去亦曾寫作推理小說，總是不明白為何十有八九的推理作品，都喜歡寫凶殺案。難不成作家都是殺人狂，不殺人就不舒服嗎？

閒話打住，先回正題。且說旅館內某位男客人失蹤，劇情發動眾人即時於館內四處尋人。未幾男服務員在男湯處找到涼透的屍體，警部第一時間表露身分，公然介入調查。按常理警視廳的警部未曾知會當地警方，強行插手殺人命案，已經是越權的行為。不過由於是午間主婦劇場，所以觀眾不會在意這些細節。

「我聰明又賢慧的老婆，之後怎麼辦？」

警部在旅館所有人面前拋下狠話，轉頭回房間跪下來，在老婆面前化為舔狗，抱著大腿叫救命。如此誇張至極的轉折，讓倉科曜子「嘻」的笑出聲來。

「當然是逐個人做筆錄啦！還要我教你嗎？」

看似英明神武的警部，其實是廢物，連基本的調查都不會，要背後的妻子暗中點撥。接下來就是非常傳統的劇情展開，警部向溫泉旅館全員逐個問話，檢查屍體及案發現場；至於警部太太則一副自然而然地靠近其他人，若無其事閒話家常，不著痕跡地打探更多不起眼的線索。

「哎呀，那位客人也是首次到訪敝旅館，我們真的不認識他。唉，早知他每事投訴那麼麻煩，真的不想招呼他呢。」

「那位客人嘴很叼，吃得很講究，一時說壽司掐不好，一時說配菜太淡，最可惡是批評我的鹽燒喜知次炮製手法外行。入廚快五十年，從沒有被食客這樣羞辱過。」

「我們的澡堂是每夜十二時後對調男女湯，死者既然死在男湯，肯定是十二時後才遇害。呃？竟然懷疑我是犯人？冤枉啊！雖然因為搬運行李箱時與死者確實有過紛爭，但不至於殺人吧？」

「警察先生，那位死者真的很討人厭呢，一直用色瞇瞇的眼光望過來，還故意伸手拍我的屁股。我記得很清楚，昨天晚上清潔完澡堂後，路過他的房間，居然聽到房內傳來電視機成人頻道的聲音。大半夜還故意將音量調那麼高，陣陣女性嬌吟淫穢聲流出來，多麼尷尬啊！真不知廉恥！好噁心。」

恆例讓旅館所有人都露臉並問話後，警部太太煞有介事向丈夫道：「我已經知道犯人是誰了！」

不過她卻沒有當眾說出來，而是悄悄在耳邊說話，登時教警部恍然大悟：「原來如此，竟然是這樣，太可惡了！」

好誇張的表情，好老土的對白，不能換另一句嗎？接下來的劇情更加令倉科明日奈吐血三升：知悉真相的警部，吩咐旅館內所有人於翌天早上集合，屆時會戳破犯人的身分。

「犯人就在這兒……那個人就是你！」

推理劇中，扮演偵探的角色指出犯人，往往是劇情最高潮所在。只見帥氣而性感的警部正指向電視機前的觀眾，營造出緊張的氣氛，霎時插入廣告。

【犯人究竟是誰呢？廣告回來後即將揭曉！】

當電視機螢幕打出這句話後，倉科明日奈終於忍不住，大肆抨擊起來。

（哪有白痴會在殺人後耐著性子聽警察解釋自己的犯案過程，然後乖乖接受拘捕？聽到警部預告明早揭穿真相，應該及早遠走高飛啊！）

發生案件後偵探方總會在現場調查，必然發現某些「線索」，隨後叫所有人過來面前，再指出「犯人就在你們當中」……對倉科明日奈而言，這類傳統的公式套路十年如一日，簡直是侮辱觀眾智商，亦小瞧罪犯智慧。既然知道犯人是誰，為何要事先張揚，更特別召集所有人後才公開呢？犯人知道偵探方揪出自己，為何仍然不及早逃走？

廣告播放時，突然電視機螢幕黑掉，空調的馬達聲亦戛然而止。倉科曜子疑惑起立，察看全家所有家電，毫無例外無法啟動。推門外出，碰見鄰室的廣橋太太，大家同樣不清楚發生甚麼事。擾攘一會後，有人奔走通知，似乎是整個社區都停電，至於原因尚未清楚。

（啊啊啊啊啊！那樣子人家豈不是無法知道犯人是誰嗎？）

（肖恩不是說那是垃圾不屑進食嗎？有需要那麼在意嗎？）

（沒……沒辦法唷！畢竟除去看電視劇，就沒有其他娛樂嘛。現在好比閱讀四格漫畫，卻遺失最後一格，懸念在腦海中揮之不去，怎麼可能不在意！）

人非草木，誰孰無情。看見眼前的小女孩哭鬧成這副樣子，倉科明日奈焉能不心生一絲憐憫。念自己轉生成女嬰，整天臥在床上吃和睡，同樣苦悶無聊。尚幸叫喊幾聲，父母會跑過來回應。反之肖恩縱聲高叫，亦只有自己理睬應答她。易地而處，確實挺孤獨寂寞。

（其實犯人不難猜嘛……）

倉科明日奈一時心軟間隨便答話，肖恩瞬間興奮，整塊面湊近過來。

（吶吶吶，明日奈知道犯人是誰嗎？）

（嗚呀！好嚇人啊！給我退開點！）

（明日奈知道就快點說唷！人家很好奇，想知道答案唷！）

論毅力與恆心，肖恩絕對有力坐亞望冠。一旦打定主意，不達目的不罷休。從出生起便領教過她那出類拔萃的纏功，登時有點後悔。旋即心想反正不是催促自己寫小說，倒也不能大發善心，滿足一下她的請求。反正前世屢次替他人代筆，寫過無數推理小說，為此而研究不少詭計謎題。目下只需要順著編劇的思路，套用那些經驗法則，不難疏理出答案。

（好啦，等我整理一下，待會兒再告訴妳。）

由於未知何時恢復供電，倉科曜子索性讓女兒睡在嬰兒車，推至樓下公園休憩納涼，順便與其他主婦聊天，談談社區內各種八卦事。倉科明日奈閉目假寐間，腦中組織既知的線索，然後向旁邊滿臉期待的肖恩說明。

（作為午間主婦劇場，受節目長度及觀眾所限，屬於一時一地一屍體的案件。犯案的手法以及嫌疑犯都比較淺白簡單，甚至答案呼之欲出。警部夫婦身為固定主角，絕不可能是犯人。那末剩下登場的四名旅館職員，只要細心分析他們的證詞及行動，不難發現某位角色有決定性的矛盾。）

（誒，明日奈別說那麼多廢話，直接說兇手是誰吧。）

難得倉科明日奈對她客氣，可是肖恩極為敷衍，只想直接知道答案，無耐性聽推理過程。

（兇手就是女服務員。）

（誒誒誒？等等，也跳太多吧？為何會是她啊？）

直接說明兇手後，肖恩又無法跟上思維，倒過來窮問理由。倉科明日奈心想這傢伙有夠任性橫蠻，內心長嘆一聲，索性從頭至尾完完整整說一遍。

（簡單覆述一下劇集內容：死者於休假期間往那間溫泉旅館住宿兩日一夜，翌天早上未有如期現身享用早飯，房間也不見人影。女將擔心是否發生意外，所以叫兩位服務員找人。最後男服務員在男湯處找到涼透的屍體，經過警部初步驗屍，發現死者是後腦被鈍器砸穿，至於兇器則未能尋獲。現場亦沒有留下任何血跡及足印，懷疑被兇手清潔乾淨。）

倉科明日奈懶得記憶免洗角色的姓名，一律用角色身分職稱取代。

（第一發現者是男服務員，表示昨天只為死者提過行李，帶到下榻房間。途中因為不小心碰撞行李箱，被死者高聲責備。之後再無接觸，至今早搜查旅館時，才於男湯內發現他的屍體；年老的女將說死者於昨夜六時廿七分抵達旅館，八時出席用飯，由她親自招待。對方曾提及翌朝亦準時用早飯，然而久候不見。原本以為是有事外出，但行李都在房內，亦不見他的身影。擔心是否遇上意外，才叫下屬尋人，沒料及在男湯內發現他的屍體；女服務員表示深夜路過死者房間時，聽到入面傳出電視機的聲響。事後警方亦證實，死者在昨晚曾投幣觀看成人頻道節目；至於廚子則表示一直在廚房工作，從未與死者接觸過。）

肖恩聽得一頭霧水，昏昏欲睡。單純平鋪直敘，像老學究般認真分析，冗長的敘述很難讓人理解。為求通俗易懂，倉科明日奈決定換另一種方法，將劇情整理妥當，編出一個明確的時間表：

第一天：

14:00 警部太太入住溫泉旅館。

18:27 死者抵達溫泉旅館，獲女將招待，安排客房下榻。由男服務員領路時，途中不慎碰撞對方的行李箱而遭到喝罵。自進入客房後，便一直未有出來。

20:00 依死者要求，於八時到小廂房用餐，其間女將及女服務員輪流招呼。死者趁機性騷擾女服務員，礙於生意只能啞忍。而死者亦不斷批評廚子的料理技術，差點激怒當事人。

22:00 廚子心中有氣，提早結束工作，回自己的房間睡覺。

23:00 女服務員關閉男女浴湯進行清潔，然後將男湯及女湯的門簾對調，至一小時後即深夜十二時重新開放。

24:00 女服務員路過死者房間時，聽到傳出電視機的淫穢聲響。

第二天：

08:10 警部趕來找太太。

09:30 早餐時段快將結束，女將都不見死者現身，房間內的電話亦無人接聽。女服務員叩房門，無人回應，以鑰匙打開房門後亦不見人。

11:00 女將擔心死者是否發生意外，提議在旅館內搜索。男服務員很快就在男湯內發現死者屍體，面伏向地上，後腦被鈍器砸穿，但現場乾淨清潔，無明顯的血污或足印。警部即時表明身分，展開調查。

依時間先後次序，排列妥當後，總算令肖恩都聽得懂。不過聽得懂，不等同理解明白。

（為何女服務員是兇手？）

本來倉科明日奈想交代一下這類推理劇本如何玩陷阱題，誤導觀眾。比方說「死者是男性」，「死在男湯內」，刻意在畫面上強調死者健壯有力，個性暴怒，能單臂拿起很重行李箱的雄偉身姿。故意安排男服務員及廚子先後與死者發生爭執，意圖使觀眾先入為主，得出「犯人必然是比死者更孔武有力的男性」，「因為一時矛盾而殺人」等等。不過聽者無心在意，也就不多廢話，直奔主題。

（這類劇集謎題不會太困難，最好直觀可解，否則家庭主婦根本看不懂。再說越是可疑的角色，則一定不會是兇手。只要撥除所有迷霧，很容易就發現女服務員的證詞相當可疑。）

（哪兒有可疑啊？）

（深夜路過死者房間時，聽到房內傳出電視機的聲響，不覺得這段證詞很有問題嗎？）

（有甚麼問題呢？警部不是檢查過死者房間內的電視機，確實有投入硬幣的紀錄嗎？）

（男住客入住，投幣觀看成人節目，乍看之下合情合理，實質漏洞處處。這是一般情景論，沒有規定男性一定要看成人節目，而且也不一定是死者投幣。）

比方說自己前世就從來沒有看過成人影片，不過說出來太傷心，還是別拿出來舉例。

（再者所謂成人節目啦，不外乎就是男女運動啪啪啪的謎片啦。如果死者想在深宵看這些節目，一般都會將音量調小，以免被他人聽到，惹起尷尬。怎麼可能反而將電視機音量扭高，連走廊外面都聽得到，豈不是明擺讓所有人都知道自己在看謎片嗎？他不覺得羞恥嗎？）

（旅館的人提過死者態度差劣，會對女服務員性騷擾。連警部太太都見過他在走廊隨便扔垃圾，毫無公德心。也許他故意在深夜將電視機音量調高，製造嘈音，讓其他人耳朵受罪，亦不無可能。）

（姑且退一步，女服務員在房間外聽到淫聲浪語，何以肯定是電視機成人頻道節目的聲音呢？）

肖恩的質疑，亦在倉科明日奈的預算之內。隨便一句反問，就教她腦袋轉不過來。

（單憑聽到男女交合的淫穢聲，就斷定房中人在觀看成人頻道影片，委實過於武斷。難道不會聯想死者偷偷帶女人上床嗎？也可能是聽收音機，又或是在手機看影片播錄音。何以武斷是電視機成人頻道傳出來呢？女服務員這番證詞過於主觀，暗示死者於十二時後仍然生存，之後才進入男湯遇害。假定有人捏造假證詞，那末反過來代表死者早於十二時前就已經不在房間內。）

（這想法會不會太跳躍？）

（當然不是，一切都合情合理。假定死者死亡時間推前早於十二時，男女湯未交換，死者真正死亡的位置就變成女湯而非男湯。）

（且慢，為何死者進入女湯？）

（這點我便不知道。）

（嗄？）

是，就說是；不是，就說不是。倉科明日奈不知道就是不知道，並不會說出毫無根據的說話。

（如果從劇理推論，恐怕是好色吧。劇中也有交代，死者曾性騷擾女服務員嗎？男人會闖入女湯，可以有一百種甚至一千種不軌企圖。要麼死者主動進入女湯騷擾女服務員，要麼女服務員勾引死者進入女湯，無論是哪一項，總之女服務員的嫌疑最大。假定她是犯人，也許是用當時手邊的清潔工具之類行凶。之後順帶清洗現場及處理凶器，故此不見血跡及足印。劇中有意強調女服務員有鑰匙，可以隨時進入死者房間。姑且想像她為掩飾罪行，於殺人後到死者房間內投幣開電視，偽造死者於十二時尚未死亡的假象。由於是自己投幣啟動電視，才會在證詞內露出馬腳。）

（那麼女服務員是如何殺死比她更高大威武的死者呢？）

（這方面就不知道了。）

明明前面交代詳細，到這部分卻快速略過。肖恩不禁喝倒采，倉科明日奈抗議，畢竟自己不是編劇，只能憑已知的情報進行分析。

（反正下一集又會是新的案件，究竟女服務員下場如何？法官會如何審理？判決多重？都無人關心。若果現實發生類似的案件，法醫只要解剖屍體，就知道死者不可能在十二時後看電視。）

（為甚麼？）

（死後消化系統停止運作，透過女將、廚子及女服務員的證詞，確定死者於昨天晚上八時吃晚飯。解剖時通過調查腸胃內食物殘渣消化狀況，推算死亡時間，女服務員的謊言不攻自破。）

這些沉悶又無聊的科學鑑證，毫無演出的價值，自然不可能於面向主婦的午間劇場內冒出。更別說劇中警部各種破壞現場毀滅罪證的輕率行動，就算倉科明日奈不熟悉日本的警察工作，都百分百肯定那是非常不專業的表現。反正只要讓主婦們臉紅心跳的警部多點特寫帥氣鏡頭，以及英明老練的警部太太傾情合作演出，在現場隨便趴趴走，製造一些老夫老妻的相聲戲碼，投觀眾所好，自然能夠獲取高收視率。

（明日奈知道挺多嘛，不愧是作家呢。）

聽到「作家」二字，倉科明日奈的臉色頓時沉下來。

（我再重申一次，我不是作家。硬要說的話，就只是寫小說的人。）

肖恩無法對這番故作輕描淡寫的說話置諸腦後，興之所至，頓時好奇追問。

（寫小說的人，不就是作家嗎？有何分別唷？）

（當然有分別……反正我已經發誓不再寫小說，所以都沒關係了。）

（才不是沒關係唷！明日奈不寫小說，人家會很困擾！擁有那麼厲害的才能，居然主動放棄，簡直太浪費啦！既然說別人寫得難看，狗屁不通，那麼妳來寫吧！）

肖恩直接對嗆，倉科明日奈氣得不行。

（寫寫寫寫，前世寫那麼多還不夠嗎？單純是浪費時間！總之．我．今世．一．隻．字都不會寫！死也不會再寫！）

前世在追逐夢想的路上蹉跎四十年的光陰，仍然一事無成。難道今世還要繼續拘泥於那個未完成的夢想嗎？對「倉科明日奈」而言未免太荒唐，也太殘忍。

（明日奈……妳……）

敢情是倉科明日奈氣勢洶湧，怒目以對，連肖恩都意外地愣住。

（不談了，我要睡覺。）

在明媚的陽光下，倉科明日奈倦意湧現，眼皮沉重。身為嬰兒，連抵抗都辦不到，一下子就呼嚕大睡。

「哎呀，明日奈又睡去嗎？」

倉科曜子聽到均勻甜美的鼾聲，望著女兒可愛的睡姿，逗弄她那對嬌嫩的小腳，親上她的臉頰。她與丈夫立下決心，一定要讓女兒過上幸福美好的生活。然而眉目間，總是揮不走一絲陰霾，似乎在思索某些事。

肖恩頗有些惱怒地瞪著熟睡的嬰兒，眼白白看著如此璧玉，放棄優秀的才華，誓不寫作，無論如何都不能接受。如此美味的果實，若然成熟而無人品嘗，就此整顆爛掉，那未太令人惋惜。然而無論如何抗議，倉科明日奈都充耳不聞，叫她束手無策。

大約兩小時後，電力公司派員通知，由於輸電線路故障，所以這一帶臨時停電，已經加緊維修。至於何時恢復供電，則未能肯定。倉科曜子只好撥電通知丈夫，今晚沒法下廚，直接到外面吃晚飯。

「又得破費呢。」

在外面用餐價格較貴，不過如今也沒有辦法呢。就算買菜回家，因為冰箱無法運作，也不能保存下來留為明天便當的材料。幸好這個月一直努力省吃儉用，所以月底手頭寬裕。偶爾任性一下子，應該可以原諒吧。

「明日奈，媽媽陪妳去外面逛街吧。」

肖恩跟在旁邊窺伺這位太太，又望望熟睡中的倉科明日奈，腦海內漸漸醞釀起某種想法。好歹活上數百年，有甚麼風浪未遇過？才四十多歲的傢伙，怎麼可能翻得出她的五指山外？霎時嘴角含春，燦然嬌笑。

那是不加掩飾，真誠率直得讓人怵然難安的笑容。

第三話　日常生活中的異能訓練

A.D. 2000/11/23

夏去冬來，倉科明日奈迎來半歲之齡。身體發育正常，活潑健康。可是雙親每每望見女兒常人有乖的異色瞳，難免寢食不安。縱然醫生檢查後，確定嬰兒視力正常，無任何不良影響，夫妻仍舊心緒不寧。雙方家族中，從未有人長有異色瞳，懷疑是否某先天性的隱疾、身體有缺陷甚至病變。

當事人心知肚明，自己右瞳顏色異常，與基因疾病等毫無關係。無論醫學再如何先進，都不可能查到原因。苦於身為嬰兒，才無法開口說明。隨時日漸過，平平安安成長至今，長得越發可愛。在咕溜溜的大眼睛面前，連鄰里都喜歡這位白白胖胖的女嬰，總算讓父母稍稍放下心頭大石。

當然他們並不知曉，女兒內在的靈魂也一併成長。作為「魔女的眷屬」，開始展現出與眾不同的地方。

（距離是多少？）

（四米！是四米啊！）

倉科明日奈一如平日，舒服地臥在家中的嬰兒床上，直勾勾往上望著肖恩興奮吶喊，像火箭般穿透天花板，擅自闖入樓上六零五室福原家中。

（明日奈能看得見嗎？）

（唔唔……看到了。）

倉科家公寓樓上的福原家有兩個兒子，長子陽翔唸小學，次子悠翔與倉科明日奈同齡。由於今天正好是勤勞感謝日，福原陽翔招呼朋友上門，啟動任天堂M64遊戲主機，幾位小伙子輪流執著手柄坐在電視機前玩《任天堂群星齊亂鬥64》。

（視野清楚，不過四角有點模糊，而且無法調整中心的焦點。還有……）

（還有甚麼？）

（明明看見同樣的事物，但感覺有點失真，與平日看見的景象有些微差異。該怎麼形容呢？移軸效果嗎？）

隨著倉科明日奈成長，肖恩發現自己能夠活動的範圍漸漸擴大。二人不用終日黏在一起，雙方有一定的空間。大約半個月前，雙方突然接收到另一邊的感官訊息。赫然目睹眼前兩塊不同的視野重合，聽到環迴立體的聲響重疊時，尚以為是幻視幻聽，引發少許混亂。肖恩同樣遭遇難以理解的體驗，嘴巴突然感受到奶水的味道，甚至下體還有莫明奇妙的尿意等。兩人不約而同互訴身上的異狀，嘗試搞清楚狀況。貌似視覺、聽覺、嗅覺、味覺、觸覺，以至對方的思緒感受，都會源源不絕往另一人傳遞。為何會發生如此奇異的現象，肖恩也說不出一個所以然。只能認為雙方靈魂連結在一起，隨著明日奈成長，遂引發新的能力。在無更好的解釋下，姑且暫時接受。

雙眼觀察距離，雙耳判斷方位，乃是一般人的「常識」。所有人自小就習慣透過「自身」的五官接觸「外在」世界，可謂如同呼吸那麼自然，理應駕輕就熟。驟然同步接收他人感官信息，必然為大腦帶來混亂，左右對外界的判斷，以至日常生活都帶來障礙。

倉科明日奈的五官感受都直接傳往肖恩身上，混雜程度尤有過之而無不及。當無聊快要填滿日常時，霎時體驗如此奇妙的現象，為悶極無聊的日常猜來全新刺激。此番眼界開廓，正好滿足她蒙塵的好奇心。別的不說，光是透過明日奈那張櫻桃小嘴，同步品嘗甜酸苦辣，更是驚為天人。自從成為魔女後未曾進食，早就忘記食物的味道。豈料透過這樣的契機，意外引導她回憶起舌尖上的每個味道，沿此發掘出新的興趣，頓時強拉著幼女反覆嘗試各種各樣的測試。

倉科明日奈強制廿四小時同步接收雙人份的視覺及聽覺，那怕閉上雙眼，肖恩那邊的感官訊息依然源源不絕湧入大腦，折騰得快要受不住。幸好精神年齡為四十歲，潛心忍耐一個月挺過來，不致神智崩潰。加之肖恩發現控制的法門，只在有需要時才共享感官，總算讓生活恢復如常。

看似麻煩不便的能力，可是掌握後卻十分便捷。那怕足不出戶，仍舊輕鬆透過肖恩的眼睛及耳朵，觀看另一邊的景物，聽到另一邊的聲音。假以時日，肖恩能夠離開自己身邊，去更遙遠的地方時，豈非可以當成千里眼與順風耳，足不出戶接收遠處的情報？

且說今天仍然進行實驗，肖恩故意飄去鄰居處偷窺，測試能力的運用狀況，探索使用上各種明細及條件。

（確實呢，經明日奈這麼一提，妳那邊的畫面確實有說不出的古怪。）

肖恩亦從樓上遙距觀察，以倉科明日奈的視線左右瀏覽倉科家室內。

（視物的焦點集中在甚麼地方，由本人主宰。另一人只是單純接收，無法隨意思調整。畫面有點奇怪，那應該不是失真。倒不如說正正因為無法失真，所以才不協調。）

肖恩瞪大眼睛，從樓下飄回來，詢問是何意思。

（以前曾經看過一份外國研究報告，認為人類眼睛存有缺陷。所謂視覺，是眼球吸收外界映像，投影至視網膜上，再傳輸給大腦分析形成圖像。不過解剖後發現，視網膜大約只有十個神經細胞連接到大腦的視覺皮層，實際上傳遞的信息非常少。人類雙眼所捕捉到的，其實並非眼前景象的完整全體，而是集中在一點上。大腦就根據那一點的情報作為基礎，填補周圍的空白，虛構出完整的影像。由於這種不可靠的處理，導致所謂「視覺盲點[4]」「視覺錯覺[5]」……喂，肖恩有沒有在聽？）

一旦說話內容稍微深奧複雜些，肖恩壓根兒聽不懂，便提不起半點興趣。如同課堂上不專心聽書的學生，直接聳肩縮頸，呵欠頻仍。察覺對方不感興趣，倉科明日奈自然住口不再說下去。

這麼說來聽覺也是差不多，從肖恩那邊接收到的聲音，彷彿隔著一堵薄牆。倉科明日奈想起前世曾經聽聞某位學者提出過感官適切性假說[6]，說不定……咳咳咳，不行，再想下去就沒完沒了，必須煞止。

前世單純因為寫作需要，廣泛取材大量資料，囫圇吞棗塞進腦內。事到如今只剩些殘餘零碎留存，偶爾拋些皮毛尚可。萬一勾起肖恩好奇心，黏過來追根究柢，屆時安能拋出多少書包耶？多言多敗，還是別說太多比較好。

如同意念傳話般，雙方五官所接收的信息，處理後也同步傳遞往另一人腦內。只是那些信息保

4 Blind Spot
5 Optical illusion
6 The modality appropriateness hypothesis

留原始的樣貌，不會再經過接收方大腦二次處理，無形中避免腦補創造，難免與平日習慣的「假信息」產生差誤。當然以上只是個人推測，至於是真是假，沒法透過更嚴謹的實驗證明。倉科明日奈才不想被人抓去實驗室，剖開大腦讓別人研究。

話說回頭，倉科明日奈更加在意，身為靈體的肖恩是如何看得到、聽得到呢？單純作為精神體隨便活動，已經無法用科學去解釋了。

（哎呀，萬萬料不到直接透過靈魂締結契約，竟然會誕生這樣有趣的能力呢，這是不是叫因禍得福？果然只要活下去，就會遇上更多有趣的事情！）

肖恩只要找到感興趣的事物，就會一頭栽進去，完全不在意旁人目光。對倉科明日奈而言，對方轉移焦點，不再一天到晚吵著要自己寫小說，倒也是美事一樁。

（說不定明日奈的「權能」比過去的眷屬更厲害！）

（我的「權能」？）

注意到肖恩語氣轉變，倉科明日奈即時心生警剔。

（明日奈該不會忘記人家是「魔女」吧？）

怎麼可能會忘記呢。

（蒙神選中，呼應心中最為強烈的願望，賜予相符的權能，以及不老不死之身者，即為魔女。）

聽上去有點簡單，可是肖恩意外不擅長說明。最初她指手畫腳大半天，乍聞超出常識的事，倉科明日奈都無法迅速理解。只好耐心反覆地詢問，才得以完整明白來龍去脈。

這個世界存在某位神明，偶然有女人於死後會遇上祂，會大發善心實現生前未竟之願，以及贈送不老不死之身回到人間。除肖恩以外，還有很多女人，都是這樣受到恩賜而變成魔女。既云「魔女」，莫非全是女人，沒有男人？肖恩坦言不知道。倉科明日奈心想這個神重女輕男嗎？

算了，那個不是重點。

神針對魔女最深層次的願望，賦予相稱且獨一無二的權能。肖恩亦不例外，自言生前最喜歡聽故事看故事，希望繼續觀賞更多更有趣的作品，為此神投其所好，轉生成魔女，並賦予「觀劇」之名。從此永遠抽離於世界外，以第三身的視角處身觀眾席上。舞台上的人與事都不能干涉她，反之亦然。與此同時，視現實中真人真事為舞台的演出，絲毫不受這邊世界的影響。她既存在於此，卻又不存在於此。倉科明日奈猜測這種能力或許涉及多重維度之類，可惜無法進一步分析。

（至於我則是肖恩的眷屬。）

肖恩點點頭，看上去意氣風發，很跩很來勁兒。倉科明日奈大約猜出她在想甚麼，故意不作任何恭維。看見對方心情平靜，臉若平常，不由得洩氣了。

（成為眷屬後，藉由契約聯繫下，讓閣下同樣擁有權能的力量。）

（權能？莫非我都有奇異的力量嗎？）

（咦，這個自是當然。根據過去經驗，依據眷屬本身的性格、特質與經歷，孵化出專屬的力量。）

看見倉科明日奈眉目間似有深思時，肖恩湊近鼓惑起來。

（過去不同眷屬都有不同的能力，像明日奈這麼厲害的作家，肯定催生出強大的權能，要不要試一試？）

怎麼說好呢，轉生成女生，思維及視線與男性有別，慢慢產生某種難以解釋的直覺，老是在意一些細枝末節。認真注意肖恩的笑容，嘴角勾得比平常還要歪上幾分，有種說不出的詭異感。

（不要，沒興趣。）

平白掉下來的餡餅，肯定是有毒的。雖然試一試沒有壞處，不過先拒絕，瞧瞧對方有何反應。

（不用害羞啦，初體驗免費唷。）

初體驗免費，意味後面要收費吧？先用免費作招徠，待入坑後就開天殺價，這些手段只能騙騙天真無知的小孩。

（話說肖恩轉職當傳銷員嗚呀！）

肖恩突然伸出舌頭舔上倉科明日奈的臉，當然由於她是精神體，根本沒有真的氏舔下去。縱然如此，當對方的舌頭滑過左臉頰時一番冰涼，多少有點不舒服。

（是說謊的味道。）

（不要隨便舔我的臉！不對，妳不是沒有味覺嗎？）

（人家是直接品嘗明日奈靈魂深處的味道呢。）

半歲的倉科明日奈終於能夠抬腳伸手，可惜推不開纏抱在身邊的靈體，手掌直接穿透過去對方的身體。

要說完全不在意，那麼肯定是騙人。

這個世界充滿各種各樣異能者、靈能者、特異人士、妖怪、魔物等等的傳說及報導，以及維護人類安危而積極活躍的超級英雄。話雖如此，毫無奇特力量的平凡人，依然是佔據壓倒性大多數，理所當然前世的倉科明日奈亦是其中之一。

昔日尚是孩童時亦憧憬過超級英雄，渴望擁有強大的力量，長大後大展拳腳。後來慢慢長大，不知不覺間明白那是多麼渺茫且可笑的妄想。成為超級英雄可謂萬中選一，機率微乎其微。好比屢次聽聞有人成功攀登全球最高的珠穆朗瑪峰，然而尋問身邊人，一百個中有一百二十個都未嘗去過。

隔著電視機螢幕上的影片及報章上的文字，聽著他們的事蹟。年齡越長，越是泯泯然於眾人。終究明白自己只是千萬萬名「普通人」的其中之一，遇上危險時只能在背景逃走尖叫。光是保存性命便非常勉強，更別說出人頭地幹一番大事業。

就算擁有那麼厲害的力量成為超級英雄，並不見得有多幸福，甚至被市民大眾視為災星。他們大多數被政府嚴格管束，強令執行出生入死的高危任務。每當現身戰鬥時，例必會對周圍帶來破壞與混亂。有人更視他們為洪水猛獸，日日求神拜佛希望不會碰上。

（嚴格來說，那不是我，而是肖恩的力量吧。）

（有分別嗎？只要付出少許代價就可以隨意自由運用，不會吃虧唷。）

（天下豈有白吃的午餐？如此美好的力量，肯定有其代價。）

奸計無法得逞，肖恩臉上那點兒底氣的神情嗤嗤地漏光，撇頭往另一邊去。

（讓人家品嘗明日奈的大作，就能夠使用唷。）

哦，原來是打這樣的算盤。不忘初心，兜兜轉轉，嘟囔那麼多話，終究露出狐狸尾巴。這傢伙真的不擅長陰謀詭計，尾巴擺往哪都一清二楚，完全白費心機。

（以前多少作家，為求使用那種美妙且強大的力量，紛紛跪拜於人家面前，乖乖奉上大作呢。難道明日奈就不渴求力量嗎？）

（都說我不會再寫小說啊，如何進貢？）

準備多時的「計畫」出師未捷身先死，讓肖恩為之氣結。

觀眾無法干涉舞台上發生的一切；反之亦然，舞台上的角色再如何威武，也不能干涉到觀眾席上的人。肖恩在席上渡過無數歲月，觀看無數人的際遇後，漸漸對一成不變的劇本感到麻木與厭煩。

如果介入舞台，自己就會變成舞台上的登場人物。肖恩有自己的原則，縱然有能力辦，卻不屑做這樣的事。

為求「觀劇」，必先有人「撰劇」。與別的魔女不同，肖恩的權能是不完整。只有配合眷屬，集合二人的力量，才是完整的權能。為此從很久以前起，她決定挑選有潛質的創作者，締結契約收為眷屬。透過他們創作有趣的故事，滿足自己的胃袋。取而代之獲得超乎想像的力量。有人憑此名成利就，有人亨通發達。多少作家為此而拋棄尊嚴，在她腳趾前跪舔，甚至懇求留在身邊，不斷滿足越來越過量的需索。

半年時光，似乎嬰兒的身體機能正常成長，到達可以發動權能的最低要求。肖恩借此機會拋出來，試探倉科明日奈的反應。無論是誰，只要引誘對方體驗一次權能的滋味，定必上癮並沉迷於不可思議的力量，為支付代價而成為她的奴隸。

（用吧……用吧……用吧……）

（說到這個地步還不放棄，相當可疑啊。）
（完全不可疑！一點兒也不可疑！）
（只有一次免費體驗太少了，不如不要。）
肖恩心想倉科明日奈有夠棘手，但二人相處半年，努力摸熟對方脾性，還是有辦法應付。
（這樣吧，之前讀過明日奈的《少女心事》，權當作貢品。如是者不單止首次免費，更額外再加送卅次，如何？）
這算不算跳樓大賤賣？為何她會如此在行？
（怎麼樣？心動嗎？興奮嗎？不來試一次嗎？）
（嗚呀！不要靠那麼近！我試試就是了！）
只要不是強迫她寫小說，其他事情倒沒有那麼頑固。更別說超能力之類，完全挑中死穴。既然討價還價成功，也不好意思狠下心腸拒絕。反正接受是一回事，用不用又是另一回事。
適時倉科曜子抱著一籃子衣物走到房內，準備掛在窗戶旁邊晾乾。看見女兒在床鋪上抬手揮腿，水靈靈的雙眼望向天花板，焉會想到她正在與看不見的靈體奮戰。
「小寶貝真可愛呢。」
常常聽到樓上家的男嬰沒日沒夜哭啼，反而自己的女兒安靜乖巧，沒有怎麼叫鬧，所以照顧起來十分輕鬆。
倉科曜子舉起雙手，將收納在牆壁上的下拉式晾衣杆拉下來，然後將籃子內剛剛洗濯的衣物逐件掛上去。望著曜子的身影，明日奈不免回想前世母親。縱使再如何厭惡那個女人，甚至捨棄肉身脫離母子關係，終究無法從回憶中完全剝離。

自己之所以決志尋死，與那個女人不無關係。倘若紀春筠是近因，那麼前世母親就是遠因。托這兩位女人的福，害得她的人生完全沒有一絲一毫愉快的回憶。先別論紀春筠是外人，明明是親生骨肉，那個人卻持續荼毒自己、弟弟以及弟婦，把身邊所有人都拖進不幸的煉獄中。直至現在，倉科明日奈仍然覺得那個人根本無資格稱為母親。

「不知道弟弟及弟婦現在過得如何呢？」

今世轉生成為倉科雄司及曜子的孩子，首次體會到正常父母對子女無私的關懷及愛護。越是徜徉在美好的日子，對弟弟及弟婦的歉意越大。明明是兄長，卻終日埋首追逐作家的夢想，對身邊人缺乏關心關懷。最終夢想破碎後，不負責任一走了之。回首前世，惟一牽掛內疚者，就只剩那兩個人，以及兩位老朋友。姑且勿論那兩位老朋友，弟弟及弟婦肯定瞧不起他。怎麼能夠如此自私，只讓自己一人獨佔幸福呢？

「只能祈求長大後有機會回去南京一趟，好好向他們道歉及補償吧。」

倉科明日奈心知肚明，這番想法單純是自我滿足。無論做多少事，都無法彌補這份自責與內疚。

（等等，明日奈有在聽嗎？）

發現眼前人眸子凝視往倉科曜子處，大腦遊思妄想，肖恩即時堵在面前詢問道。倉科明日奈回神，對她的蠱惑置若罔聞，語氣轉趨冷淡。

（有在聽啊……）

肖恩皺起眉頭，倉科明日奈紊亂的思緒，夾著怨憤與傷痛，不斷刺入她的心坎。打從雙方感官共享後，胸中激盪起伏的情感，都會源源不絕傳遞至另一人的心坎，實乃從未有過之體驗。與過往普通的眷屬不同，首度於靈魂狀態下訂立契約的眷屬，似乎漸漸浮現無法預料的變化。察覺到某種可能性下，肖恩開始瞇起眼睛，暫且不向對方聲張。

（人家已經開通權限了，總之先試試發動一回看看。）

（如何發動？）

（憑感覺就可以了。）

（感覺？）

（權能是遵從本心，呼應最真實的情感與願望而誕生，可謂與本人最相符的能力。其特點及用法，理應如同本能根植於靈魂中，自然而然在腦子裡湧現出來。）

嗚呀，很隨便！真的這麼簡單？聽上去玄之又玄，不過亦非無法理解。

（不需要唸些口訣啦，又或擺出特殊的姿勢嗎？）

（從來未聽過有這樣的需要。）

兩人陷入微妙的尷尬，各有想法時，倉科曜子掛好衣物，抱起籃子回去，順便用右手逗弄一下女兒。經過飯廳時，不為意籃子的邊緣掃過，桌上的杯子即時往地面墜去。

（糟糕！）

倉科明日奈看在眼內，一時情緒激動，下意識伸出右手。當然短小的右手無法阻止，懊惱望著杯子快將摔破前，霎時整個人抽離上昇。四周一片白茫茫，似是置身於陌生的異空間內。明明雙腳踏不到實地，卻有微妙的安心感。

（這是……）

（難不成這是明日奈的權能嗎？）

突然聽到肖恩的聲音，見到她浮在身邊，興奮地仰首四顧。

（喂，快看快看。）

肖恩指指眼前栩栩如生的3D立體模型景品，捧在掌心仔細觀察，竟然是自己的家。如同俯瞰棋盤般以第三身視角居高臨下，看見自己臥在床鋪上，母親立在桌邊，望向墜往地面的杯子。世界詭異地寧靜無聲，連牆壁上時鐘的秒針都駐足不前。

（這就是……我的權能？）

（剛才無意識間發動吧？嗯哼哼，慧性不錯呢。）

（或許是吧。）

肖恩突然佻皮地以手指戳往倉科明日奈那張軟滑的又富彈力的臉蛋。

（這感覺容易讓人上癮，難怪媽媽有時間就摸摸看。）

（怎麼啦？不對，為何肖恩可以觸碰我？）

（要問為甚麼的話，也許現在明日奈與人家同樣是精神體吧？）

倉科明日奈俯視，自己肉身尚留在現實中，估計現在應該只是精神或是靈魂之類抽離出外，所以才能像第三身角度般遙距觀察。

（果然很有趣吧？如何？是不是很棒的力量？）

（不是，因為母親碰跌杯子，所以想辦法救回來。）

（嗄？單純看見杯子掉在地上，就想發動權能嗎？人家的權能才不是拿來做如此無聊的事！）

（先別說那回事啦，接下來該怎麼辦？）

那怕時間凝止在杯子墜落的瞬間，但無法擺弄眼前的景品，亦不能挽救回任何東西。雖然不明白原理，可是倉科明日奈的斷定，一旦撤回權能，時間往前流逝，杯子絕對會摔落地上變得破碎。

既然有一絲可能性，那麼就必須改變這個無可挽回的展開。

（誒，明日奈理當能夠理解自己的權能，怎麼反過來問人家呢？）

（我還是第一次使用耶，先好好摸索一下。）

倉科明日奈攤手聳肩，此時她就像前世那樣，左腳習慣性叉在右腳前面。這樣子一點兒也不普通，亦不合理。現實中的自己，還是連站立都不會的小嬰兒。單純靈體下，卻可以違反現實常識，如同普通人那樣挺立身體，怎麼想都很奇怪。至於肖恩雖然比自己高，不過站在身邊比較低的位置，看上去就像水平對視，饒有趣味地觀賞接下來發生的事。

冷靜冥想，心底慢慢萌芽某種念頭。明明是陌生的知識及技能，卻沒有感覺排斥或厭惡，絲絲融入大腦，覺得那是本來就懂得的事。

（原來如此，時間無多，我開動了。）

（咦咦咦？）

肖恩待在旁邊，滿心等待倉科明日奈介紹權能時，豈料對方二話不說就蠻幹起來。微縮成精緻景品的方寸空間，時間再度往前流動。從右起豎排往左，在二人眼前浮現一行新的文字。

~~只見杯子掉在地面，直接爆裂，碎玻璃碴滿地飛濺。~~

杯子掉落，與地面碰撞而碎掉，這是必然的結果。倉科明日奈將那段描述劃下刪除線，現實中便像是倒流回去，杯子恢復原好再騰飛回原位，仍然浮在桌沿處。肖恩活過千年，從未得睹如此新奇之事，不禁目不轉睛盯著。

~~杯子掉落地時，母親嚇得急轉身，即時丟開籃子，用手接住杯子。~~

倉科曜子改變行動，仍然無法挽救杯子碎裂的命運。

（這次是同時用斜體字及刪除線嗎？喂，明日奈，臉色好可怕！）

肖恩只顧盯著現實的狀況，突然赤紅的右眼微微刺痛。扭頭望向倉科明日奈，只見她按壓著右眼，臉上極為痛苦。

（明日奈！沒事嗎？）

（沒事……兩句就是極限嗎？……至少再用多一次……）

察覺杯子掉落地上，母親嚇得即時轉身。可是手上提著籃子，以為來不及時，正巧杯子落在右腳掌穿著的毛拖鞋上。

倉科明日奈頭痛欲裂，顧不得後面的發展，迅速解除權能，讓幼小的大腦得以暫時休息。靈魂迅速拉回身體內，卻未能除去腦袋內刺錐般的痛楚，登時苦不堪言，不由得淒厲哭起來。

杯子砸中倉科曜子的右腳掌上，由於有絨毛拖鞋作緩墊，既吸收了衝擊力，又改變方向，從直墜變橫移，滾落地面。右腳腳趾叫痛，幸而杯子沒有碎裂，總算是不幸中的萬幸。

「真是不小心呢。」

倉科曜子以為是偶然的幸運，拾起杯子好好放回桌面時，聽到女兒無緣無故哭啼。她急急放下籃子跑過來，抱起女兒呵護一番。

「奇怪，怎麼突然會哭鬧呢？難道受驚嗎？傻寶貝，只是媽媽不小心碰跌杯子，不用怕。」

倉科明日奈才不是那麼膽小，而是不自量力，濫用權能的後果。才纂改三句便達到極限，彷彿積攢在腦袋深處的核彈一朝爆發，陣陣鈍痛不斷猛力敲打，頭顱像是要裂開來。這樣的情況下，再無法集中精神思考。雖然感到不好意思，可惜口不能言，未能讓母親除去憂懼的神色。

（明日奈，能否好好解釋，妳的權能到底是甚麼一回事？）

除去母親外，肖恩同樣神色緊張，守在床邊叫喊，只是她關心的是別的事。身為魔女，權能分割一部分予眷屬後，便無法再掌控，搞不懂到底誕生甚麼力量。倉科明日奈心想她興許只是擔心自己大腦燒掉，無法寫小說，才會如此窘迫。待頭痛消退後，淚水狂飆止盡，呼吸平緩下來，才有心情回答肖恩的提問。

（放心吧，死不去啦。勉強要解釋的話，我的能力是將現實世界文字化。）

（現實世界……文字化？）

每一隻字都可以理解，但組合起來卻完全無法理解。

（發動權能後，以自己為中心，將周圍一定範圍且可觀察的空間收納，轉化成文字呈現。只要纂改那些文字，就能夠影響該空間內人物的行動，以至發生的事件。）

恰如肖恩所言，權能的能力及用法了然於胸，熟稔地把握起來。

（纂改文字的方法有兩種：如果劃上刪除線，就是抹消句字，變相令現實中已發生的事件變成沒有發生；如果用斜體字，則是自行插入新的句字，讓現實遵照斜體字敘述的內容展開。……換句話說，凡是對文字進行任何操作，都會反映於現實中。）

肖恩回想剛才於異空間內目睹的經過，登時恍然大悟。

（原來如此，所以明日奈讓媽媽的右腳挪動一下，改變位置，就能改變杯子理應落在地上摔碎的命運。這種力量用得好，不就能任意纂改甚至扭曲世界法則嗎？不愧是寫出《少女心事》的作者！正因為是很厲害的作家，才會擁有如此強大的權能！）

任意憑一己意志隨便改變現實，光是聽上去就酷斃了。對比歷來的眷屬，無論是性能及用途亦足以穩立在最前列，優秀得讓肖恩大感興奮，可是倉科明日奈一盆冷水倒下來。

（都說我不是作家……何況聽上去很厲害，不過條件限制甚多，完全不實用。）

（為甚麼？到底哪兒不好用？）

（首先是無法對發動能力前發生的事件作出任何纂改。）

最初杯子離開桌面往下墜落，「因」已經種下。倉科明日奈及後發動權能，那怕用刪除線將墜落後破碎的結局抹除，亦無法令杯子回到桌面上。

（其次是自行創作的斜體字，如果現實層面無法辦到、與前事有矛盾、御都合主義、發展不合情理與邏輯有矛盾等等，均會視為錯誤的描述無法實現，強制被外界刪除。）

假如杯子掉到地面前，先一步用手接住，確是不錯的解法。可是當時倉科曜子捧著籃子，她本身反應不快，不可能趕得及騰出手接住杯子。一旦現實層面上無法達成，世界會強制修正刪除。故此有斜體字不予承認，遭無情的刪除線砍掉。

（最後是能力的使用次數有限制，貌似發動權能後的異空間只能維持一段短的時間，其間至多只能修改兩句。一旦過度運用，就像現在這樣大腦鈍痛，比死更難受。）

（兩句？太少啦！不夠塞牙縫啊！）

僅僅纂改兩句，就頭腦發熱；強行再改寫多一句，大腦即時爆炸。對身體負荷嚴重，極耗精力，成本效益完全不划算。

（既然明日奈知道，為何還要改第三句呢？）

（因為我不想那個杯子摔碎。）

（嗄？不就是一個杯子嘛，再買一個不就行嗎？）

（家中財政捉襟見肘，能省得省。何況那個杯子是爸爸送給媽媽，具有特殊意義。無論如何，都不想它有任何損毀。）

倉科雄司即使工作再忙，外面受再多的氣，回到家中亦對妻子及女兒體貼溫柔。記憶中他不曾發過脾氣，夫妻更未吵過半句，簡直是完美家庭之典範。某天父親便買來一對杯子，一隻自用，一隻送給母親。曜子對此十分珍惜，總是特別洗得乾淨。假如其中一隻碎裂，感覺就不完美，所以無論如何都想救回來。

那就是今世獲得的超能力。

踏破鐵鞋無覓處，得來全不費功夫。轉生後獲得夢寐以求的力量，若然說不感興奮，絕對是騙人。可是再如何心動無比，她都不願接受。曾經滄海難為水，現實各種衝擊下，明白自己的平凡與無力。超級英雄的幻想，早就被磨得平滑不復存在。

「現實世界文字化」，乃是以自己創作的文字扭曲現實世界。說白點無異像作者般，憑一支筆肆意主宰情節發展。肖恩言明權能是反映本心，換句話說自己尚未能忘掉那個未完成的夢想。時至今天依然對創作小說念念不忘，根深柢固扎在靈魂中。

不再幻想超人的力量，放棄寫作的夢想後，卻在機緣巧合下獲得這樣的力量，有夠諷刺呢。

（心動嗎？只要願意創作更多優秀的作品供人家享用，就可以自由支使這種力量啦。）

感覺到倉科明日奈內心微妙交雜喜悅與哀愁，肖恩飄近耳邊輕聲發問。

（不用了，限制太多，代價又重，不要也沒差。）

（等等，人家覺得明日奈的能力會隨身體發育而逐漸成長，將來肯定會變成了不起的巨大力量……）

（就算沒有超能力，不也能夠正常生活嗎？何況一旦被別人發現自己擁有特殊的力量，政府機關肯定會介入強制管理、抓去研究、強迫勞動、喪失人生自由等等。我只想平靜地過日子，才不想要那樣的未來。）

所謂超級英雄，說得難聽一點，也只是官方特殊機構的職員。一句「能力越大責任越重」，便得朝夕強迫進行各種高危任務。倉科明日奈身為成熟的成年人，再也不會熱血過頭，心態膨漲狂妄自大，痴迷於超級英雄的光環中。更何況這個能力是肖恩賜予，而非完全屬於自己，有何自豪可言？

肖恩內心魘然，這傢伙是白痴？還是呆子？過去所有眷屬在品嘗過權能的滋味後，無不跪倒在她面前。那怕是磕破頭，都爭相乖乖祈願，奉獻自己的創作為貢品，好使取悅她以換取力量。怎麼只有倉科明日奈這麼不懂看氣氛，老是在唱反調呢？

「裝作無欲無求的聖人嗎？別開玩笑了！明日奈一定有弱點……必須想辦法，讓她再次寫小說……否則人家豈不是虧大了？」

第四話　超級英雄世界對路人角色太嚴厲

A.D. 2000/12/24 - 12/25

「噹噹噹！恭喜太太中了B賞！」

商店街抽獎攤位的職員搖著手鈴高聲恭賀，倉科曜子尚在夢中，以為是幻聽，迷糊問：「B賞……是甚麼？」

「B賞是淺草花屋敷遊樂園成人入場券兩張！」

「太太真厲害，隨便一搖就中B賞。」

「索性找個休息天陪外子去玩吧。」

「四歲以下兒童只要有家長陪同就可以免費進場，一家三口去開心玩一天吧。」

現場人潮熙攘，紛紛響起一片熱烈的掌聲，倉科曜子接過禮品，彷彿造夢般，再三檢查確認不是開玩笑。

（呼……這樣子就搞定了。）

一切都不是巧合，而是臥在嬰兒車上的倉科明日奈精心準備的陽謀。

（難以置信……居然因為想抽出B賞就發動權能，人家的權能才不是用來做這些事唷！）

雖然肖恩嘴巴上抗議，可是內心非常歡喜，嘴上並未真的計較。倉科明日奈毫無徵兆地打出這神之一手，不可謂不夠驚喜意外，正合自己的胃口。

藉由《少女心事》兌換回來的卅一次機會，連同這次在內，已經使用五回。打從上月第一次發動權能後，肖恩總是積極利誘。倉科明日奈嘀咕自己可不會上貢作品，而且都拿來練習，對方卻大方表示沒問題。

（畢竟人家也很好奇，明日奈那種力量如果成長下去，究竟會變得有多厲害。）

肖恩感受到倉科明日奈多少雀躍的心情，反之亦察覺對方虛情假意。明日奈好歹內在是四十歲的男人，曾經被無數人欺騙及背叛，經驗過於豐富。像肖恩這些不習慣說謊的魔女，光是打量眉目，就猜出其意圖。

「十有八九是等我沉迷力量無法自拔時，才開天殺價提條件吧。」

放高利貸的業者起初總是對借貸者殷勤親切，甚麼條件都一口答允，給予最優惠的福利。待韭菜養得肥肥嫩嫩後，便狠辣無情連本帶利收割回去。肖恩明擺就在設局，口說免費，誘使自己試好試滿。慢慢泥足深陷，變成沒有力量後就無法活下去的廢人時，就換另一副嘴臉，強索貢品。

千里之堤，潰於蟻穴。不知不覺間原本微不足道的小事，總會隨時間而發酵變大，最終一發不可收拾。倉科明日奈並無自信，難保有朝一天會忘記初心，迷戀於超能力，為乞求力量而寫小說。曾經是骯髒的成年人啊，還是懂得這點人情世故。話不能說太滿，事不能做太絕，要懂得給別人留面子，成全他人。肖恩都拉下臉皮，自己又何必拒之千里呢。何況擁有能力並不是壞事，至少在關鍵時刻，她能夠有多一種手段解決問題。

既然有卅一次免費試用，自然於日常生活中進行各種各樣的測試，好好熟習這份力量。刪除線及斜體字的操作越見純熟，遺憾上限只有兩句，委實有點微妙。

~~水龍頭的水往上逆流。~~

~~天空突然烏雲密布，頃刻之間大雨滂沱瀉下。~~

~~客廳的飯桌上有一箱黃金。~~

斜體字並非萬能，無法規避一些必然的定律，只能順自然而為。比方說水一定往低流，不可能逆行往上；萬里無雲降水率為零的日子，不可能突然積雲下雨；倉科家中根本沒有黃金，也不可能有黃金。一切無視物理規律、前置條件及背景環境的發展，都會強制刪除不予實行。

母親右手關上水龍頭，霎時感覺不對勁。還未洗完腕，為何會主動關上呢？莫非是太操勞，所以搞迷糊嗎？

西邊有一片烏雲懸在晴空，驟然刮起風，往東緩緩移動，將烈日遮蔽起來。

客廳的飯桌上有一頭蒼蠅，老是不斷在眼前擾攘。母親發現後拿起紙棒拍過去，蒼蠅迅速倒退飛走，刻意從後抽出，一擊即殺扁成肉醬。

先有因才有果，有伏筆才有發展，萬事萬物都暗含邏輯與規律。斜體字就像一種「可能性的展開」，依據目前狀況，強制讓某種可能性拔高。故此不能無中生有，相當考驗釋放的時機。想起前世在報刊上寫連載小說時也是差不多，角色也好事件也好，不能平白無故缺乏鋪陳就發生，必須與前文後理呼應。

現在還只能纂改兩句，隨著成長或許會變成四句、八句、十六句、卅二句……將來會不會強大至任意竄改現實，甚至架空一切規則定律？想起無限的可能性後，倉科明日奈漸漸明白為何肖恩會如此在意。只要應用得宜，這份權能確實有可能顛覆世界。

正好這天母親推著自己逛購物街，順便去攤位抽獎時，臨時起意測試一番。雙眼發直望向八角形的搖獎器，在嬰兒車上「咿咿呀呀」叫著。在母親轉動搖獎器前，先一步發動權能。攤位附近一帶納入掌控之中，眼前浮起一行行豎排文字。發動權能前的文字都呈現灰色，無法改變。至於接下來的黑色文字，則是可以任由自己自由纂改。

手指搭在手柄上，慢慢攪動箱子。「嘎啦嘎啦」的珠子在箱中不斷碰撞，倉科曜子其實沒有寄予厚望，反正來來去去都是圓珠筆或濕紙巾之類的小獎。霎時一粒淺藍色的小珠子滾出，根據旁邊的掛板，正好是B賞「淺草花屋敷遊樂園成人入場劵兩張」。

「噹噹噹！恭喜太太中了B賞！」

背景前設有合符的「因」，就能夠因勢利導，進一步操縱並獲得自己所祈求的「果」。打從一開始倉科明日奈就盯上這個獎品，為此才動用權能。只要搖獎器內淺藍色珠子尚未掉出，她就可以透過斜體字將其掉落的機率提升至百分之一百。

（難以置信……居然因為想抽B賞就發動權能，人家的權能才不是用來做這些事唷！）

肖恩見之傷心，聞之流淚。然而換一個角度想想，倉科明日奈早點用完卅一次權能後，興許改變主意，願意寫小說，不失為好事，遂心生高興。再者她亦很好奇，向來淡泊的明日奈，有何理由想爭取這個B賞。

（好啦，去遊樂園玩不好嗎？肖恩也不想整天悶在這一帶吧。）

（遊樂園有甚麼好玩呢？）

作為精神體，即使前去那個地方，也只能當旁觀者，甚麼都玩不了。至於倉科明日奈，前世太窮困，那怕土生土長的南京當地遊樂園都未曾去過，所以亦不知道那兒有甚麼好玩。

（嗯，既然叫「淺草花屋敷遊樂園」嘛，想必有好玩的地方吧。）

（聽明日奈的口氣，其實妳都不清不楚吧。）

（沒辦法，我也是頭一回聽過那個遊樂園，從未去過，知道才有鬼唄。）

（不知道的話為何要抽回來啊？反正都用權能作弊了，為何不抽更好的A賞甚至特賞？）

肖恩特別飄至掛板前用力戳往頂部，黃珠A賞為「夏普廿吋液晶電視」，金珠特賞為「有馬溫泉雙人一泊二食住宿券」。

（我們家的電視機才剛剛換一部新的，就算贏得那臺十五吋液晶電視，父母都只會轉贈給他人，而不會留給自己使用；至於溫泉住宿券，父母帶著我這個嬰兒，根本無法盡情享受。倒不如一家三口齊齊去遊樂園，享受天倫之樂，不是更加愉快融洽嗎？）

倉科雄司工作天都是早上七時許出門，晚上十一時多才回來。惟有休息日，一家三口才能夠聚在一起，但亦只是在公寓附近閒逛。身為女兒，一直都想辦法慰勞雙親的辛勞。故意靈機一動用權能轉出B賞，借花獻佛孝敬一番。

得知妻子抽到遊樂園入場券，倉科雄司萬分高興。正好平安夜就在星期日，當天不用上班，決定當天陪妻女同遊。

淺草花屋敷遊樂園乃日本最古老的遊樂園之一，位處於淺草寺不遠處。倉科雄司從未去過，事前問同事瞭解過一點基本知識，實際走進遊樂園中時，還是處處流露出訝異的目光。全部設施都好細小！太迷你了！那個雲霄飛車甚至貼著旁邊的樓宇馳過，會不會太危險？

「鬧市中居然能夠塞入這麼細小的樂園？」

「這個樂園前身是江戶時代的花園，後來陸續修築改建，才變成現在以機動遊戲設施為主的遊樂園。隨著時代發展，便變成四周被樓房包圍的奇景。」

「曜子知道得很清楚啊。」

「以前曾經與朋友來過幾次。」

「啊……原來如此……」

「雄司沒有來過嗎？」

倉科雄司臉色有點陰霾，語氣變得有點僵冷：「遊園地嘛，我怎麼可能有機會來這些地方。」

倉科曜子點點頭，意識到自己說錯了話般，快速轉換話題，柔笑問：「雄司想玩甚麼？」

面對妻子體貼入微的態度，倉科雄司努力掩飾凝重的表情，嘗試維持平常輕鬆的笑容，避免拂逆另一半的好意。他攤開從入口處取來的地圖，一眼就打量整個遊樂園所有機動娛樂設施：天鵝船、旋轉木馬、雲霄飛車、迴旋碟盤……

「有甚麼可以與女兒一塊玩的呢？」

「不如坐熊貓車吧。」

「熊貓車？」

顧名思義，熊貓車就是外觀造型很像熊貓的小車。正好不遠處有幾位小孩騎著，在園內趴趴走。倉科曜子抱著女兒坐在前面作領路人，雄司負責攜著行李伴在身邊，先信步逛園內一圈。

一家人難得共享天倫時光，倉科明日奈再次欽佩自己的決定。

（吶吶吶，那不是超級英雄的玩具嗎？）

正好路過一個攤檔前，支架上掛著各式超級英雄的面具、塑膠玩具以及塑膠人偶。好幾位孩子路過時，均牽著父母的手爭著想買回家。

（誒，有白鷹將軍、鼠女、獵豹這些外國英雄，也有皇拳戰隊鬥連者、北斗戰神、鎧甲戰士凌天等本國的英雄。肖恩也對他們有興趣嗎？）

（怎麼可能呢？現在人家只對明日奈有興趣喲。）

這頂高帽戴得好生不舒服，倉科明日奈頓時撇嘴。

（吶，那個不就是……）

突然肖恩有意外發現，指向隨便堆在攤檔角落。沿她的手指望去，滿滿的同一款塑膠製藍白色戰士人偶凌亂堆在一塊，大字標明特價，倉科明日奈不由得輕嘆一聲。

（北海道民間的超級英雄海鮮士。）

早數個月前新聞報導有人發現他伏屍內浦灣一帶海邊，屍骨腐爛，僅靠其戰鬥服辨認身分。人走茶涼，相關的商品也減價大甩賣，有夠涼薄。

超級英雄擁有比正常人還強大的力量，往往被官方以註冊為名招募過去。相對地加入正式官方的組織，要求承擔更多責任及義務。美其名曰維護和平，事實上是變相的監視，防止濫用超常的力量犯罪。能力強大的當然優先抽選往國際聯盟的捍衛者，負責打擊跨國犯罪組織；能力稍次的就收入國家機關，如同特務般執行任務。

持續打擊罪犯，總會有不少仇家上門尋仇。所以政府會保障超級英雄以至其家屬的人生安全，還有提供豐厚的收入，照顧各方面的需要。不過海鮮士向來隱藏身分戰鬥，並無向政府註冊登記，自然不受保障。被人殺害多時，至屍骨腐爛才為人發現。政府更低調處理，並無積極尋找兇手，惹來北海道當地居民不滿。

有人曾經說過，世界上只有一種英雄主義，就是認清生活真相之後依然熱愛生活。人活到某個年紀，明白不要強出風頭，拒絕逞英雄的行為，甘於平淡當普通人才是最幸福。尤其是前世的倉科明日奈，明白現實殘酷、遭受他人背叛，仍然願意在今世竭盡所能活下去，已經是最大的勇氣。

（果然做普通人，安分守己過平常日子才是最好的。）

（生活安逸太平，沒有捲進各種麻煩的事件中，那樣子不會膩味嗎？）

（怎麼會？和平是福啊。）

（說不定是這樣呢……假如明日奈遭遇危險，就不能好好靜下心來寫小說，讓人家閱讀了。）

（誰會為妳寫小說啊！）

不愧是肖恩，三句不離老本行，這樣子都可以將話題扯過來。

遊樂場內滿是小孩子的和睦笑聲，與大人漏出的歡愉感歎聲。雖然雜音紛紜，卻未覺得刺耳。倉科明日奈促進父母的感情計畫大成功，不由得高興笑出來。父母逛了一圈，玩了幾個攤檔，似乎將平日的煩惱憂鬱盡拋腦後。

不經不覺已屆正午，倉科曜子來到中央舞台前面的椅子坐下來，取出預先準備好的奶瓶餵女兒喝奶。至於雄司則移步至飲食攤檔那邊，買些特色小食回來。一家三口邊吃邊休息，順道觀賞中央舞台上的表演。

「可惡的哥爾哥姆，究竟將王子及公主關押在甚麼地方？」

「嘿嘿嘿嘿，我已經將公主與王子關在最安全的密室中，一輩子都不可能逃出來！」

「甚麼？豈有此理！我一定要打倒你，然後救出他們！」

中央舞台上正在上演超級英雄舞台劇，吸引一堆小孩拉著家長坐下來觀賞。

以超級英雄為主題的演出，早就在電視機及銀幕上演出無數遍。作為拯救世界維持和平而廣受知名，向來就有莫大的人氣與市場價值。八十年代左右，席捲全球的中國功夫片退熱，市場大眾口味轉變，開始喜歡超級英雄題材。得益於電腦特技進步，民間天馬行空的創作得以在大銀幕上呈現，虛擬的超級英雄逐漸盛行。連帶舞台劇也如法炮製，用低廉的特效及打鬥上演同類劇目。霎時之間類似的題材競相仿效，以原創的超級英雄為主角的小說、漫畫、動畫、電影、電視劇及舞台劇等等風行一時。即如倉科明日奈前世，也接手創作過類似題材的小說。

可惜舞台上虛構的偽物無論如何都比不上現實中真正的本物，這股熱潮來得快，去得亦快，不久就漸漸消沉下去。幸而商人的眼光敏銳，既然假的不行，一於來真的，直接找超級英雄本尊商討，將他們平生的經歷改編成多媒體作品。藉由本身的名聲，以及真人真事改編的噱頭，成功刮起新的風暴。如是者既延續超級英雄題材市場，又讓年老退休的前超級英雄糊口之餘，嘗試煥發第二春。

這部超級英雄舞台劇亦然，開幕前主持人標榜劇本依據鎧甲戰士凌天過去親身經歷的事件改編。年過六十的凌天穿著當年的戰鬥服，特別受邀與臺前觀眾打招呼，霎時席間一片歡呼聲和掌聲。

倉科明日奈前世還是孩童時，鎧甲戰士凌天已經是鼎鼎大名的超級英雄，在亞洲相當有人氣。後來獲國際聯盟邀請加入捍衛者，多次遠赴世界各地打擊犯罪分子。九十年代末由於年紀老邁，身手不靈活，主動宣布退休。事前萬萬想不到，今天會有緣在近距離下與他見面。

為隱瞞身分，凌天穿著當年的戰衣登臺亮相，心中不免激動同時又有幾分傷感。縱是曾經叱吒風雲，守護無數人的超級英雄，亦難抵歲月侵蝕，邁入遲暮之齡。舉手投足畢露老態，戰鬥服快要被小腹的肚腩撐裂，說話都中氣不足。不知道在頭盔下，究竟青絲中雜滲多少霜鬢？

凌天只是作為特別嘉賓露面，客套說些開場白，隨即退至幕後，將舞台上交捧予演員接力。

故事敘述七彩國的王子及公主被邪惡組織綁架，國王央求鎧甲戰士凌天救人。簡單交代背景後，就是連場視覺效果華麗炫目的戰鬥。身穿高仿「鎧甲戰士凌天」戰鬥服的演員，從金子城出發，接續是紅子坡、綠子林、黑子洞等幾處戰場，與穿著「哥爾哥姆」及其手下戰鬥員皮套的演員戰鬥。在觀眾熱情的視線下，施展複雜且高難度的動作。精心設計的接拳、撥掌、掃腿、踢腳、翻滾、旋身等等五花八門的招數，配合恰到好處的噴煙、火花、燈光及聲效，惹來臺下此起彼落的尖叫聲。憑專業上乘的演出，一步步炒熱現場氣氛。

終於劇情來到最高潮，自然邪不能勝正。哥爾哥姆被殺，臨終前用最後一口氣嘲道：「嘎嘎嘎……就算殺了我……都不可能救出公主與王子……」

「為甚麼？」

「剛才不就說了嗎？公主與王子已經關在一個一輩子都逃不出來的密室中……我設下強大的魔法，兩個人永遠都綁在一起，無法離開……」

「竟然使用如此卑鄙邪門的魔法？」

壽元將盡的哥爾哥姆咬緊牙關，露出詭異的笑容。

「哼哼哼……尋找白子吧！（ふむふむふむ…しろこを探す…）」

「甚、甚麼？白子？（な、なに…っ？しろこ？）」

「哼哼……白子……王子……嘎嘎嘎……公主……哼……哼哼哼……哼哈哈哈！（ふふん…しろこ…王子…ははは…姫…ふっ…ふふふ、ふははははっ！）」

「喂，你在說甚麼？（おや、なんだと？）」

臨終前哥爾哥姆含糊地說了些奇怪的話，倏地發狂大笑，方氣絕身亡。直到最後依然拒絕透露人質藏身之所，凌天仰天自言自語，似是向觀眾說話：「白子？難不成是指白子山嗎？我立即過去找找！」

舞台上的帷幕一開一合，背景便換成銀白的雪山。凌天急急奔來，終於在山中找到一間密室。無奈哥爾哥姆留下的強大魔法，令王子及公主不能脫身。

「各位！我們偉大的超級英雄，鎧甲戰士凌天陷入危機了！」適時旁白的少女跳出來，向觀眾拋來苦惱的神色；舞台上的凌天亦求助道：「各位願意借出力量，幫助我救出王子與公主嗎？」

小孩子一浪接一浪的應援聲中，凌天成功解除拘束在王子及公主身上的魔法，安全救出二人返回七彩國國王面前。在金子宮殿內，脫下那襲血染的污衣，披上光鮮的新服，於金子廣場接受國民頂禮膜拜，迎來大團員結局。最後凌天本尊與眾演員同臺謝幕後，舞台暫且歸於平靜。按節目表所示，尚待一小時後才有另一場表演。

「最後的打鬥還不錯呢。」
「舞台的特效也很驚艷。」
倉科雄司及曜子談論時，明日奈也追憶往昔，懷念舊事。雖然是面向兒童的演出，不過因為連場精彩打鬥，滿足視覺享受，讓成年人同樣看得開心。
（真是有趣的故事啊！吶吶吶，明日奈也喜歡嗎？）
肖恩在旁邊激動地揮舞雙手，可是倉科明日奈卻冷冷望著她，反而教當事人尷尬起來。
（如果肖恩真的感興趣，剛才觀劇時就不會全程心如止水，只在事後故作狂熱。）
二人的心情會同步傳遞到另一人身上，肖恩的詐騙行動尚未展開便遭識穿，頓時意興闌珊，向倉科明日奈抱怨起來。
（對啊！陣陣謊言的味道散發出來，快要受不住了。真虧他們有面說『真人真事改編』，完全是丟人眼前。自以為很有本事，不斷用精妙的打鬥及舞台特效來掩飾薄弱的劇情，簡直是不堪入目的垃圾！）
為何肖恩要偽裝作興奮，扯起話題呢？倉科明日奈只需用腳趾頭想想，心底即時猜出七八分，卻未有質問或訓斥，而是冷靜與之傾談。
（舞台劇的劇本，應該是參考亞德及席雅綁架事件吧。估計因為面向遊樂園的大眾演出，所以刪改很多事實，變成現在這個版本。）
肖恩原本打算以超級英雄舞台劇打開話題匣子，藉機誘發倉科明日奈創作的欲望。遺憾計畫尚未起動，就被對方一槍斃命，不免心有忿恨。可是聽到對方提及舞台劇原型的綁架事件，不免好奇心大盛，趨前彎腰探問內情。

（亞德及席雅綁架事件？）

（沒聽過嗎？）

肖恩急急搖頭，露出期盼的目光，專心等倉科明日奈說明。

（居然未聽過？當年這宗事件鬧很大，國際無數傳媒廣泛報導，理應會有聽聞吧？）

（人家很少看新聞報導嘛。）

這個魔女似乎除去壽命比較長以外就一無是處。

（我所知道的，全是事後透過傳媒報導引述，未必準確。）

（不管啦！快快告訴人家！）

好比朋友間閒聊，倉科明日奈儘量將自己當年所收集的消息，經過整理後一五一十說出來。

（應該是八十年代左右吧，恐怖組織赤軍旅綁架當時約旦哈希姆王國的亞德王子與席雅公主，威脅國王服從各種條件，否則公開處決王子及公主。國王一邊拖延時間，一邊聯絡國際聯盟，委派超級英雄救助。事後順利救出公主，但王子卻遇害被殺，成為一件震撼全球的大事。）

赤軍旅乃發源於意大利，由共產國際扶翼，以癱瘓各國政府機構，對抗資產階級為宗旨。主張武裝鬥爭，以殘忍手段進行革命，被國際聯盟視為恐怖組織。八十年代末，他們趁約旦國王聯合周邊國家展開高峰會議，抽調大量人手保護各國政要時，乘虛而入綁架亞德王子與席雅公主。行動中他們以炸藥及衝鋒槍強攻皇宮，打死大量保鑣，押著王子及公主上旅行車逃逸。

事後赤軍旅發表犯罪聲明，向約旦國王提出多項要求。其中包括釋放在監獄中的成員、指名處死一部分政府官員，以及勒索大量贖金。如有不從，便公開處死人質。約旦國王鎮定地領導談判，同時祕密聯絡國際聯盟，表示國家無足夠力量對付恐怖分子，請求捍衛者介入救人。

由於情報顯示赤軍旅與中東的恐怖組織有聯繫，成員中有多名強大的異能者，國際聯盟判斷事態嚴重，允許捍衛者出動拯救人質。雖然舞台劇將事件簡化，只有鎧甲戰士凌天的戲份，但事實上當年是以白鷹將軍傑克遜掛帥，領導包括凌天在內的六人小隊祕密潛入約旦展開營救工作。

（關於這宗事件，各方消息紛紜。後來席雅公主登基為國王後，亦有傳媒追問當年內幕。可惜她三緘其口，拒絕透露半句。以至當年參與營救行動的超級英雄，均不願洩漏半點消息。說不定凌天想通過這齣舞台劇，向世人透露亞德及席雅綁架事件的真相吧。）

（這個假設非常新奇，但會不會是明日奈幻想力太豐富呢？）

（西方科學往往始於「假說」[7]，大膽進行論述後，再尋找證據檢驗其正確性。假如我的推理無誤，舞台劇背後揭露的真相，可謂相當聳人聽聞。）

倉科明日奈絕非胡說八道，雖然今天才頭一回看見舞台劇，但是由於瞧得細心，腦海不斷參照當年事件報導，花點時間思索前後情節，對內心的猜想更加有幾分確信。

「雄司，我們去鬼屋好不好？」

吃飽午餐，體力恢復，倉科曜子即時提議下午行程。

「明日奈怕不怕鬼怪？」

[7] Hypothesis

無預警下突然被倉科雄司抱起來，親完臉頰後再輕拍臀部。明日奈心想身邊廿四小時都有一隻麻煩鬼，早就對鬼怪見慣不怪了。曜子笑道：「明日奈這麼小，就算見到都不知道是甚麼，才不會感到害怕啦。」

「好！我們去走一趟，明日奈要好好抱緊爸爸唷。」

嗚呀，難不成當年父親是這樣撩女人，泡到母親回家嗎？好爛的手段啊！

一家三口轉移去鬼屋的路上，肖恩跟在身邊，見倉科明日奈久久沒有說下去，不禁抱怨起來。

（為何不交代下去？）

（咦？肖恩有興趣聽的嗎？）

怎麼會被對方反客為主？肖恩有點生氣，可是禁不住對未知的謎團而產生好奇心，勾起濃厚的興趣。

（感覺事件另有內情，充滿各種陰謀呢，總之再多說點唷。）

倉科明日奈臥在父親懷中，鑽入鬼屋後，四周驟暗。布置在各處的音響，不斷放出譁笑聲，配合忽明忽滅的奇幻燈光，瀰漫若隱若現的鬼魅氣氛。

（肖恩有沒有發現剛才那套舞台劇，有好幾處非常不自然的地方？）

（明日奈是指拘束王子及公主的魔法嗎？）

倉科明日奈點頭，那是其中一處問題。

（那位叫哥爾哥姆的傢伙也好，以及他的手下也好，從頭至尾都只會用物理的拳腳戰鬥，從未施展過半點魔法或魔術，為何獨獨會用魔法來拘束王子及公主？）

穿過長長的隧道，暗角有一隻「鬼」撲出來，倉科曜子嚇得緊緊摟住丈夫的手。至於明日奈仍然沉醉於述說自己的推理，毫不理會「鬼」的嚇人動作。肖恩更加視若無睹，筆直穿透「鬼」的身體飄過去，專心聽明日奈的說話。

（雖然超級英雄中有強力的魔法使，民間偶然也聽聞有魔術師活躍。近來亦有一部分專家正在研究魔法及魔術，證明世界上存在這些非科學的力量。然而對於方才那套舞台劇而言，卻是多餘無用的元素。劇本從來沒有特別強調過哥爾哥姆那批人會用魔法，綁架王子及公主時都是用麻繩綑綁，怎麼回到祕密基地後忽然換成魔法拘禁呢？特別換成魔法拘禁，對劇本的走向完全沒有影響，顯得多此一舉。再三強調的魔法，居然只要收集臺下觀眾應援聲就輕易打破，未免過於兒戲。那怕想炒熱氣氛，也可以選擇其他方法。）

現實中鎧甲戰士凌天只是憑藉動力服戰鬥，作為物理向戰士，根本不會魔法或魔術。至於哥爾哥姆，明顯就是影射赤軍旅。如果他們真的會用魔法或魔術，沒理由不拿來攻擊營救人質的超級英雄，為何不在舞台上配合聲光效果施展，增加可觀性呢？

無論從哪一方面看，「魔法」在劇中都格格不入，相當礙眼，毫無存在的意義。已經不是「為加而加」，更似是畫蛇添足之舉。

（不愧是作家，分析真是一針見血。）

（都說我不是作家，只是寫小說的人。）

倉科明日奈有氣無力重申一遍後，繼續闡述自己的推理。

（主持人特別強調舞台劇是真人真事改編，而且凌天也表示親自監修過，所以我不認為是編劇無意失誤，而是有意安排。舞台劇是圓滿幸福的Happy End，現實卻是缺憾傷感的Bad End。當年捍衛者只能救出公主，王子卻已身亡。隨著時間推移，國外尚有人不斷挖掘情報，追逐真相。故此我多少懷疑，興許凌天在年老時遙想當年，希望透過舞台劇，暗示那次行動的真相。）

難得看完舞台劇，心中有某些想法不吐不快，能夠找到肖恩這樣的伴兒傾訴，亦不是壞事。凌天是不是真有那種想法，倉科明日奈亦不敢寫包票，卻無礙她奔馳萬里的發思。

（接下來單純是我的推測，未必是事實……想聽嗎？）

肖恩只是在旁邊喘著氣點頭，完全沒考慮動腦筋思考，明擺在等答案揭曉。

（首先我覺得「魔法」不是沒有意義，「一輩子都無法逃出去」亦可能是意有所指。興許當年營救行動中，真的遇上會魔法的敵人。也可能是某種借代，暗示發生了某些事故，妨礙超級英雄救人。配合劇中哥爾哥姆前後兩次反覆強調的對白，可堪玩味。）

（一輩子都無法逃出去……嗎？）

肖恩仔細咀嚼這句話，突然燦笑起來。

（原來如此，果然是這樣呢。假如兩個人一輩子都無法逃出去，那麼只剩下一個人便可以吧？）

魔女不是人，沒有人類既有的道德束縛，自然而然想像出邪道的破解法。何況事實就是兩名人質中，一人死，一人活。

（沒錯，正是因為這句對白，越想越覺得別有內情。除此以外，戲服也值得注意。哥爾哥姆抓人時是用麻繩綑綁，待最後凌天救出王子及公主，那時二人身上沒有麻繩，取而代之是破爛染血的衣服。仔細思量，這處也可能有其象徵性。）

（舞台上哥爾哥姆並無直接虐待人質，單純用麻繩拘束困在房間內，是不可能受傷浴血。畢竟這個舞台劇是面向小孩子，也許中間刪減一些演出，省略虐待人質的過程，亦非奇事。）

（不對啊，如果真的是面向小孩，直接讓王子及公主兩位演員穿回原本的衣服就行。特別在舞台後換上染血的戲服，回去王宮後再換上新衣服，增加演員工作量，肯定不是無意義的項目。是否有特別的含意，才故意加進去？）

肖恩想一會，想不到答案，索性放棄。

（哥爾哥姆沒有出手，王子及公主共處一室，最後救出時二人全身披血……答案倒是不難猜。）

話說到此處，肖恩總算搞懂倉科明日奈欲言又止的原因。

「嘩，終於走完啦。」

「一點兒也不恐怖呢。」

「曜子，我們家的明日奈很厲害，全程臉不變色啊。」

非常對不起，剛才鬼屋之旅，倉科明日奈一直與肖恩對話，絲毫無留心四周的環境及突發事件。

「這孩子從不怕黑呢，晚上關上電燈也照樣不哭不叫。」

「明日奈真有膽色啊。」

父母往下一個景點出發時，肖恩仰天輕嘆，如同品嘗一席盛宴。

（公主殺死王子……嗎？）

（這就是淩天隱藏在舞台劇中的暗示。如果這就是事實，確實是無法向外界公開呢。）

赤軍旅囚禁二人，原本是要公開處死，自然不會對他們下手。恐怕無人料及，公主會先一步在囚室中殺死王子。死者固然染紅，殺人者亦濺血，所以二人均全身披血。由於王子已經遇害，超級英雄當然只能救出公主。隨後受某些不可言喻的理由，所有人不得不集體保守這個祕密。

倉科明日奈在推理中途，便隱然猜出這個答案。

（即使如此，也只是明日奈個人發想吧？）

（前面還可以說我純粹臆測，但哥爾哥姆臨終前的遺言，卻不容忽視吧。）

（遺言？白子山那句嗎？）

（不是白子山，是白子（しらこ）。從白子聯想到白子山，只是淩天自作主張的想法，同時亦是舞台劇的誘導罷了。）

金子城、紅子坡、綠子林、黑子洞……最後是白子山，作品中描述的地名，全部都是為誘導觀眾推理出往白子山而已。

（舞台劇上所有角色，都是稱「王子及公主」，惟有哥爾哥姆，一直堅持「公主與王子」。可是臨終時，卻忽然與其他角色統一，將王子擺在公主面前，難度不覺得奇怪嗎？）

（經明日奈提點，人家好像記得公主比王子年長……誰先誰後很重要嗎？）

（當然有分別，公主是姐姐，王子是弟弟。國王等人尊王子在前，大抵是因為王子乃國家繼承人，而公主卻不是。）

人類社會中，稱謂及姓名先後順序，可謂代表一個人的身分高低。即如很多列出姓名的地方，均統一成以筆劃或拼音先後排序，就是避免惹人不快。凌天在監修劇本時，沒理由會忽視如此不自然的地方。怎麼可能一時「王子公主」，一時「公主王子」，不統一整齊呢？

（依照哥爾哥姆一貫的習慣，如果將公主置回前面，王子在後，意味句字顛倒過來……）

肖恩努力回想，可惜記不起完整的對白。

（哼哼……白子……王子……嗄嗄嗄……公主……哼……哼哼哼……哼哈哈哈！（ふふん…しろこ…王子…ははは…姫…ふっ…ふふふ、ふはははっ！））

倉科明日奈模仿哥爾哥姆，倒也維妙維肖。

（除去多餘的擬聲詞，當句字反轉之後……）

（公主、王子、白子？（姫、王子、しろこ？））

（不對唷，是公主、王子、殺死。（姫、王子、ころし。））

——公主將王子殺死（姫は王子を殺し）。

（以上就是個人猜想，至於真相是否如此，也許只有當事人才知道。）

公主先下手為強，主動殺死王子；抑或王子想殺公主，但失敗之餘反被殺害？單純因為求生？抑或妒嫉？私怨？陰謀？超級英雄打開那個密室之前，誰也不知道入面發生甚麼事。時至今天，依然是未解之謎。所謂真相，恐怕永遠埋葬在黑暗中。

如果可以的話，真希望一切都是觀劇者個人臆測。畢竟那樣的真相，實在過於殘酷。說至此處，難免心情低落，一時無法言語。倒是聽者極為欣喜，露出陶醉的癡態。

（哎，真相如何並不重要。那怕是推測，亦是明日奈的創作。啊啊啊，真是甘醇濃郁的味道呢。那怕經過那麼久，人家都是無法忘懷啊。）

彷彿久旱逢甘露，肖恩激動難抑，迫切地汲取回味。

（呃，等一會，那樣子都算創作嗎？）

（當然啦！根據已知的情報，構想出自己的推測，不也是在創作故事嗎？）

倉科明日奈大為意外，她沒有想過一時興趣使然的推理，都能夠令肖恩受惠。

（原來不一定要寫小說嗎？）

（不不不！剛才那個只能算是零食！正餐還是要明日奈的小說！）

（我都說過不會再寫小說啦！）

二人又為同一議題爭論時，突然遠方傳來劇烈的巨聲，整塊地面都為之震動。倉科曜子重心不穩，差點摔倒前，倉科雄司眼明手快，右手抱緊女兒，左手挽扶妻子，雙足化作柱樑穩立。

「曜子，沒事嗎？」

「沒事……是地震嗎？」

「感覺不像。」

四周遊人大半仆倒，攤檔的貨物傾瀉跌落。眾人未明情況下，再度傳來巨響。宛若臨終般的悲鳴，有人突然尖叫奔跑，一瞬間恐怖與不安擴散，四面八方陷入混亂。遊人盲目地爭相走避，倉科曜子突然被人撞倒，倉科雄司猛地一扯，將妻女緊緊擁在懷內。

二人不知道發生甚麼事，大家都在亡命逃走，也不可能抓住問人打探。倉科雄司決定先隨大隊逃走，去到安全的地方再作打算。

「十有八九，發生了重大事故吧？曜子，抓緊我。」

無需說明，那怕是小孩子都理解何為「重大事故」。好比地震、海嘯、颱風那樣，超級英雄的戰鬥，對平民百姓而言也是巨大的災難。

（我飛上天望望。）

（拜託了！）

倉科明日奈擔心父母安危，肖恩卻為突如其來的變化而欣喜。這些日子以來，肖恩已經能夠飄離明日奈大約十米左右。拔天衝上高空，沿爆炸聲的方向望去，赫見中央舞台那邊，「鎧甲戰士凌天」與一名身披紅黑藍三色混搭戰衣的神祕人戰鬥。

（咦？是新的表演嗎？）

（不是表演！那套是凌天真正的戰鬥服！）

與舞台劇上那套廉價陳舊的戲服不同，而且與敵人戰鬥時拳腳澎湃，地裂風吹，殊非特效。

（奇怪，是誰與凌天戰鬥？我從未見過那個人。）

體態輕盈的鎧甲，右臂膀是藍色，左臂膀是紅色，中間卻是黑色，甚為怪異。那怕只看一會，匆匆幾回交手，就明白對方完全壓制凌天。望見曾經的超級英雄快要輸掉又如何？倉科明日奈只是普通人，而且更是手無縛雞之力的小嬰兒，除去緊張與擔心以外，就啥也做不到。

（拳拳到肉的戰鬥，果然這才帶勁啊。對比起來，那個舞台劇的演出完全是垃圾耶。）

（別再說廢話啦，先想辦法逃出去。）

面對突如其來的「重大事故」，身為普通人也就只能拔足逃跑。焉有可能像肖恩般，站在旁邊搖旗吶喊。

（嗚呀！不要倒扯著人家啊！）

（是爸爸抱著我逃跑，肖恩也快點回來。）

二人至多只能相距十米下，當倉科雄司抱著女兒隨同人群逃走時，自然一併扯著空中的肖恩倒後退去。此時遊樂園內無數人喧嘩不安，像盲頭烏蠅般慌張逃命，全面陷入騷亂中。

「曜子抓緊我！先往逃生出口那邊跑去，避難所也在那個方向。」

「逃生出口在哪？」

「放心，我早就記在腦中。」

與其他人不同，倉科雄司反而冷靜得不可思議。剛才看遊樂園地圖時，已經完整烙在腦中，默記方向及位置。第一時間抱緊女兒，牽起妻子的手奔走。驟然背後再度響起轟雷聲，比之前兩次更加誇張，彷彿天崩地裂，腳下再次搖晃，兩邊的建築物突然變矮。雄司急急煞足，勉強兩足屹立地面，穩住身體重心。與此同時旁邊的電線桿攔腰斷開，往他們身上砸下來。

「危險！」

倉科明日奈瞧得清楚，苦於口不能言，未能及早提出警告。眼見父母走避不及，即時發動權能，暫且停止現實的時間前進。

（人家在努力欣賞刺激緊張的生死決鬥，別突然扯回來啊！）

一旦發動權能，無論處在何方，肖恩都得強制拉回身邊。那怕聽到抱怨，倉科明日奈都無暇理會。

（聽好了，現在是第六次啊。卅一次何時才用完啦……喂喂喂，有聽人家的說話嗎？）

（拜託安靜一點，我在想辦法救爸爸媽媽！）

倉科明日奈當然知道自己的權能是何等弱小，平日偶爾遊樂尚可，實際遭遇意外時相當無力。

倘無外力介入，電線桿倒下的「因」就無法合理地消除或改變。父母必然被電線桿砸中，非死即傷。

~~倉科雄司往前跳出去，可惜曜子趕不上，踉蹌摔倒，右腳被砸中，大腿骨斷裂，發出痛苦的呻吟。~~

操縱父親往前跳，卻令母親受傷。倉科明日奈於心難忍，迅速刪除。一加一減，便算作兩回。頭腦深處開始傳出鈍痛，好比有人用鑽頭開鑿，呼吸漸漸加重。她拚命觀察現場環境，看看能否其他變數可供挪用。無奈前後的路人遠遠望見電線桿倒下，早就逃得遠遠。即便用斜體字強迫他們跑過來，也是來不及到父母身邊當肉盾。尋尋覓覓，終究只能操縱父母二人的行動。

肖恩雙手抱在胸前，守在最好的席位旁觀事態發展。倉科明日奈深深吸一口氣，腦中構思新的想法，再度嘗試插入新的敘述。

~~倉科雄司扯著妻子倒退避開，突然倉科曜子腳下踉蹌，反倒往前挨來，整支電線桿砸下，正中她的頭顱……~~

（靠！怎麼會這樣啊？）

第二次纂改現實，始終無法迴避最惡劣的展開。倉科明日奈氣憤下破口大罵，亦於事無補。修改四回後，連右眼珠都捅破湧血，痛得她再也無法思考其他的事。

（嗚嗚嗚……啊啊啊啊啊！）

（兩次斜體字，兩次刪除線，合共改動四次。明日奈竟然能夠突破極限，真是意外呢。果然人類在陷入危機，能力才會成長及突破。呃，這算不算火事場力？）

肖恩看得高興，激動得鼓掌讚揚，絲毫不管痛得整個人蜷縮起來的倉科明日奈。

（啊……呀呀呀……好痛喔喔喔喔喔喔喔！）

大腦超出負荷，須臾間權能強制中斷，精神扯回肉體，外界時間再度流動。

兩次纂改均刪除掉，讓現實狀況毫無變化。倉科雄司發現電線桿倒下時，已經來不及走避。他只能及早推倒倉科曜子，雙臂曲肘撐在地面，以背部作盾牌保護妻女。

「嗚啊……」

「雄司！」

「曜子，沒事嗎？」

「我沒事，可是雄司……」

「別緊張，這點傷算不了甚麼。」

身為男人，守護自己最愛的家人，自是義不容辭之舉。此時兩耳聞得尖銳刺耳的啼聲，倉科曜子未曾聽過女兒哭得如此淒厲。霎時感覺衣服下面有點濕潤，不過只道女兒撒尿，並未為意。雄司感到左胸口一陣溫熱，有暖流滲來。挺起腰骨，推開壓在背部的電線桿，慢慢撐起身。遞出右手拉起妻子時，赫見自己上身衣服左胸部一片殷紅，連帶沾至女兒右半邊臉，以至流淌至妻子的腰間。

血從何處流出？傷口在哪兒？難道是背部受傷嗎？統統都不對。

倉科雄司在下一秒，就注意到血液是從左臂彎內女兒的右眼框中併出。曜子嚇得腰一軟，無法站立。雄司保持冷靜，強行揪起妻子跑起來。只有逃出遊樂園，想辦法找救護員，才能為女兒施救。

「可惡……背部是不是砸傷了……」

剛才被電線桿壓中的脊椎隱隱傳來刺痛，即使如此倉科雄司依然沒有停下來，憑意志壓住痛楚。倉科曜子注意到丈夫的汗異常地多，臉色越加青白，也是擔心得說不出話來。

背後再次傳來一發轟隆巨響，大量碎石拔天沖高，再往四方八面灑下。其中有兩塊以拋物線墮落往倉科雄司及曜子背部，奈何只有倉科明日奈望見。大腦的銳痛未曾平息，縱然想發動權能扭轉現況都辦不到。難道她真的甚麼都辦不到，眼白白看著飛墜過來的矢石襲中父母？

前世父親拋妻棄子，母親心理變態守舊野蠻，一切付出都講求回報，讓張仲恆與他的弟弟從來沒有感受過半點家人的溫暖。不過今世截然不同，倉科明日奈的父母都對女兒投予無私且不計較得失的愛意，真真正正感受到何謂家族之情。僅憑這一點，明日奈決定接受二人，成為他們的女兒。無論生或者死，都想一起活下去。

「拜託，有誰來救救爸爸！」

縱然擁有異常的權能又如何？說穿了終究只是尋常凡人，在危難面前除呼救外，便啥也辦不到。

「快伏下！」

倉科雄司眼前一花，突然冒出一位穿著紅色戰鬥服的戰士，朝他們面前拔槍。兩人大驚，急煞步時，對方連扣扳機，兩道白濁溫腥的異物擦過眼角，正好目睹兩塊飛石被擊落。

「沒事嗎？」

「謝……謝謝。」

「不，我沒有問你。」

突然現身，來路不明的紅色戰士撥開倉科雄司。無視兩位成年人，僅僅在意懷內的女嬰。危機過去，夫妻雙雙鬆一口氣。明日奈仍然哭得昏天黑地，右眼仍然持續浴血。夫妻緊張萬分，紅戰士在身邊支持道：「可憐的幼女，她哪兒受傷了？不過沒關係，我立即送她去外面安排急救。」

「謝謝。」

「別客氣，幫助幼女是我的使命。」

雖然聽上去有點奇莫名其妙，不過夫妻心思都掛在女兒身上，霎時也未有為意。謎之紅戰士似乎想直接搶走倉科明日奈，不過雙親抱得緊，只好用雙臂抱起三人。輕輕一躍就跳得高高，幾個起落就跨過設施，直線抵達遊樂園外。看見警察、消防員及救護員來回奔走，曜子即時向他們求助。

超級英雄在鬧市中戰鬥，波及無辜，並非罕見之事。警察、消防員及救護員根據指示，從速趕赴現場支援，維持秩序。面對女嬰眼球持續溢血，無法抑止，視為緊急個案，第一時間安排送至醫院。至於倉科雄司背部紅腫，痛得呼吸困難，亦一併送往檢查。

夫妻正要登上救護車時，倉科曜子回頭望望，不知何時起已經不見那位紅戰士。從頭至尾也不知道對方的大名，不過穿著那種奇怪的打扮，擁有非人的身手，定必是超級英雄中的一員。假如有機會的話，真想好好感謝他。

在混亂的現場，有一位男人捧著一臺Canon EOS 5S數位單鏡反光相機，接上一枚白色的Canon EF100-400mm F4.5-5.6L IS USM鏡頭。從紅戰士抱三人出來後，便持續將鏡頭焦點聚集於倉科明日奈身上，快速按下快門。那怕相距甚遠，成像卻無比精準銳利，而且拍得非常清晰。

三人抵達醫院後，倉科明日奈的右眼勉強止血。醫生檢查半天都診斷不出毛病及成因，只得留院觀察。雄司則是背部外傷引致肋間神經痛，懷疑肋軟骨損傷，即時安排照射X-Ray檢查，同告住院觀察。女兒及丈夫先後受傷，曜子縱然心力交瘁，還是咬緊牙關強撐身子，留在醫院內回照顧二人。

「曜子還是回去女兒身邊吧。」

「可是……」

「明日奈還小，看不見母親，一定會很害怕。」

倉科雄司臉上布滿陰霾，眉頭緊皺。只要閉上眼鏡，就想起女兒那隻像玻璃般晶瑩的赤色右瞳，有止不盡的血湧出。他抓住妻子的手道：「曜子，明日奈的右眼太不對勁。哪有可能流這麼多血？莫非真是有毛病？」

「可是醫生不是說診斷不到問題嗎？」

「一般小醫院檢查不到，不如安排明日奈去專業的醫院，安排對右眼球進行詳細的檢查吧。」

「雄司，我們……我們哪有那麼多錢啊？」

「我會想辦法。」

如今的入息，尚能維持日常生活。一旦有緊急狀況，便捉襟見肘。

「雄司……」

「若然諱疾忌醫，萬一將來明日奈受苦時，我們也難以安心啊。」

翌天醫生判明倉科雄司的肋骨沒有斷裂，只是軟組織局部出血。幸好處理及時，所以影響不大。醫生處方一些抗炎藥後，身體恢復很多，胸口的鬱抑也掃除不少。他首先向上司告假，隨後捏緊手機，凝視通訊錄內某位聯絡人。立定決心，艱難地邁起步伐，衝出病房外。

第五話　為了女兒，我說不定連父親都能幹掉

A.D. 2001/05/12

早幾天晚上，倉科雄司突然在飯桌上向妻子提及要會見一位非常重要的人。

「『她』說來周六有空，希望與我們一家吃頓午飯，順便與明日奈見面。」

「嗯，明日奈受過『那位大人』很多照顧，必需要好好道謝呢。」

冬去春來，倉科明日奈快將一歲。回想過去一年，充滿各種風雨，真是走得不容易。她不曾忘記在遊樂園內過度使用權能，導致頭顱劇痛炸裂。右眼更湧出大量血液，當場嚇壞父母。偏生這是自己過度使用權能而形成，並非身體有隱疾。身為嬰兒的她無法坦白說明，致使醫生查驗多時仍然毫無結果，嚴重困擾父母，害他們持續牽腸掛肚，食不安寢難寐。

為尋找更好的醫院，檢查女兒不乎尋常的異色瞳，倉科雄司毅然悄悄聯絡某個人。幸運獲得對方熱心支持，順利安排父母遠赴京都的京都大學醫學部附屬醫院，動用最專業的醫生，為自己進行一次更詳細周密的全身檢查。

倉科明日奈的異色瞳是作為肖恩眷屬的印記而烙下，不屬於現代醫學範疇。那怕醫生扭盡六壬，搬出再先進的醫療器材，亦診斷不出任何成因。父母雖然不同意醫院的檢查報告，可是亦無力再支付多一次費用，只好打道回府。

既有前車之鑑，為免再令父母擔心，倉科明日奈直至現在都不敢再濫用權能。每到界限前必定及早中斷，避免過度透支能力。

（究竟爸爸要見誰呢？）

（誰知道。）

肖恩同樣鬱悶，藉由《少女心事》而獲贈的卅一次機會，至今尚餘廿二次。倉科明日奈非常省儉，很少再發動權能。說多不多說少不少，究竟要何時才能花完，她亦拿捏不定。

（看見爸爸媽媽神祕兮兮的，肖恩居然會毫不在意？）

（不，人家也是很在意唷。早就跟蹤爸爸一段時間，不過雙方一直都只用手機聯繫，連臉都沒有見過，所以根本不知道對方是甚麼人。）

好奇心就像人的嘴巴，永遠都填不滿。然而面對現代科技，隔空電波通話，肖恩的跟蹤術再強亦無用武之地。即使偷窺手機，聯絡人的名字就只是一個「F」字，也不可能抓住甚麼頭緒。

（爸爸媽媽都對那個人毫無戒心，言語間更非常尊敬。只是一通電話，就安排我去京都的醫院接受專業檢查。肯定是有錢有地位的大人物，而且必定是爸爸的老相識。）

（老相識？）

倉科明日奈所掌握的情報，與肖恩半斤八兩。聽到她說得十拿九穩，不免有點驚訝。

（想想看我自出生後便黏在媽媽身邊，都未曾見過那個人。好幾次聯絡，對方都只是與爸爸通話，從未有半次找過媽媽。連這次邀請，亦是由爸爸代為轉告。可是母親卻認識對方，只能認為早於我出生前，他們三人已經認識，而且關係非常密切。爸爸僅僅在手機中請求，對方便安排司機接送，直飛到京都那邊的醫院，指名鼎鼎大名的名醫親自服務，接受一次最高級的全身檢查；對方提出飯聚，爸爸根本沒有想過推辭，且隆重以待……種種跡象表明，對方絕對不是普通人物。）

（明日奈真是好聰明呢。）

（只是推測啦，未必是事實啊。還有肖恩也太菜吧？跟蹤爸爸一段時間，都查不到對方半點線索，是不是在偷懶划水啊？）

（人家哪有偷懶唷！兩邊一直用手機通話，我又聽不到對面說的話，想竊聽都沒門喲！）

與肖恩相處快將一年，幾乎將她的缺點都牢記在心中。雖然能夠嗅出人的靈魂本質，以及創作故事的味道，偏偏嗅不到尋常的氣味；沒有觸覺，無法碰到現實世界的物品。像這次倉科雄司只在手機與對方聯絡，她便聽不到話筒另一邊的人的聲音，登時束手無策。

如果是自己出生前父母已經認識的人，倉科明日奈當然不可能知道對方的身分。然而想想父親的交友圈中，幾乎都是同社的同事，還有更厲害的人物嗎？既然安排醫院進行全身檢查，為何不直接選擇東京地區的醫院，而是另外安排京都的醫院？在意的地方太多，待在床上想一百年都想不到，索性擱置下來，等見到本人後自然一清二楚。

會面當日早上，父母特別穿著得體的衣服，預約去理髮屋找造型師整理髮型，益發讓倉科明日奈疑竇叢生。平日父母都只會去普通的髮型屋，選擇最廉價的剪髮套餐。普通市民才不會特別花錢，請造型師設計髮型。前世在南京時，也就只有一些追求流行時髦的都市人，以及中產階級才光顧。

觀察父親舉手投足，毫無庶民的氣息。像是熟悉的老地方般，登門指名理髮師，翻閱流行雜誌，向造型師指定外觀及靈感方向，提出明確的要求，絕非像初次光臨啥也不懂的新顧客。反而母親比較可憐，處處由父親打點，仍然與理髮屋這些高級地方格格不入。

人的氣質是自小培育的，上流社會有上流的貴氣，下流社會有下流的俗氣。倉科明日奈今天才發現，父親連氣質都換成另一個人，完全不像普通的門市部係長。那不是區區幾天就可以偽裝出來，倒不如說平日的俗氣才是假的，如今方是還原本我。更別說自己不再是穿母親在地攤買回來的便宜二手衣服，而是新添的衣服，未免過於隆重。無論如何想，都感到事有蹊蹺。

一家人準備妥當，倉科雄司取出手機通知某人，帶同妻女來到鄰近的街道上。等待大約兩分鐘左右，一輛黑色房車便駛過來。司機西裝革履，筆直挺立，友善接待夫婦，主動幫忙將嬰兒車摺合後收在車尾箱內。

倉科曜子懷抱女兒，與丈夫坐在車廂後座，由司機駕車出發。這輛車乃寶馬最頂級系列的車型BMW 7 Series，倉科明日奈自記得上次京都之行，都是由同一位司機駕駛同一輛車，接載他們一家到機場。車主絕非泛泛之輩，父母都是一般小市民，租住在普通的小公寓，怎麼可能與那樣的人物扯上關係？還主動派專車接送？越是思索，越是不瞭解自己的父母，日常的常識開始澈底崩壞。肖恩亦心情緊張，終於能夠面見那位神祕的「F」氏，究竟是何方神聖呢？

房車行駛好一段時間，停在一間名叫松阪西餐廳的門外。倉科雄司只是向守在門口的服務員提及「藤原」這個姓氏，便獲安排進入一間獨立的包廂內。

「『F』……藤原（ふじわら）嗎？」

倉科明日奈皺起眉頭，猶在思索時，趟門拉開，一家三口已經與對方照面。

「雄司，曜子，許久不見。」
「雄司，曜子，久別無恙？」
「雅、遙……許久未見，別來無恙。」
倉科曜子抱著女兒，跟在丈夫身後，向坐在包廂內的二人問安。
咦？兩個人？
「雄司別那麼客氣，來來來，嫂子也請上座。」
「店家原則上不歡迎十二歲以下的兒童光顧，所以我特別指定這間隔音包廂，這樣就不用怕騷擾到其他客人。」
「有勞雅費心了。」
「沒關係，這一頓飯是我主動要求的，所以這些事應當由我負責。」
「我只是順道走過來的喲！說起來多久沒有見面了？」
「應該是兩年……不，三年吧？」
相比起眼前兩位開朗明快的女子，倉科雄司顯得甚為拘謹。至於明日奈即時倒抽一口氣，自轉生到日本以來，除去在電視機的小螢幕以外，首次在現實中碰上穿和服的人。更別說兩位都是比母親更光鮮漂亮的美人，大出意料之外。
「這位就是雄司的女兒嗎？可以讓我抱抱嗎？」
「噢，當然可以……」
倉科曜子點頭，比較年青的女子先是撐著女嬰腋下抱起，然後慢慢交替雙臂換成懷抱，讓明日奈頭部枕在自己那對柔軟舒適的肉團上。

噢！這股充盈舒適的柔軟感，莫非是……

「好可愛啊！還對我笑唷！」

「比我家媽媽還要大！是真正的胸脯啊！」

賺到了啦！光明正大享受酥嫩溫熱的胸脯，讓靈魂年齡為四十一歲的倉科明日奈喜不自勝……才怪啦！在其他女人身上才體會到母性的包容力是不是搞錯了甚麼？

呃，不對，現在不是迷戀巨乳的時候。匆匆收斂心神，透過肖恩以第三方的視線，觀察包廂內兩位陌生女性。抱著自己逗弄的女子比較年青，身上的和服繡上菊花，鮮亮的黃色配上白色腰帶，加上姣好的臉容，不諦為美人；相比起來，身邊另一位成熟女子，穿著素青和服，容姿端莊，略帶古韻的靜靜正坐，具有截然不同的儀態及氣質。倉科明日奈閱人無數，迅速判斷這處中心人物，肯定是後者。

「噢噢噢，一臉認真的樣子，好可愛唷。哎呀，比我家的茜(あかね)更精靈呢。嘩嘩嘩！學姐快來看看，竟然是異色瞳啊。我還是首次見到異色瞳呢！」

菊花和服女子坐在椅子上，微微傾斜身體，讓素青和服女子看見倉科明日奈。對方亦和藹笑著，先是以手指伸來按壓臉頰，再以手掌輕撫，問道：「這孩子……就是明日奈嗎？」

「是的。」

「明日奈，真是好聽的名字。」

「是不是一歲？」

「明天就剛好一歲了。」

「真的？哎呀，早知道買生日禮物送給她。」

「不需要那麼隆重啦。」

素青和服女子將倉科明日奈抱過去，那邊的胸脯雖然比較小，但隔著和服，枕起來相當舒服，似乎形狀不錯。身為嬰兒才能夠佔到這些便宜，真是好幾生修來的福氣。眾人閒談間，店員帶來嬰兒專用餐椅。曜子取出隨身攜帶的消毒濕巾擦拭乾淨，抱回女兒並放進去，並繫好安全帶。

「一對眼珠子圓滾滾又水汪汪，好可愛。」

「這孩子不怕陌生人，見到誰都笑嘻嘻呢。」

「唉，倒是我家的茜害怕陌生人。若然有不認識的人走近，都會大叫大喊，現在就只有媽媽才哄得住她呢。」

「啊啊……」倉科曜子不認識對方口中名叫「茜」的孩子，毫無印象，只能禮貌性點頭。雄司及時問道：「俊作(しゅんさく)的千金嗎？」

「嗯，對哦。茜是我的姪女呢，比明日奈晚幾個月出生。」

「這麼說來，是明日奈比較年長嗎？」

「待長大些帶她過來與明日奈見面，說不定二人會做好朋友。」

幾人閒話家常時，惟有身為嬰兒的倉科明日奈無法參與。肖恩無聊下繞店內一周，穿透牆壁飄回來，急不及待向明日奈分享自己所見所聞。

（吶吶吶，明日奈，人家在外面逛了一圈，無論布置裝潢以及餐單，都是相當高檔的西餐廳啊！）

（不意外呢。）

前世曾經在類似的地方工作過，因此毫不陌生。店鋪開宗明義採取預約制，門口列明恕不招待散客，加之室內沉實而具格調的裝潢、特別設計的燈光烘托出獨特氣氛，以至服務員整齊的制服及認真工作神態，無疑都是一流之列。能在高檔的西餐廳預訂專屬的獨立包廂，眼前兩位和服美人絕對不可能是小人物。觀其談吐舉止，遣詞用字，絕對是有一定背景，搞不好是出身高貴的大家閨秀。

順帶一提，如今肖恩可以與倉科明日奈分離接近十八米，活動空間越來越大，讓肖恩感覺更加自由自在，想去哪就飄去哪。

「來，別客氣，先點餐吧。」

「雅有何推介？」

「這處的主廚是來自意大利的星級廚師，由家鄉直送優質食材。其中主打的巨型大骨肉眼牛扒焦香脆口，肉質幼滑鮮嫩。另外還有帕爾瑪火腿芝士拼盤、奶香火腿芝士薄餅等等，都值得一試。呃，明日奈能吃固體食物嗎？」

「可以。」

「那麼試試這個黑松露芝士意大利粉，使用名貴黑松露及意大利布拉塔芝士，保證讚不絕口。」

倉科曜子眨眨雙眼，大腦尚在消化，接不上對話時，雄司迅速代為回答：「味道會不會太濃呢？」

「唔……如果是芝士蘆筍燻鮭魚意大利麵呢？鮭魚中滲有蘆筍的鮮味，另外要求廚子在煮蔬菜時不加入食鹽和黑胡椒調味，行不行？」

未等妻子點頭，倉科雄司即時決定：「好吧，就要這個。」

四人點好餐後，倉科曜子默默為女兒繫好免洗圍兜，又準備好嬰兒用的餐具及塑膠製剪刀。

「嫂子準備充足呢！不愧是專業的主婦！有機會我也要請教一下。」

面對涼宮小姐突然插口，倉科曜子點頭：「涼宮小姐見笑了。」

「現在這孩子還要喝奶嗎？」

「她會喝奶，又能夠吃糊狀食物。不過我擔心她的腸胃未適應，所以還是以喝奶為主。」

幸好是家庭主婦，至少熟悉這方面的話題，不再像剛才那麼緊張及尷尬。

「嘩！好厲害！茜也在喝奶，不喝就不願睡覺，整晚在吵鬧。哎呀，別老是提我家的事啦。聽學姐說明日奈之前眼睛流血，是真的嗎？」

倉科曜子點頭：「想起來還是猶有餘悸呢，當時明日奈右眼通紅，血從眼角溢出，流到半邊臉披血，一直滴落地面。雖然拜託藤原小姐安排我們赴京都檢查一遍，可是仍然查不到原因。」

「京都？為何要去那麼遠……啊，對啦……對不起。」

涼宮小姐心直口快，倏地察覺自己不慎說出不合場面的話，迅速住嘴不說。其他人和氣打完場，很快就像沒事兒般繼續聊天。倉科明日奈皺起眉，她之前便想不通，難道東京這邊沒有一流的醫院嗎？為何特別飛去京都的醫院接受檢查呢？注意到四人不自然的態度，再次勾起心中積壓多時的懸念。原本覺得四人寒暄無聊的肖恩，意外發現一絲有趣的亮點，決定留下來，細心傾聽四人對話。

（看樣子爸爸拒絕在東京找醫院檢查，不獨是錢，還有其他更深層次的理由。）

（該不會爸爸是通緝犯，不能露面張揚吧？）

肖恩一百八十度倒轉，腳上頭下，像太空人般無重力漫遊。

（開玩笑也得有個限度吧？如果是通緝犯，怎麼可能正常生活工作啦。）

肖恩從來都不曾掩飾自己的想法，直來直往從不拐彎抹角。倉科明日奈白她一眼後，只會「嘻嘻嘻」掩嘴偷笑，毫無反省之意。

側耳傾聽下，總算知道對方的姓名：比較年青、穿菊花和服、話說很多的是叫「涼宮遙（すずみやはるか）」，另一位沉穩成熟的則叫「藤原雅（ふじわらみやび）」。

「藤原……涼宮……再加上倉科……」

倉科明日奈心中默念半晌，瞬間晴天霹靂。

（不可能……沒可能……為甚麼……）

（明日奈在呢喃甚麼？）

此時各款菜色均陸續上桌，倉科曜子問服務員索取多一份餐具，然後將芝士蘆筍燻鮭魚意大利麵分一點到小碗內，用剪刀將長長的麵條剪短，用湯匙再慢慢餵給女兒吃。

既然食物送到嘴邊，倉科明日奈當然張開小嘴。雖然牙齒長出來時很痛苦，但可以享受到美食，亦不是壞事。與平常母親煮的家常菜不同，豪華的食材配上專業的技術，絕對是頂級的享受。

受到美食的衝擊，登時陶醉其中，渾然未有留意藤原雅那對細長的雙眼，正在注視著自己的一舉一動。

「嫂子，讓我來！」

涼宮遙看見女嬰的吃相，激發女人天生的母性，也搶著嘗試餵食。將點來的橙汁插上飲管，遞至倉科明日奈嘴邊。美人侍奉到嘴邊，不接受便是無禮。望著女嬰小嘴用力吸啜，越加寵愛起來。

「哎呀，小寶寶真可愛呢……說起來學姐都結婚好幾年了，何時才生個好寶寶呢？」

涼宮遙無預警下突然向藤原雅拋出問題，對方微微一笑，禮貌地點頭答道：「暫時還沒那個心情呢。」

「哎呀，這些事還需要心情嗎？」

「這些話輪不到遙來說吧。說起來妳有考慮過何時結婚嗎？結婚後就可以生寶寶了。」

涼宮遙掩嘴害羞道：「結婚？人家還未有心理準備呢！」

「可是我聽說遙和群林堂的少爺來往很密啊。」

「討厭，我和雅明（まさあき）只是朋友關係，還未談到那方面的事唷。」

「涼宮老太太沒有催促嗎？」

涼宮遙俏臉上浮現一抹羞紅，意外地像少女般純情，扭頭抿嘴道：「這個當然有啦……可是我和雅明都認為不應那麼快……好啦！別老是說我的事啊！哎呀，雄司工作上還順利嗎？」

強彎地改變話題，倉科雄司認真回答道：「這幾年都在擔任JUICE百貨總部門市部係長。預定明年會調去新落成的銀座廣場，升任門市部課長。」

「JUICE的銀座廣場嘛……據我所知，這個項目早在四年前就拍板吧？」

「對啊，所以事到如今就算經濟轉差，也不可能撤回呢，否則我們就損失慘重了。」涼宮遙一臉憂愁，可是很快就恢復元氣：「不過我相信憑雄司的本事，一定有辦法幫JUICE達成盈利目標。」

「也得遙打開這道門，我才能順利進入JUICE。」

「請別說那樣的話，我除去叫人事部聘請雄司之外，就甚麼都沒有做過。」

「不，沒有遙安排，我怎麼可能通過人事部呢。」

誒？且慢，剛才涼宮遙輕描淡寫間洩漏要不得的情報。

JUICE百貨乃日本著名的連鎖式綜合購物百貨店，無論在日本國內以至海外各國都有開設業務。前世自己身處南京，也偶爾到它們的分店購物。涼宮遙嘴巴說得簡單，隨便向人事部動張嘴就可以安排倉科雄司入職，難道她是JUICE的老闆嗎？

考慮她的「姓氏」，一切彷彿是理所當然。

「然後在JUICE認識嫂子，拜託我當證婚人……世事真是變幻無常呢。」

為何連藤原雅都在爆料啊？證婚人？別吞吞吐吐，快點將父母的戀愛史好好說個清楚！

倉科曜子不好意思，靦腆道：「幸得藤原小姐及涼宮小姐的幫助，我與雄司才順利結婚。」

涼宮遙假哭道：「哎呀，當天要不是臨時有工作，我就不會缺席啦。」

「放心，那天我臨時找小友友當證婚人，雄司他們亦順利結婚。」

「總之無論如何……多謝你們。」

等等，「小友友」又是誰啊？怎麼所有人都沒有問，難道又是認識的人嗎？不要臨時插入新人物啊！當然大家持續閒話家常，無人理會倉科明日奈心底的疑問。當桌上菜餚漸漸減少，明日奈肚子飽了，心中的疑問也更大了。

「明日奈真的很乖，居然一直沒有哭喊過。」

「其實她要是哭起來，可是誰都勸不止。」

藤原雅輕輕「嗯」的一聲，凝視倉科明日奈那隻殊為注目的右瞳，旋即問雄司道：「京都大學醫學部附屬醫院的調查報告真的說查無問題嗎？」

提到倉科明日奈的右眼，雄司不禁露出愁容：「醫生說淚囊、瞳孔、角膜、視網膜等等全部都無問題，當然不排除有些疾病可能隨後天成長才慢慢出現，所以推薦三歲前都要進行定期檢查。」

藤原雅想也不想，一口應允道：「放心吧，這方面我會安排。」

倉科雄司似是下定決心，從口袋抽出一張支票，推至藤原雅面前。對方睨視一眼，放下筷子，以毛巾抹嘴：「雄司，這是甚麼意思？」

「去年平安夜那天，在淺草花屋敷遊樂園遭遇超級英雄戰鬥，捲入意外受傷，獲得保險公司的賠款。」

因應平民不幸捲進超級英雄的事故，導致各種有形或無形的損失，有不少保險公司趁機推出相關保險，讓受保者遭遇意外時，可以受理賠償。當然視乎保額多寡，從而獲得不同程度的保障。從最基本的個人人身傷害保障，甚至為整棟物業及機構提供完全的保險，各種方案包羅萬有。保費不便宜，絕大多數人都不會買。畢竟一般人遇上超級英雄事故，比中頭獎發大財的機率更低。

倉科雄司購買的家庭保險中，指定包括超級英雄事故的災後賠償。向保險公司交上當天進園的入場券、救護車接載紀錄、自己及女兒的醫療報告，經過對方調查確實，獲得一筆小額賠款。

順帶一提，事後聽新聞報導，得知鎧甲戰士凌天遇害，心中好一陣子難過萬分。犯人身分不詳，由於前後殺害好幾位超級英雄，故稱為「超級英雄殺手」。

處身現場，挺著嬰兒的身體，連自保都辦不到，父親更受傷，令倉科明日奈心中焦躁內疚。雖說獲得小額賠款，但對倉科家而言亦非小數目。藤原雅明顯知道難處，拒絕收下：「我根本不需要。」

「這是我的心意，不想白白接受雅的恩惠。」支票推至藤原雅面前，倉科雄司誠摯請求道：「雅，我知道閣下人面比較廣，能否幫忙找找『那方面』的人呢？」

「『那方面』的意思是……」

「超能力者或靈能力者之類，會特殊能力的人。」

涼宮遙也嚇一跳，暫時不再逗弄倉科明日奈，沉默地望向雄司。明日奈猜不透父親的用意，也用力豎起耳朵。

「為甚麼？」

「老實說，最初我們都擔心明日奈那隻異色瞳，是不是先天異常或畸變。據我所知，兩邊家族中人，從來不帶這種基因。究竟是甚麼地方出了問題，到現在還搞不懂。即使醫生說無害，卻流出那麼多血，以至整顆眼珠都染紅，那樣子根本無法安心。」

倉科明日奈聽在耳內，想起當時自己一時任性，更加愧疚難安。要是她能夠說話，真想立即高聲呼喊一切全是誤會，請父母安心。

「醫生說找不到成因，所以我才會想，會否涉及非科學的原因。」
「這是藥石亂投吧。」
「但也不能排除有這種可能性。」
倉科明日奈臉色驟變，怎麼父親突然如斯精明；至於始作俑者肖恩，即時別過臉去，事不關己的吹口哨。藤原雅眼珠子快速打量明日奈一眼，雄司仍然低頭，絲毫未有發現女兒的表情有異：
「曜子覺得有可能是『那方面』的東西，可惜我們完全不認識相關的人，就算想找人問亦無從入手。如果再次拜託雅，亦不好意思。所以……請當作薄酬收下吧。」
倉科曜子凝視丈夫，涼宮遙不知道如何排解室內古怪的氣氛，正徬徨地左右打量。就只有藤原雅臉若平常，她斟一小杯梅酒，淺淺一呷，放下杯子，將支票推回去。
「就算真的找到靈異的專家，這點錢也不足以讓他們接受委託。」
「可是……」
「雄司，我們是甚麼交情，難道還會計較這些嗎？」
「不對，現在的我……」
「再跟我客氣，別怪我對雄司不客氣。」
藤原雅輕輕一句說話，便令倉科雄司不敢再有半句多餘的說話。
「那麼……謝謝藤原小姐。」
「嫂子，請別如此客氣。」
看見母親在他人面前含淚道謝，就只是為求診察自己的「疾病」，不禁於心難忍。

「我與雄司自小相識，情同兄妹。明日奈既是雄司的女兒，我無論如何都會想辦法。」

涼宮遙也在旁邊認真道：「也不要忘記我啊！雖然別的事未必辦得到，可是只要雄司在JUICE內遇上任何麻煩，我都會想辦法幫忙。」

「萬萬不可！能夠獲特殊安排進入JUICE，已經很足夠了。若然再偏心幫忙，恐怕遙會受他人指責任人唯親。」

「哼，誰敢說我們涼宮家壞話？」

「雄司的憂慮並非沒有道理：遙不在意，但是其他人相當在意。要是JUICE傳出不好的謠言，讓分家的人有心捕風捉影，便會化為攻擊本家的藉口。何況傳出多餘的風聲，一旦驚動上流社會，惹來閒言閒語，屆時豈非洩露雄司的存在嗎？」

涼宮遙合掌醒悟道：「呃，不愧是藤原財務大臣長女，思考真是周到。」

藤原雅幽幽嘆氣：「放心吧，關於靈能者的事，我會想辦法找找看有沒有適合的人。當然在此之前，還是要去醫院檢查，不能掉以輕心。」

「我明白的。」

「無論如何，拜託藤原小姐了。」

絕對錯不了，倉科明日奈這下確信，不是幻聽更不是幻覺。

藤原雅出身政閥，為五大政閥藤原家的千金。

涼宮遙出身財閥，為七大財閥涼宮家的千金。

所謂五大政閥，分別是藤原、伊藤、綾小路、石原與細田；至於七大財閥，分別是本田、涼宮、倉科、柳井、三木、瀧崎與文月。每一個家族都勢力龐大，佔據日本政治及經濟金字塔的頂端。前世早就久聞大名，正正因為如此才更加不安。好比住在山頂豪宅的富翁，怎麼可能主動邀請山腳廉租屋的平民共桌用餐？

聽二人的語氣，她們與倉科雄司的交情匪淺，其中藤原雅更自言自小認識，與父親情同兄妹，不分高低像老朋友般無話不談？要說父親是普通人，那絕對是沒可能的事。若然父親也是出身倉科家，那麼一切都說得通。

話說回頭「倉科」這個姓氏，不也是七大財閥的其中一個嗎？難不成自己亦是……

（不行……這個想法太荒謬……）

冷靜點！藤原在過去日本是貴族的姓氏，同姓的人很多！對，巧合巧合！

（喂喂喂，明日奈究竟在想甚麼啊？為何不向人家坦白？）

（別吵，我在思考很重要的事！）

假如父親是有錢人，怎麼可能活得那麼清貧呢？要不是親眼看見，還以為倉科雄司是普通的社畜啊！她來回打量藤原雅與涼宮遙，當然對方不會回答這個疑問。

五人結帳離開西餐廳，服務生在收拾桌面時，悄悄將倉科明日奈曾經用過的飲管放入塑膠袋密封。正巧有一位男客人路過，以迅雷不及掩耳之法，交到對方手中。當然男客人亦同時塞來一封厚厚的信封，內有大疊鈔票，數額甚大，讓服務生非常高興。

至於藤原雅步出門外，突然認真地問倉科雄司道：「雄司應該有聽到『那個』傳聞吧。」

倉科雄司倏地收起笑臉，轉身望向藤原雅，對方續問道：「仍未改變主意嗎？」

傳聞？甚麼傳聞？倉科明日奈腦袋快速讀取記憶，最近電視機中的新聞報導並無特別大事，不知道藤原雅究竟意何所指。

「真是多餘的問題。」

倉科曜子抱著裝作熟睡的明日奈，默默地站在丈夫身邊，意外地看見她露出彷徨的神色。明日奈透過肖恩的視角來回打量兩人，見父母的臉色古怪，涼宮遙亦愣在一邊，偷偷拉扯藤原雅的衣袖。

「學姐……」

「看來是我問了多餘的問題。」藤原雅欠身道：「不過我覺得雄司應該好好考慮清楚。」

倉科雄司擁著妻子與女兒：「無論如何，我都不會原諒『那傢伙』。」

涼宮遙感覺二人之間氣氛相當不妙，話卡在喉嚨說不出來。

「都過去那麼多年了，還是未能放下嗎？難道連明日奈都要瞞下去嗎？紙包不住火，令尊要抓人，只是時間問題。」

倉科雄司呼吸轉重，藤原雅冷靜勸道：「我只是覺得你一直這樣下去，是無法解決問題。」

「我沒有錯，也不想回去那個家。明日奈那邊……待她長大後，我會好好向她解釋。」倉科雄司最後強調道：「雖然感謝雅和遙，可是請不要再干涉『那件事』。如果雅仍想當說客，請回去吧。」

潛台詞是再談下去，雙方就要割蓆。

「這個……這個……」

涼宮遙想說點甚麼話來挽回倉科雄司時，卻被藤原雅遞起右手阻攔。

「學姐？」

「南，送雄司一家回去。」

「是，大小姐。」

司機得令後，照來時那樣驅車送三人回家。藤原雅的雙眼，一直穿透玻璃窗，盯著後座的倉科明日奈，以及飄浮在她身邊的肖恩。

「學姐？」

「咦，沒事。」藤原雅甩甩手，向涼宮遙淺笑道：「我們快點回家吧。」

「雄司……家公他……」與此同時，離去的房車上，倉科雄司強力的臂膀擁著妻子，眼神堅定望向前方：「放心吧，就算拚上性命，我決不會讓『那傢伙』傷害曜子和明日奈。」

「家公？」倉科明日奈注意到母親對白中漏出來的稱呼，細思道：「是指我的爺爺嗎？」倉科曜子常常與外祖父外祖母電話聯絡，他們偶然也從鄉間寄來蔬果。反而祖父祖母卻不曾見過一面，甚至父母提都未嘗提過半句。這麼一樣，當中恐怕有貓膩。

「大不了就離開東京，搬去他處。」

「萬萬不可，雄司。正因為在東京，還可以有藤原小姐及涼宮小姐代為庇護。要是移居他處，恐怕家公大人很快就找上門……」

「為了女兒，我甚麼都會做！那怕與『那傢伙』為敵，亦在所難免。」倉科雄司十指緊握成拳，雙眼似欲噴出火花。隨後望望一臉安詳睡臉的女兒，神態稍微緩和，稍稍去掉乖戾之氣：「待明日奈長大後，屆時才交代『那傢伙』的事，再讓她自己決定吧。不過我相信，她必定明白我的苦心。」

「不不不，爸爸甚麼都不說，我又不是你肚子中的蟲，怎麼可能明白啊！」這個家真的不簡單啊！會不會太多隱情？倉科明日奈口不能言，只能在心中默默反駁。適時厚實的右手，撥過自己的前額。她越加肯定，父母背後亦藏有不欲揭露的隱情。

（肖恩真的是隨便找個媽媽然後塞我進去嗎？）

（唔……當年真的是隨便找個孕婦然後塞進去，居然會遇上這樣的超展開，人家亦很意外呢。貌似跟在明日奈身邊，就絕不會無聊啊。）

（好歹是影響我將來的大事啊，請不要說得事不關己似的。）

（因為真的與人家無關嘛。何況麻煩越多不是越好嗎？急遽變化的日常才有趣啊！）

老樣子一往無前，而且意氣風發。對自己而言這是影響人生未來的轉捩點，但是肖恩而言卻僅僅是一場消遣。之後父母主動封口，再沒有提過相關的話題。倉科明日奈念念不忘，肖恩意外緊張激動，兩人同樣對此相當在意。關鍵人物，還是自己的祖父。難道祖父是倉科財閥中的強大人物嗎？而父親與他不和，才會拒絕見面，而且拜託藤原雅與涼宮遙保密嗎？

所有線索慢慢聯繫起來，很多事情都能夠合理解釋。為何要特別前去京都醫院檢查？為何要涼宮遙運用權力安排工作？為何從來不說祖父的事？莫非父親與他關係不好，才不得不為人注意下悄悄生活？一旦祖父對父母不利時，倉科明日奈不希望像溫室的小花，淒慘等待他人幫助。

「今世決不能再像前世那樣活得窩囊，任由他人欺侮……為守護重要的人，果然力量還是有其必要的……」

第六話　夏蟬鳴響之時（前）

A.D. 2002/08/16 - 08/17

上弦月與星海於夜幕同場輝映，其光芒尚不及手中一盞營燈明亮溫暖。如漆的黑夜中，有一人負著沉甸甸的背囊，吃力地拖著巨大的行李箱，咬牙拚命趕路。滾輪艱難地輾過凹凸不平的崎嶇山坡，一個人一個背包一口箱子加一盞小燈，憑腳跟前那片搖曳的黃光，穿過這片洪荒時代便靜謐至今的山林。參天的古木粗扭臂膀，無神地瞪視這位遠道而來的訪客。球鞋踩上附生綠絨苔鮮的石頭，右手高舉營燈，撥開自樹上垂擱在面前的蔓藤。摸索腦海深處的記憶，終於找到目的地。

回憶中粼粼波光的湖水，此刻表面浮滿混濁的泥草。凝止不動的糊成漿，而且傳出強烈惡臭。那個人屏息閉氣，小心翼翼站穩身子，把營燈掛在腰間，卸下比腰還高的背囊，雙手分別從上面及側面握緊提起行李箱。晚風拂過林木，吹到身上，盡是炎炎的氣息。一路走來額上冒出斗大的汗珠，大口大口地呼吸，猛地雙手發力，捧起行李箱擲進湖水內。

一晃眼便沉墜到最底下，湖面憤怒地翻起波濤，隨即恢復平靜，彷彿甚麼事都沒有發生過般，澈底鯨吞至深處。那個人抹抹額上汗水，猶在扭頭張看。惟有乍起乍落的蟬鳴，於幽靜中擾亂愁人心緒。肯定無人在附近後，才安心揹起背囊，轉身離開。

遺憾他不曾注意到，或者說根本看不見一位白髮和服幼女佇立於湖邊，那對朱紅色寶石的瞳孔，從頭至尾將整個過程收錄進眼簾內。

「咕嘿嘿嘿嗨嗨嗨！太棒了！人家最期待的事件終於發生了！」白髮赤瞳幼女縱聲愉悅狂笑道：「居然能夠意外碰上這麼有趣的事件，真是不枉此行。果然只要待在明日奈身邊，總會碰上層出不窮的驚喜呢！」

姑且將時間倒退回去十五小時前，亦即是同一天早上七時左右。這天倉科雄司趁盆休其間，帶同妻子及女兒回鄉探望外父外母。

日本的盆休，即為中國的盂蘭盆節。雖然月曆上並非紅字，可是無論公家機關抑或民間機構均一律有相應的休假安排。其中JUICE採值班制，全部員工任擇七月、八月及九月任一時段分批盆休。倉科曜子與其同在東京工作的弟弟鈴木將平（すずきしょうへい）議定八月中旬回鄉，所以雄司便選擇八月休息一周。

「對不起！我這邊臨時有點急事，抽不出身！姐姐和姐夫先回去吧，我明天再趕回去！」

八月十五日晚上，倉科曜子突然收到弟弟來電，只好無奈向丈夫如實稟告。雖然同在東京，偶爾見過幾次面，對於這位舅仔，雄司並不算特別熟悉。車票早就訂好，行李也收拾妥當，不可能因為一人而變卦。雄司拖著兩大箱行李還揹著大背囊，曜子抱著女兒，趁早出門乘直通車，如期離開東京。曜子的娘家位處山形縣鶴岡市藤澤一帶某條小農村，直通車抵達鶴岡市後，於市內找一間便利店吃點食物，再轉乘兩次公車，中間前後花費接近十二小時，至傍晚五六時才抵達村口。一番奔波折騰，夫妻均同告疲累。

「曜子，還行嗎？」

「嗯，沒事。倒是雄司累嗎？」

「手有點疼了，晚上幫我按摩。」

「想得美！」

「明日奈呢。」

「剛剛醒過來了。」

女兒就像平日那樣，在車上安安靜靜，不致為二人的旅途添煩添亂。轉生後首次「回鄉」，即將與外祖父與外祖母見面。記憶中素未謀面的陌生人，名義上及血緣上是親人，倉科明日奈並未有任何感覺。倒是難得可以離開東京那間細小斗室，飽覽廣闊的田園風光，才更值得開心。

這條與世隔絕的小農村，從市中心出發，也得轉乘兩次公車才抵達。公車的班次表載明一天只有四個班次，而他們正好趕上最後一個班次。要是遲了半步，便得聯絡外祖父駕車出來接載。

趁太陽未下山，父母不免加快步伐，沿著田間小路往村中前行，靜悄悄的黃泥路，與鬧市人往人來差異甚大。晚霞時份，惟有昏鴉掠過頭頂，發出陣陣和音。蟬亦隱沒於兩旁樹林，爭相發出高低不一的鳴響。村子三面倚傍山脈，以東邊山峰為最高，既遺世而獨立，又與世無爭。十年如一日的風景，不管哪處的鄉村，總有鬱翠蔭森的深山，望之既深且畏。

同樣是農村，卻與前世的家鄉迥異。碧翠鮮亮的綠樹，乾淨無垃圾的小道，平坦無凹凸的路面，連小小的候車亭都井然有條。那怕在近距離觀察，也不會發現各種微小又礙眼的瑕疵：例如建築物的嵌位歪掉，又或地臺有裂縫等等。

鈴木家是老舊的兩層木屋，大屋頂定格南向，開敞的起居室亦朝南開放。旁邊連著簡樸的農舍，在日沒前亮起電燈，吸引群蛾亂舞。推開籬笆，倉科曜子走在最前，大喊「爸爸」「媽媽」，旋即有人應聲而至。看見女兒及孫女跟在雄司身邊，不禁喜上梢眉。

「外父、外母，許久不見。」

看見女兒、女婿及外孫女，外祖母頓時笑逐顏開：「噢，終於回來啦。別在門口站著，快快進來。」

再重申一次，不是回去「父親的老家」，而是「母親的老家」，讓倉科明日奈納悶不已。至今她猶記得，與藤原雅及涼宮遙飯聚後，父親老是擺著非常難看的臉色。那幾天家中氣氛特別抑鬱，母親也不主動刺激父親，直到幾天後才恢復如常。一年多過去，自己已經兩歲，仍然不知祖父祖母是誰。無論是父親抑或母親，均刻意避談，致令她鬱悶無比。

盆休不回自己的老家而是妻子的老家，倉科明日奈更加肯定父親與老家，尤其是與祖父之間發生些不愉快的事。再結合藤原雅的提問，以及父親與兩位千金小姐的關係，大抵十有八九，父親真的是倉科財閥出身的貴公子，與家族有嫌隙而隱姓埋名離家出走。除去這個答案外，就想不到其他可能性，能夠完美解釋目前為止的矛盾。怎麼想都像晚上肥皂劇的劇情，偏偏現實有時候就是如此毫無邏輯不講道理荒謬絕倫。遺憾不管猜中與否，現在亦無法核實。

以防萬一，她持續勤力鍛鍊權能，殊未見跳躍性的進步。至今也就只能將刪改的字句，增加至四句，光憑這種程度仍不足以守護父母。更何況使用權能的次數越來越少，要是仍舊拒絕取悅滿足那位魔女寫作新小說，就不可能繼續使用這個便利的超能力，不得不思考有沒有兩全其美的方法。

「來！乖孫，讓公公抱抱。」

「快叫『婆婆』看看。」
「公公、婆婆。」
「嘩，一叫就懂，真聰明。」
「明日奈向來都是這麼聰明呢，很早就學會叫爸爸媽媽了。」
「這麼聰明，不愧是繼承雄司優良基因呢。」
「媽媽！」
外祖母無心一言，被倉科曜子訓道，頓時掩著嘴巴。三人朝房間處打量，倉科雄司貌似尚在收拾房間，距離太遠聽不到，久無反應，這才鬆一口氣。倉科曜子猶不安心，再三提點道：「爸爸，媽媽，請別在雄司面前提『那些事』。」
「對不起呢。」
「哼，到現在還介懷嗎？他算是男人嗎？」
「爸爸。」
「是是是，不談了，閉上嘴巴就是。都不知道看上那個男人甚麼地方……」
母親悶著一口氣，不敢對外祖父口出惡言。倉科明日奈皺眉，從幾人的反應來看，父親背後果真隱藏某些不欲人提的舊事。
（他們說明日奈繼承爸爸優良基因，究竟是甚麼意思呢？）
肖恩也想來觀賞田園風光，所以一併跟過來。
（別老是向我提問唷。）

藉助肖恩的視線，倉科明日奈觀察自己的臉貌。越是長大，越是發覺眉目有幾分像父親。

（說不定單純是說我的容貌像爸爸吧？可是那樣子需要值得如此介意嗎？）

明明執起某些線索，往下拉扯時又被割斷。如墜五里迷霧，拼圖缺了幾塊，思維無法理順。

（難道明日奈是克隆人嗎？抑或基因改造人？）

（我真的佩服妳天馬行空的創意……索性說我是生化改造人更好。）

（不錯！是科幻小說的展開啊！那樣子也很有趣！）

倉科明日奈沒好氣理會她，放任肖恩胡思亂想。

「哎喲，孫女竟然皺起眉頭？樣子都不好看了。」

稍一分神，外祖父整塊臉堆過來，在倉科明日奈柔軟的臉蛋上下磨擦。與父親不同，對方臉上蓄著又尖又硬的鬍子，使勁來回刮動，像針一樣刺人，好比施加最難受的極刑，立即伸手推開他。被外孫女嬌弱無力的手推拍，外祖父猶不以為然，以為她在鬧著玩：「喂喂喂，不親公公嗎？」

「可能是怕生吧？」

「奇怪呢，明日奈從來都不怕生，見到左鄰右里還會主動打招呼呢。」

「一定是你樣子太怪，嚇著明日奈。老頭子，讓明日奈在地面走幾步瞧瞧。」

外祖父聽從外祖母的說話，將倉科明日奈擺在榻榻米上。她樂得脫身恢復自由，即時撐起雙腳直立行走，投入外祖母的懷抱。

「真好呢……終於可以抱到明日奈了。」

「對不起，媽媽。前年剛生產，去年雄司的公司有要緊企劃動不了身，所以延至今年才能抽時間回鄉。」

籌備經年的JUICE銀座分店終於在稍早前的四月正式開幕，倉科雄司亦調至該處，且榮升為門市部課長。目前分店的業務已經上了軌道，肩膀的負擔也變得輕鬆後，雄司才願意申請假期，將工作轉交予下屬負責。

兩位老人家理所當然關心女兒及孫女在東京的生活，嘮嘮叨叨地問長問短。倉科曜子頗有耐心，有問必答。當然為免老人家擔心，所以對女兒右眼流血的事避而不提。

「話說這孩子居然有一紅一黑的異色瞳，看著感覺真不舒服。」

聽到父親直言無忌的說話，一時間倉科曜子無言以對。她當然知道這是很奇特的事，甚至日後也許會受到朋輩的歧視與誤會。但無論如何，自己的女兒自當維護到底。

「一般人不會去注意啦。就算真的注意到了，也許會覺得很酷呢。」

「是這樣嗎？」

其實這些只是倉科曜子一廂情願的想法，並無實際證據，聲音難免虛弱無力。幸好外祖母幫忙道：「老頭子沒有看電視劇嗎？都市的年青人頭髮都會染得五顏六色，還戴上彩色隱形眼鏡，這才叫潮流，趕時髦啊。」

「哼，都是些不良風氣。好好的日本人偏要打扮得那麼招搖過火，看見就生氣。應該全部抓起來，強迫染回黑髮！」

彷彿活在不同的時代，外祖父思想明顯落伍保守，倉科明日奈聽著就感到掃興。想起前世的母親，脾性觀念也是差不多的頑舊，完全拒絕新思想新事物。偏生認為自己無比正確，無法理性溝通，所以極為厭惡。
「曜子，房間整理好了。」
「好的，時間不早了，先出來吃晚飯吧。」
倉科曜子過去的房間，早就變成外祖父的置物間，堆滿各種雜物。雄司搬去另一個房間後，尚未整理行李，只好留待飯後再辦。外祖母及母親去廚房端菜上桌，雖是粗茶淡飯，卻全部產自農村，自然新鮮味美。機會難得，倉科明日奈盡情享受農村野菜。
兩歲的倉科明日奈，幾乎不再怎麼需要喝奶，習慣吃固體食物。看見外孫女懂得自己吃飯，不需父母操心，外祖母自然大大誇獎。然而外祖父見到孫女用左手拿匙，頓時擺出一副黑臉，質問母親是不是不會教孩子，為何無強行矯正。雄司第一時間維護妻子及女兒，說現代已經無人視此為缺陷，甚至列出外國研究，證明左撇子天生有某些優勢，不應強硬改變。外祖父被女婿駁斥，心情難免糟透，像瘋子般一邊吃飯一邊嚴厲說教。
倉科明日奈自忖自己前世都是右撇子，今世卻變成左撇子，連她都搞不懂緣由。憑前世遺留的經驗，不是不能用右手執筷拿匙，但總是覺得不稱意不順心，總及不上左手靈活敏捷。恐怕這是先天傾向，受肉體左右，光靠意志扭轉不了。
「公公有夠討厭的，既然說看見就火冒三丈，那麼不看不就沒問題嘛。誰叫你老是盯著我啊？其實爸媽之前是怕他嘮叨，才不想回鄉吧。唉，媽媽嫁到爸爸這樣的好男人，能夠正大光明離開這老頭子，真夠幸運。」
換成男人的話，就得連同自己的妻子同住一屋受氣，讓妻子天天受委屈……倉科明日奈再次憶起前世的弟弟及弟婦，益發不敢想像他們目前處境如何。

外祖母在旁邊輕聲道：「明日奈兩歲就能自己吃飯，真是讓人省心的孩子。明天告訴安藤太太，讓她羨慕一下。」

外祖父頓時醒悟過來，忽發奇想：「對哦！哼哼哼，明天讓安藤那老傢伙看看，叫他羨慕至死。不過在別人面前，一定要用右手拿匙！」

外祖母乘勝追擊，哄著外祖父的心思，改變飯桌上的話題：「曜子，有否準備替明日奈找哪間幼稚園？」

「住處附近有幾間幼稚園，其中口碑最好的是花田幼稚園，準備之後去搜集更多資料。」

「公立抑或是私立？」

「私立。」

「私立？學費很貴唷。」

「我們負擔得起。」

「外母，確實費用比較昂貴，但我和曜子都認為讓明日奈接受更優質的教育，絕對是物有所值。」

「既然雄司和曜子都有決定，那麼準不會有錯。」

之前在家中，倉科明日奈已經聽到父母早早就為自己物色幼稚園。

在日本六歲前的孩童，可以選擇入保育園或幼稚園。前者主要為雙職家長服務，幫忙照顧孩童，以託兒服務為主；後者則是正常的教育機構，注重幼童教育的範疇。倉科曜子身為全職主婦，並未考慮尋找工作，時間充裕，當然選擇後者。

三歲才入學，想不到父母早於兩歲就綢繆，心想會不會過於緊張。不過父母如此重視自己，心底還是有點高興，坦率接受二人的恩情。相比起來，前世那位不知所謂的母親，不僅完全不管，還千方百計阻撓他升讀大學，催促早日出來工作，無異是天壤之別。當同學課餘時專心寫作贏取文學獎出道成作家時，他卻不得不自己出去拚命打零工賺學費及生活費，焉有餘閒寫出好作品？

要不是投錯胎，有那樣的母親，恐怕自己早就無絆腳石，平步青雲出書當作家了。

「話說將平怎麼還未回來？」

倉科明日奈憂憤鬱思，有氣難平時，原本和睦的飯桌，因為外祖父突如其來的問話，頓時氣氛改變，霎時刺激她的思緒拉回來。

「今天不是跟爸爸提過，將平工作的地方臨時有急事，說要明天才能回來……」

外祖父眉頭深鎖，低頭啐了一聲：「隨他去！喜歡就回來，不喜歡便不要回來，又沒有人強迫他。」

這是明知故問，有意挑起話題，外祖母都有點不滿。當然在外祖父面前，她只能婉言道：「老頭子，怎麼能說那樣的話呢。好歹將平是我們的兒子。」

「不聽話的兒子，就當生少一個吧。」

倉科明日奈之前在旅途上聽父母提及外祖父不喜歡舅父，看來關係蠻惡劣。即使如此舅父都願意回來，似乎還是很有孝心。

倉科曜子為緩和外祖父的心情，嘗試道：「爸爸，我聽將平說，他好像有女朋友……」

「真的？太好了！將平這孩子年紀不輕，要是還沒有對象，我得想法子介紹他去相親。」

「哼，不就是城市那些不三不四的女人嗎？」

外祖母與外祖父的態度迥異，讓倉科明日奈啞口無言。天下烏鴉一樣黑，萬家父母皆如是，總得操心子女的婚活。前世的母親同是一個模子，不斷強迫他及弟弟相親，與不喜歡的女人結婚。婚姻大事豈能不問當事人意見，由父母擅作主張？前世弟弟及弟婦，就是受母親牽累，從而過上不幸的人生。至於自己則作為逃兵遠走他方，在日本自殺身亡，才避過變成扯線木偶，墜入相親地獄。

（明日奈，怎麼樣了？）

肖恩察覺到倉科明日奈內心霎時傳來劇烈的震盪，好奇發問。

（不，沒甚麼……只是想起前世一些不太好的回憶。）

打從立志自殺，她便決心拋棄所有。然而待發現自己帶著前世記憶轉生後，卻又不時回首往昔。很多事從來不是拿得起放得下，自己任性自殺，留下弟弟一人受母親與妻子雙重壓迫，久久無法釋懷。縱使如此，她依然沒有任何後悔。因為自己確實生無可戀，尋找不到活著的意義。直到轉生成為倉科明日奈，僥倖獲得倉科雄司與曜子毫無條件的愛，自己亦希望回報他們養育之恩，才賦予她「活下去」的動力。

（話說我很好奇，明日奈前世究竟經歷過甚麼事，最後決定要自殺呢？都過去兩年了，多少也透露一點給人家吧？）

（事情都過去了，請別再問。）

除去姓名叫「張仲恆」，曾經撰寫《少女心事》，最後整部作品的著作權被紀春筠鳩占鵲巢等等，肖恩便對倉科明日奈前世的人生一無所知。

（騙人，人家可是很清楚，明日奈相當在意呢。）

（哪兒有啊？）

倉科明日奈急急分辯，不過明顯語氣軟弱。

（不要忘記我們心靈可是聯繫在一起，無論對方在想甚麼，另一半都能感受得到呢。更重要的是，明日奈直到現在，仍然對「紀春筠」與《少女心事》念念不忘。）

肖恩說中痛處，霎時窘迫，瞪眼翹舌，不由得沉默下來。聽著對方洋洋得意的口氣，倉科明日奈縱然心有不甘，可是肖恩就像鏡子，只是如實反映自己內心真切的想法。

（別將我說得好像是對前度女友念念不忘的男人！我對那個賤女人就只有恨意！）

前世人生分別被兩個女人摧毀：一個是母親，一個是紀春筠。倉科明日奈每當想起她們，拳頭不由自主地捏緊，雙眼冒出火光。無法拋卻往昔的仇恨，意味靈魂依然束縛在過去。

（將來有機會，一定會找她復仇……絕對會……）

肖恩正是不斷感受到這番源源不絕的怒火，才會如此肯定斷言。當然她故意忘記若非自己橫插一腳，單方面逮住倉科明日奈的靈魂，強制訂立契約收為眷屬，對方也就不會帶著前世的記憶轉生，陷入痛苦之中。

（現在不說出來也不打緊，改天有空請好好告訴人家，絕對是甘美無比的好故事。）

（去妳的！）

最初以為肖恩只懂得假裝作人類露出虛有其表的笑容，但相處久了，就明白她的一切言行都是純粹的真心誠意——不管是惡意抑或善意，只要感到有趣，就不管三七廿一全力投入。興許因為她不是人，所以不能用常人的標準去丈量。

（老是催促我說自己的事，那麼妳呢？自稱活上千年，經歷如此漫長的歲月，想必比我的人生更精彩。）

肖恩繼續拋出那張看著特別讓人不舒服的微笑，翩翩飄揚和服的衣袖與下擺。

（待在這處絕對會窒息呢。如果沒有別的事，人家出去四處參觀。）

（隨妳的便。）

倉科明日奈白她一眼，既然肖恩不願提，那麼自己也不想說。兩個人可以毫無隔閡地戳對方的痛處，也不知道關係算好抑或算差。到底她的過去發生過甚麼事，自己一無所知，也未必特別想知道。現在這樣子保持一定距離，也挺不錯的。

白髮幼小的魔女，穿著那襲勝似白雪的和服，飄然穿過鈴木家的牆壁，嘗試在這個小小的村落中發掘有趣的事兒。如今肖恩似乎能夠無限制移動，不用再黏在倉科明日奈身邊數米範圍內。重獲自由後，總是天天往外跑，最常造訪的就是戲院。通過視覺共享與明日奈觀看偵探電影，然後在最後快將揭穿真相時中斷連線，然後要求推理答案；又或在路上發現奇怪的事件或現象，即時發問問題，要明日奈構想說明及解決方案。

（肖恩提供的資料又不夠全面，我只能瞎掰啦，有可能矇錯的啊。）

（沒問題啦，只要能夠交出讓人家滿意的「創作」就行。）

似乎是以這種折衷的方式，接納倉科明日奈無理的堅持，姑且視她的推理模擬答案當成「創作」。拜此所賜不斷滿足她各種奇怪的要求，強迫提供「甜品」滿足精神。明日奈才不會感恩，那傢伙焉會甘於滿足現在的狀況呢？她的最終目的，依然想自己重新執筆寫作。

厭惡沉悶及無聊，最喜歡尋找樂趣的她，怎麼可能安分守己過日子？倉科明日奈總是疑心，對方瞞著自己，背地裏準備某些特別的計畫。

「算了，就算懷疑又如何？現在也不可能找到任何確鑿無疑的證據。」

古曰「疑鄰竊斧」，觀察他人最忌先入為主。一旦認定肖恩暗中搞事的話，便容易攙入個人主觀武斷。倉科明日奈何嘗不知道，二人靈魂連在一起，直至死亡才能夠分離。要是一直這樣猜疑對方，那麼將來的日子肯定非常難過又受累。

「明明自己都轉生成女孩子了，卻還是完全搞不懂女人的心思。不對，魔女還算是女人嗎？」

前世聽人說，女人可是有很多祕密。當自己轉生成女孩子後，卻認為無分男女，每個人都有不能說的祕密。她不希望身為轉生者的事抖出去，與前世牽扯上任何關係。務須拋卻那段屈辱黑暗的過去，用「倉科明日奈」的身分展開全新的人生。那怕是朝夕相對親密無間，兩年來同床共枕的肖恩，亦不容妄自踏進祕密領域。相對地自己亦然，不會強迫肖恩交代她不欲對人言之事。

友誼是非常牢固，同時也是無比脆弱。好比河上的小舟，既能千言萬語渡重山，亦會一言不合翻沉江。正因為重視肖恩，才不想輕率越過那段不可丈量的距離，破壞二人之間的關係。

「真是的……多麼讓人不省心的孩子……不過我都沒資格說她呢。哎，果然做人就很煩惱呢。假如還有來生，我死不也想再投胎做人耶。」

晚上外祖母主動替孫女洗澡，倉科明日奈還是頭一回與老人家入浴，其光景甚為獨特，教她不知該怎麼形容。

咦，真是優秀的貧乳基因呢。自己未來的極限，想必也就只有這麼大呢……咳咳咳，想多了！不要停下來啊！從今天起努力揉，多喝牛奶羊奶椰奶，在發育期加把勁，還是有希望的！

「呵呵呵，明日奈，怎麼沒精打采的？不陪婆婆多玩一會嗎？」

一老一少浸在木製的浴盆內，倉科明日奈強裝微笑，像平常那樣子裝作兩歲稚童陪老人家潑水嬉鬧。婆孫洗澡完畢，穿好衣服後抱回房間，交回給母親照顧。

「曜子是不是餵過明日奈吃糖果？」

「對哦……呃！媽媽！」

倉科明日奈想起在長途車上母親確是餵自己吃過兩粒糖果，怎麼外祖母連這些事都知道？難道嘴巴內有糖果的味道嗎？母親正在房間打掃，聽到外祖母的質問，頓時揚起一臉埋怨的神色，卻不敢說半句話。

「明日奈還小，別吃太多甜食，免得縱壞她天天吵著吃。」

「是的，媽媽。」

倉科明日奈目標要成為漂亮的美少女，豈會讓自己吃太多發胖，所以平日根本不會亂吃零食。曜子一律點頭稱是，拉上趟門後，雄司臥在床上問何事，她才答道：「我忘記在車站那邊丟糖果的包裝紙。」

倉科雄司即時理解狀況，聳聳肩道：「唏，外母就是這樣，最喜歡撿垃圾桶找零碎。」

「雄司別說那樣的話啦，媽媽向來都是這樣。」

「總之我還是不太能接受，丟出去的垃圾被別人翻找，祕密都被看光光，終歸不太自在。」

倉科曜子「噗哧」一笑：「雄司還是對那件事念念不忘嘛。」

倉科雄司臉紅耳赤，略為激動道：「當然啦！誰會想到外母會數算垃圾桶有多少安全套，然後拉著女婿嘮叨他昨夜的閨房事？太難受了！」

「媽媽只是太緊張我們啊。」

「總之……總之我就不能接受啦。」

倉科明日奈聽在耳內，心想這位外祖母也太閒了吧？連夫妻性生活都要管嗎？外祖父思想老舊頑固都算了，那是個人問題；外祖母翻別人的垃圾，卻是赤裸裸侵犯隱私的罪行。

在都市無人隨意打開垃圾袋，只能由專門的垃圾車運走，但在鄉間可不一樣。萬一有人認真起來，隨時會遭受起訴耶。因為垃圾最容易透露一個人的祕密，通過別人倒出來的垃圾可以瞭解這個人的生活甚至隱祕，連警方調查時也很喜歡翻找疑犯及犯罪現場附近的垃圾，從中蒐集線索。

倉科明日奈心想：「如果只是翻找子女的垃圾，應該不會干犯官非吧。」

倉科曜子將女兒放在床上：「明日奈都不鬧彆扭，反而是你這做人爸爸的在鬧彆扭，多難看喲。」

倉科雄司討了個沒趣，決定不作回應，轉身抱起女兒道：「小明日奈乖，今晚陪爸爸睡好不好？」

倉科明日奈姑且偽裝出兩歲娃兒的語氣道：「呀呀～爸爸～」

「女兒說沒問題吶。」

「真是的。」

一室充滿快活的空氣，倉科明日奈敷衍唱和，內心卻想著別的事。

「翻垃圾桶這些事算小意思啦，換成前世的老媽，連房間每一吋地板都揭過來，毫不尊重子女的私隱，那才無法容忍。」

為求絕對控制兒子，不僅榨乾他們所有錢財，更不允許擁有私人空間。那怕藏得再好，她都有本事拆掉房間，將兒子的私有物挖出來。一旦看不順眼，問也不問就扔掉。即使是工作上重要的文件，她都可以視若等閒，當垃圾處理。前世每天出門都提心吊膽，索性將所有原稿帶在身上，又或暫托在好兄弟張展恆或張兆恆那邊。無數次衝擊底線，讓兩兄弟失去「人」的尊嚴。「張仲恆」果斷選擇與前世斷捨離。只有將那種變態的女人甩在後頭，她才能重新建立自己的自尊。而事實上亦很幸運，這輩子的新父母總算是正常人，讓她體會向來夢寐以求的家族之樂。

若然沒有肖恩的話，將會更加理想呢。

旋而一想，自己脫離苦海，那麼前世的弟弟呢？弟婦呢？她不敢去想，卻不代表問題不存在。即使再多的抱歉，亦無法彌補對他們的虧欠。

「想想看我還真是一個大爛人啊……」

在父親溫柔的手掌輕拍下，沉沉進入夢鄉的倉科明日奈，總是未能除去內心的離愁。是夜她睡在父母中間，擁抱幸福同時，卻也作了一個不安的噩夢。

「大哥倒是活得很開心啊……有想念過弟弟嗎？沒有！妳只是想到妳自己！」

眼前擁有的一切幸福終將崩毀，心生怨恨的弟弟會從背後緊緊拖她回去前世那個地獄的家中，受前世的母親旦夕折磨。她不想回去，再度經歷那樣不堪的人生，奮力想抓住甚麼，誓要留在「這邊」的父母身邊。

所謂的人生就是如此脆弱，輕易便毀於一旦。這股悸動持續糾纏，終究讓她未能安心睡眠。

一次普通的回鄉之旅，竟然牽動縷縷思緒，倒也是始料未及。至於肖恩則徹夜未歸，至翌晨曦光貫臨房間內，倉科明日奈於迷糊間，被外祖父中氣十足的怒吼聲震醒。

「豈有此理！竟然有賊子偷摘我田裏的莊稼？不知死活的垃圾！」

向來寧靜平和的小村，霎時變得熱鬧起來，連蟬鳴聲也變得高漲不止。倉科明日奈揉搓雙眼，父母都不在房內。習慣呼叫肖恩，卻聯絡不上，也無法感知對方位置。鬱悶間翻身爬近窗邊，由於身高及不到窗欞處，暫且將右耳朵貼在牆壁上竊聽樓下的聲音。

「老頭子哦，孫女還在睡著呢，你在大聲甚麼？」

「爸爸，怎麼大清早就在大呼小叫？」

「有賊在我的田裏偷菜啦！可惡，老子去村公所一趟，回來再吃早餐。」

「好的，我留下老頭子那份，一路順風。」

外祖父的聲音宏亮，房間這邊都聽得一清二楚。倉科明日尚腦子尚未好好理解狀況時，乍聞有人踏步上階梯接近房間，便急急退後幾步，捲回被單，裝作剛起床的樣子。

「哎呀，早安，明日奈。」

「爸爸～早～」

倉科雄司回房，見到女兒醒來，便替她換衣服，擦牙洗臉，再抱去樓下客廳。外祖母煮好一鍋粥，舀來一碗讓他慢慢吃。曜子早就吹涼一碗，一小匙一小匙餵到女兒口裏。明日奈對早上發生的事件始末不甚清楚，想自己只是小嬰兒，也就懶得推敲。四人吃至中途，不多時外祖父回來，看臉容猶有幾分怒意。

「爸爸被人偷了甚麼？」

「當然是我種的瓜菜啊！不然田裏還有甚麼可以偷？」

一旦提起小偷，外祖父情緒就相當激動。外祖母端來一碗粥，從左邊推至他面前。即使咀嚼間，猶在咒罵小偷缺德。

「村公所那邊怎麼說？」

「哼，他們不相信村中有人會做出這種事。不是村中的人做，那麼到底是誰做的啊？然後他們便懷疑是野狗，我就說野狗怎麼懂得拔菜啊！整株菜連根拔起，上哪找這麼聰明的野狗？罵了好幾句，他們才勉為其難，通知派出所的警察過來看看。」

外祖父說話聲線越來越粗，還吐出不少飛沫，濺往飯桌上，煞是嚇人。倉科明日奈前世是都市人，不過也深明農村人「靠山吃山，靠水吃水」的道理。每天辛勤的勞動被不識好歹的人端走，好比她勤勞寫成的小說被冠上其他作者的筆名後出版，要不生氣才怪。敢情是大半片田被人割個精光，有夠可憐的。究竟是誰如此缺德，向農夫的莊稼下手啊？

邊吃邊想時，看見肖恩從外面飄回來，顯易而見的滿臉喜滋滋，似乎心情相當愉快。與她相處兩年多，心知肚明這傢伙的本性，頭腦開始隱隱作痛。肖恩覺得愉快有趣的事，對一般人而言反而是不幸的事，頓時提神警覺。

（碰上了甚麼好事啊？）

（哎呀，人家見到非～常～有趣的事情呢，明日奈來猜猜看。）

（直接說答案吧。）

（人家見到竄到公公田裏偷菜的小賊呢。）

還真是巧合啊，這傢伙昨夜一直在外面飄，竟然有機會碰上小偷，目睹案發過程。

（肖恩知道偷公公莊稼的犯人是誰嗎？）

（憑明日奈的本領，相信很簡單就找出犯人吧。）

哦，大抵明白了，原來是這樣的套路。明明發現小偷，卻不說出來，偏要倉科明日奈猜出來。就像平時那樣，藉由故意考問自己，根據現實情報發揮想像力，依據邏輯構築推理進行假說，視為創作來享受趣味。

（才分別一個晚上，就變得如此不老實了。反正我也閒得發慌，姑且挑戰看看吧。）

倉科明日奈自嘲，她恐怕是有史以上最年幼的偵探了。

第七話　夏蟬鳴響之時（中）

A.D. 2002/08/17

肖恩心中打甚麼鬼主意，倉科明日奈早就估到七八分。單純精神體的她，除去與自己聊天外，就甚麼都做不到。在這個誰也看不見她，她亦無法與任何人交流的世界，某方面而言可謂孤獨寂寞。為此而渴求奇異有趣驚心動魄的事件，亦是可以理解。吃瓜看戲之心，人皆有之，算不上是甚麼惡劣的事。如果連這點微小的願望都不能讓她滿足，那麼自己未免過於不近人情。

雖然倉科明日奈有父母愛護，但惟有肖恩才是真正知心密友。世界上惟一一位知悉自己是轉生者，毫無顧忌以真性情交往。難得不需要動筆寫小說，單純動動腦筋將各種謎團編織成有章可循的嚴密故事，即可滿足這位任性的魔女，何樂而不為呢。

向挑戰者遞出無法破解的謎題，也就不可能獲得解答，肖恩亦不會接受未如人意的答案。故此逆向斷定，這宗事件絕對是自己能力範疇內可以破解的。既然如此就無需害怕，一口答允下來。退一步而言，就算解不開，也不會有任何損失。

倉科明日奈最初猜想，犯人多半是這條村中的某人。農村人口少，鄰里相望。如果有陌生人進村，肯定即時辨認出來，犯罪後暴露的風險太高。連村公所都不知道有外來人，那麼只能認定是村中的人，又或村民認識的熟人犯罪。

不多時一位健碩的警察騎著腳踏車路過門口，仰頭望向起居室這邊。

「鈴木先生？鈴木先生在嗎？」

外祖父應聲道：「噢，是警察先生嗎？」

「我叫笹田，收到村長的電話，從派出所趕來了。請問閣下是不是鈴木英隆先生？」

「對！我就是！」

倉科明日奈此時才知道外祖父的全名叫鈴木英隆。

「是不是農田遇上竊賊？」

「對哦！那混蛋偷了我的莊稼！不可原諒。」

「好的，明白。請帶我去案發現場望望，順便做一個筆錄。」

「等一下……老婆子，我去去就回。」

「是，請慢行。」

不愧是農村，做甚麼事都悠悠閒閒。笹田看上去像路經此地的郊遊者，多於認真辦案的警察。

（正好手頭上線索不足，諒妳也不會說真相吧，那麼麻煩跟過去，蒐集犯罪現場的證據。）

（小意思啦。）

謎題背後，必然有著意料之外的真相。普通的盜竊案，決不會勾起肖恩如此濃厚的興趣。故此倉科明日奈斷定，犯人肯定不是尋常之輩。

「明日奈吃飽沒有？」

「飽飽。」

女孩子的胃很少，倉科明日奈吃一點兒就感覺胃袋漲漲，沒法再塞更多進去。之後陪外祖母在家中玩，鄰居的老婆婆串門，幾位老人家看見兩歲的女娃，都圍著逗來逗去的調鬧一番，感覺快寵上天了。將來長大後就不會再有這樣幸福的體驗，所以明日奈十分珍惜，好好享受過來。

「聽說你家那塊田遇賊啊。」

「都不知是誰如此沒天良。」

「究竟偷菜者是誰？」

「也許是路過的野狗呢。」

「哎呀，我們也得小心點呢。」

不愧是農村，三姑六婆的情報網傳話速度非常快。才剛坐下來，眾人七嘴八舌間，今早鈴木家的事件已經變得人所共知。那怕只是一件小事，都可以加油添醬繪影繪聲，成為聳動的大新聞。

「之前已經提過老頭子在溫室上加把鎖，他偏不聽，說甚麼『村子怎麼可能有賊』。好咯，現在終於受教訓了。」

「我家的那位也是這樣呢。」

「男人都是這樣，從不聽人話的，需要好好管教啊！」

「哎呀小池太太，你家外子前天時找我家外子，一邊喝酒一邊罵你長舌婦啊。」

「真有此事？他不想活了嗎？」

倉科明日奈完全無法融入這群老人是非團中，同時驚訝女人都是人前一個樣，人後一個樣。也許農村苦悶，才會特別熱衷說是非。諒外祖母在外祖父面前從來守規矩不踰越，豈料在背後會在鄰里前論長說短，毫不留情面地責備自己的丈夫，教人有點無語。

「女人真可怕呢……呃，好像我現在都是女人啊。」

姑且視她們為反面教材，警惕自己將來別變成會在別人背後說長論短的長舌婦。

與此同時肖恩尾隨鈴木英隆及笹田，在一片煩人的蟬鳴下，穿過田邊小徑來到農田面前。外祖父那大片的農田主要是種植稻米，另外在邊緣闢一角架設倉庫及溫室。二人一前一後路經倉庫，推開溫室的門。室內遍地種滿大葉菠菜，彷如一片綠油油的地毯。以至深處還有一點餘位，架設瓜棚架栽種小青瓜。英隆指向近門口的一小片泥土：「警察先生，就是這處！」

「好的，請讓我看看……」笹田湊過去，望向「犯罪現場」，登時有點失望：「呃……就只有這麼多？」

「甚麼叫『就只有這麼多』？難道拔一株就不是偷嗎？」

「是是，對不起……總之先照程序拍攝紀錄，請稍候。」

笹田取出相機，雙腳踩入菜田，從不同角度拍攝案發現場。肖恩倒是輕鬆穿透過去，從上而下俯視觀察的景象。

（……原來如此。）

「瞧！連根拔起，切斷的根都丟在這兒，太沒公德了，簡直不是人。」

「那個……總共被偷了多少株？」

「十八株啊！足足是十八株啊！難道你不會數算嗎？」

「是是……被竊十八株大葉波菜。」

鈴木英隆反應猛烈，整個早上喊打喊殺，不知情者還以為損失慘重，豈料實際損失甚微。笹田傻眼看看大片農地，然後再望望「案發現場」那幾個缺口。姑且默默低頭，掏出紙筆進行筆錄。

外祖父直言早上起床下田農耕，最先會去農田旁邊搭起的倉庫取農具、戴好帽子，換上黑色的過膝靴，然後巡視溫室及稻米田。結果才推開溫室的門，就發現最外面的第一行被人偷走幾株大葉菠菜，頓時氣得跳起來。他即時巡視農田一圈，確定無別的損失後，便急急往村公所報告。無奈問及一些細節，全部都說「不記得」「不清楚」。

看似是小事，不過倉科明日奈亦理解外祖父的想法。偷就是偷，不會因為數量的多寡而改變。

笹田再問外祖父道：「溫室的門無鎖上嗎？」

「老夫從來都不鎖的！村子有多大？人人都認識！誰敢偷？」

不，現在就有人明目張膽下手啊。倉科明日奈嘆氣，難道外祖父未聽過「防人之心不可無」嗎？正正因為同住一村，左鄰右里認識的人，才更加容易掉以輕心。

外祖父的態度有問題，叫笹田的警察更加不濟事。所謂現場取證，完全沒有專業的常識，一直用腳踏進田地上。渾然未覺自己行為不妥，還故意四處走動，澈底破壞案發現場。

「唔……在附近走了好幾圈，都見不到可疑的腳印。咦，這一行是……」

「這些都是我的腳印。」

外祖父故意遞起右腳掌，確是他的靴跡，其紋理與笹田的皮鞋鞋底截然不同。

「之前有沒有見到陌生的腳印？」

「沒有！如果找到了，我就可以憑腳印認人啦。」

「莫非犯人故意抹走自己的足印嗎？」

「那自然是肯定啦！哼，有膽做，沒膽認。若然讓我知道犯人是誰，第一時間打死他。」

倉科明日奈差點想破口大罵，假使犯人真的留下腳印，亦早被二人破壞殆盡。肖恩瞧得痛快，當場無禮大笑。幸好誰也看不見她，也聽不到她的笑聲，否則場面萬分尷尬。

笹田找不到更多線索，隨便用塑料袋取走一部分泥土及殘根。隨後探問附近的村民，無人看見事發的經過。由於村民最早於四時許下田耕作，估計犯人在四時前犯案。村民表示近日村子並無可疑人物進入，不排除犯人就是村民。線索收集得七七八八，之後動身回去寫報告交差事。鈴木英隆猶相當在意，不斷追問何時有消息。笹田有點無奈，只好推說「儘快處理」。

「你們沒有警犬嗎？叫牠們來嗅嗅，不就找到犯人嗎？」

「我們這兒並無配屬受訓的警犬，請別強人所難。」

「真沒用。」

笹田顯然有點不滿，只是對方是報案人，才沒有過度計較。

倉科明日奈叫肖恩幫忙在溫室附近再繞多一會，留意地面有沒有多餘的腳印。遺憾就算找到，亦都只是外祖父那對過膝靴的鞋印。外面的稻米田亦未見留下明顯的腳印，鄰接的倉庫因為旁依主要往來的路徑，腳印雜亂繁多，亦難以分辨。

雖然一無所獲，卻也非毫無線索。最先在意的，犯人為何只是採摘近門口的那行呢？全部被竊的十八株大葉菠菜，都集中在最靠近門口的那一行，讓茂密的菜綠地毯留下一行礙眼的空隙，任誰一推門就發現。十八株說多不多說少不少，反正摸上門，橫豎都是偷，為何不偷多些呢？

假如犯人事前無預謀，一時衝動犯案，何以犯罪現場並無留下鞋印呢？如果說事後花心思清理現場的痕跡，不就說明犯人心思細密嗎？若然心思細密，何以下手時如此輕率偷懶？明明可以做得更加完美，例如每行偷一株，又或選擇最深處的那行。事後好好布置，至少讓外祖父不會一推開門就注意到等等。犯人有無數方法可以做得不起眼，但偏偏選擇最蠢最起眼的方法。如此矛盾犯駁的行為邏輯，委實百思不得其解。

倉科明日奈本非專業的鑑證人員，也不是天才，更不是先知，單憑不完全的線索，根本沒可能理解事件的全貌。

村子位置偏僻，出入交通不便，本來就是一個半封閉的空間。最近似乎只有倉科一家三口出入，若然說外來人最可疑，豈非是懷疑到父母頭上？倉科明日奈自忖自己肯定不是犯人，父母昨夜亦留在身邊不曾出門。何況有需要，問外祖父就行，何必親自下田偷呢？倘非外來人犯案，那末是村中人所為嗎？雖說是小村落，可是總歸有卅多戶，村民數量亦不算少。若然叫肖恩逐個調查，不僅費時失事，而且相當愚笨。先別說她介不介意，明日奈絕對不想要做那麼吃力不討好的事。

「我回來了！」

倉科明日奈被好幾位老婆婆逗著玩耍時，有一個男人背著一個巨大背囊，從外面走進來。

「噢，將平，歡迎回來。」

「呼！快累死了……」

這位年青男子就是倉科曜子的弟弟，亦即是明日奈的舅父鈴木將平。相差一天，即十七日中午，他終於平安回到村子。以前在東京時曾見過面，態度與個性談不上有多好，但也不算壞，似乎與姐姐有點疏離。如今樣子頹然無神，穿著打扮也不講究，身上還有點異味。明日奈都感到意外，怎麼與之前變了個形象，難道被繁重不堪的工作榨乾精神嗎？又或是從東京趕回老家途上過於疲憊嗎？

即使自己是嬰兒，全程由母親抱著，也有點受不了一番舟車勞頓，更別說拖著沉甸甸行李箱上上落落，簡直是苦勞活。

「哎呀，怎麼將平身上污糟邋遢呢？」

「我趕緊完成工作，沒時間洗澡更衣，直接抱著行李乘直通車衝回來，途中只能在車上睡覺。」

社畜就是命賤，我命不由我作主。不管前世今世，社會文明及科技再如何進步，都改變不了打工仔的哀歌。

「可憐的孩子啊……別說那麼多了，趁老頭子不在時，快點去洗個澡。」

鈴木將平霎時慎重地朝屋內打量：「老爸不在家？下田嗎？」

一位老婆婆插口道：「令尊那塊田好像遭竊啦，和派出所的警察去取證了。」

鈴木將平乍舌：「叫警察來？有沒有需要那麼誇張？」

外祖母訓道：「你不是不知道老頭子最重視的是他的田地啦！莊稼都當成命根子。」

這時倉科雄司正好經過，與這位久別多時的舅仔打招呼。

「姐姐呢？」

「哦，曜子說要買點東西，去了雜貨店那處。」

鈴木將平只是隨口問問，似乎不是特別在意。倒是外祖母插口道：「哎呀，我記得將平的房間太久沒用，所以老頭子臨時塞了些雜物進去。雄司，可否幫忙收拾一下？」

「啊，沒問題。」

喂喂喂，不是吧。倉科曜子作為女兒外嫁出去都算了，親兒子的房間也當成置物間，這算是甚麼意思？正常而言不是好好打掃清潔，保留原樣，方便兒子隨時回家下榻嗎？

果然鈴木將平聞言非常惱火，一言不合擺起臉色，朝外祖母抱怨起來道：「又是這樣？那老頭子叫人回來，卻將別人的房間當作垃圾房，這算甚麼意思？叫我睡外邊嗎？」

「哎呀，老頭子總是說將平在城市工作，橫豎房間都丟空，不能浪費，就借來放點東西。沒事的沒事的，收拾一下就可以休息啦。」

「老媽！不是告訴過你們，別亂動我的房間嗎？」

「將平，你應該知道，老頭子他從來都不願聽人家說話哦。」

「臭老頭真麻煩！」

倉科明日奈皺起眉頭，想起昨夜外祖父的言談，恐怕父子關係有點兒微妙，甚至偏向惡劣。家家有本難唸的經，那不是自己這位外孫女可以隨便插手的範圍。

「來來來，別傻傻的站著。行李暫且交給雄司，先去洗個澡，刷淨身體。讓老頭子看見，又要嘮叨了。」

「沒問題，我幫你拿進房間放好。」

倉科雄司人在鄉間，閒得發慌。難得找到睡覺以外的工作，自然樂意幫忙。明日奈想起父親平時休息天也是待在家中無所事事，那怕來到農村中亦是如此。都市人沒有娛樂的話簡直無聊透了，所以全力浪費寶貴光陰。相比休息天，父親更加喜歡工作日，有工作才有動力，真不曉得是好事抑或是壞事。鈴木將平卻有點猶豫，雙手拉住背囊，似乎不願交給自己的姐夫。

「怎麼啦？將平。」

「不用，我替換的衣物都在入面。」

鈴木將平卸下背囊，置在玄關處。碰上木質地板時，發出沉重的悶響。一屁股坐下，鞋子脫去，濃郁的異味四周揮發，使倉科明日奈欲嘔欲吐，挺難受的。

雖然外祖母想舅父早點洗澡，可惜終究慢了半步，鈴木英隆正好於此時返抵家門，與玄關處滿身髒兮兮的兒子碰個正著。身為親生父親，看見自東京回鄉的親生兒子，第一句不是打招呼，而是劈頭罵人：「怎麼回來都不找我？」

鈴木將平如同燃點引線的炸藥，即時激動反問：「老爸都不在家，怎麼找？」

「你不會過去田地那邊找我嗎？該不會連我們家的田在哪都忘記嗎？」

「無端端為何要走去農田找你？」

「你是去見我！回家向父親說一聲『我回來了』，何難之有？你連尊重都不會嗎？」

「至少都得讓我先放下行李啊！」

「你不單止放下行李，連鞋子都脫了，根本沒有打算過來！」

「老爸不是回來嗎？為何我還要過去？」

「我叫你過來就過來！問那麼多作甚？」

怎麼父子一見面就像仇人般針鋒相對？聽到外祖父與舅父為莫須有的瑣碎小事而展開毫無營養可言的低級對罵，不禁憶起前世自己與母親亦差不多是這樣。在外面工作一整天快累壞，回到家中想好好休息，那怕不主動挑釁，她依然看不順眼，故意走過來煽風點火。硬要挑些芝麻小事化成大事，在耳邊說過不停，完全沒有體諒過兒子的辛勞。忍不住反駁，又罵兒子不懂事不尊重不聽話……總之是非曲直，全部由她一人定斷。

鈴木將平臉上浮現的表情，與過去的自己及弟弟相若：覺得父親厭煩嘮叨，廢話歪理特別多，壓根兒不想聽對方說的話。恨不得像拍蒼蠅那樣，一巴掌摑死他，再扯斷喉嚨的聲帶，讓世界恢復蔚藍而寧靜。前世母親比之今世外祖父，更加蠻不講理，也沒有邏輯可言。動口又動手，毒打一頓是家常便飯。相比之下外祖父就比較可愛，就只有一張嘴，完全沒有威脅性。

絕對不可以將煉獄的常識，帶到去地獄那邊。

父子快要展開世界大戰前，鄰居早就找藉口逃得一乾二淨。幸虧外祖母出來介入，說要準備午飯，雙方始臨時休戰。舅父跑去洗澡，換上新衣服，可是飯桌上外祖父依然沒有打算閉上嘴巴，一個勁地罵兒子沒出色，沒本領，薪水低，養不活自己……一頓飯下來單單打打，聽著就讓人難受。鈴木將平很快就吃飽，第一時間跑回房間鎖好門。風聲雨聲父親聲，全部左耳入右耳出。

（讓你有飯吃，有床睡覺，已經是天國啦。真是的，要是換成我前世的母親，保證你……怎麼又再想起那個臭老媽？）

倉科明日奈緊捏拳頭，為何那道陰影無時無刻都在糾纏不休呢？都是外祖父的錯，每次看見他不講道理的暴行，總會不由自主聯想起前世母親。一念至此，驀然驚出一身汗，怎麼會讓前世的思緒左右意識。

眾人感到飯桌上氣氛詭異，連倉科曜子都不敢輕易插口。明日奈勾起愁緒，更加悶悶不樂，飯也變得不好味。持平而論，外祖父的脾性太烈，說話不留餘地。舅父又是同樣的臭脾氣，兩邊都不願退讓，必然火星撞地球。如今經濟不景氣，多少人難謀一職。那怕鈴木將平收入再少，至少擁有一份工作，已經比很多人幸運。為人父親的不支持之餘，更落井下石出言嘲諷，未免叫人無法忍受。

外祖父罵不到人，胸口一團火無處發洩，轉而對妻子潑罵，挑剔飯菜煮的不好吃。外祖母低頭連聲稱「是」，他又不滿意，怒氣沖沖摔下碗筷，提著工具出門下田去。

「今天外父特別暴躁啊。」

「因為爸爸的莊稼被偷了吧？」

外祖母像沒事一樣，笑呵呵地道：「一會兒我去開解下，等他氣消，就沒事了。」

興許正是這種個性，才有辦法與外祖父共渡人生吧，果然婚姻真是一門非常深奧的學問。

（怎麼啦，這麼快就考慮結婚的問題？）

肖恩的聲音突然傳至腦海中，倉科明日奈即時搖頭。

（誰說我要結婚了，話題跳太遠啦。）

（女孩子長大，總得要找戶好人家啦……感覺令尊令堂都會這樣說的。）

（別開玩笑了，和男人結婚不就是搞同性戀？未來的事不清楚，但至少現在沒有這樣的打算。）

結婚還真是一大難題，現在的她喜歡男人就是精神同性戀，喜歡女人就是肉體同性戀。橫豎都是同性戀，真箇左右為難。

（嘖嘖嘖，明明已經習慣做女孩子了，怎麼就是不能喜歡上男人呢？）

（肖恩完全是一副看熱鬧的心情啊……）

（當然啦！我一定會好好觀摩明日奈的初夜，被卅公分的龐然巨物戳進體內時，究竟會發出甚麼樣的表情和聲音呢？）

（我真的好想立即揍妳一頓唷。）

（哎喲，好可怕啊。）

（滾！別隨便刺探別人心中的想法！）

肖恩只是掩嘴偷笑，及早迴避，往屋外飄走。

飯後倉科曜子欲與鈴木將平談話，不過對方心情很差，推說非常疲累，拒絕見面。聽到對方在房內故作呼嚕，身為姐姐也不好意思打擾，只好拉著丈夫及女兒出門，於村中散步轉換心情。

「將平說昨天臨時加班，之後都沒有休息，直接乘直通車趕回來。興許真的很累呢，就讓他好好睡覺吧。唉，對不起呢。爸爸和弟弟老是這樣，一見面就鬧得不愉快。兩年不見，更變本加厲了。」

倉科隆司臉上黯然無色：「我明白的，感覺就和『那傢伙』一樣，完全不想去瞭解自己的孩子。」

倉科曜子心兒一突，稍微緊張貼上去：「隆司……」

「好的，別再提『那傢伙』了。」倉科隆司即時改變話題，逗女兒的下巴道：「明日奈怎麼會這樣望著爸爸？不高興嗎？」

倉科曜子似乎心領神會，主動中斷話題：「都是爸爸不好，罵得那麼大聲，嚇壞明日奈了。唉，爸爸也是的，那麼大聲作甚？還要罵那麼久，不想想明日奈就在旁邊嗎？」

「明日奈，讓爸爸抱抱，甚麼都不用怕。」

倉科明日奈才不是被鈴木英隆的斥罵聲嚇著，單純是憶及前世的人與事，加之被肖恩調戲，所以心情有點糾結罷了。飯後父母抱著她出門，放眼皆是綠油油的農村景緻，登時療癒心靈。看見女兒展顏歡笑，那對異色瞳不住好奇望向四周，簡直可愛爆了。父母也盡拋愁容，忘卻一時的煩惱。

左鄰右里早就知道倉科曜子前年產女，今年夫妻攜同女兒回鄉，總算得見可愛的寶寶。由於明日奈擁有非常罕見的異色瞳，多少人視為曠世奇珍，爭相抱起來鑑賞，又或親吻寵愛。當然亦有人八卦，向倉科夫妻說長問短。雄司與村民不熟，頗為木訥慎言，只能問一句答一句，大部分話題都交給妻子應對。明日奈也沒有閒著，藉機觀察村民，留心誰比較可疑。

「花井太太、鈴原夫婦、加藤夫婦、月山先生、真木夫婦……再旁邊那一戶是誰？嗚呀！好多人呀！可惡，快忘光光啦！」

村民太多，每個人的姓氏特徵都不同。前世雖然是作家，但日常習慣用記事本抄寫資料，寫小說時又會準備參考資料，所以沒有特別鍛鍊過快速記憶力。遺憾如今用不了紙筆，也沒有過目不忘的本領，光憑小小的腦袋沒可能將全部村民的姓名特徵都牢牢塞進去。當父母造訪第七間房子時，她的記憶體用盡，腦袋無法暢順運轉，頓時忘記第一間房子的住客姓甚名誰。

再者兩歲的娃兒不可能說出完整的句字，無法針對特定事項仔細尋問打聽。光是聽他們閒話家常，說誰家的女兒沒有結婚，誰家孩子在何處唸書等等，單方面接受零碎雜亂的情報，也不值得浪費記憶體紀錄下來。惟一可以肯定，村中以老年人佔多數，其次為中年人，幾乎沒有年青人，反倒有五六位小孩。絕大部分居民均是此地土生土長，僅有三戶是從城市回流，購買便宜的居所後靜心耕田。因為是前都市人，與倉科雄司的話題比較多，顯得比其他村民更投契。

如此純樸的鄉村，人人都沒可疑，亦可以說人人都很可疑。身為兩歲嬰兒，能夠做到的事情太少。無法隨便行走收集情報，以往所知道的搜查技巧，統統派不上用場。單憑走馬看花式觀察，無充足證據下，豈能妄定誰是嫌疑犯。倉科明日奈自個兒生悶氣，枕在母親懷內，回到外祖父的家中，發現肖恩屋頂上笑瞇瞇向自己揮手。

（明日奈終於回來嗎？）

（妳沒有出去逛嗎？）

（哎呀，這算是關心人家嗎？）

（才沒有那回事，只是好奇整個下午妳去了哪兒。）

（沒有唷，一直留在這處。）

平常處身五光十色的都市，都會叫嚷無聊的肖恩，很難想像她會主動逗留在鈴木家屋頂上望天打卦，而不跟自己出去逛。打從今早回來後，總是說不出的古怪。最可疑者，莫過於午飯後擅自關上感官共享，故此倉科明日奈完全無法掌握肖恩於這段時間的行蹤，也不知道她做過甚麼事。

（吶吶吶，明日奈出去一趟，有沒有新發現？）

（先讓我假設一下，犯人絕對會是出乎意料之外的人，對吧？）

倉科明日奈靈機一動，打算試探肖恩。她聽罷時瞇起雙眼，露骨地笑起來。

（這點不能向明日奈透露呢。）

（看見這種待在席上看好戲的態度，不就證明一切嗎？）

（哎呀呀，不愧是同床共枕的好姊妹呢，真瞭解人家呢。）

（請別用這麼惹人誤會的說法。）

（誒，難道不是事實嗎？）

幸好無人聽得到兩人之間的心靈交流，不然倉科明日奈即時羞恥得想死。話雖如此，天下之大無奇不有，難保會有異能者可以竊聽心靈感應，甚至能夠看見肖恩，屆時自己亦會被對方盯上吧。

（吶，那麼換一個問題：犯人是我認識的人嗎？）

如果全村人都是嫌疑犯，那麼接下來的調查工作將會非常麻煩，還是投降認輸算數，故此必須先確定調查範圍。

（不知道。）

（裝死到底嗎？）

（因為明日奈太聰明了，再多說的話，很快就會察明真相，那樣子便一點兒也不有趣。）

此地無銀三百兩，肖恩這樣回答，顯然是確定犯人是倉科明日奈認識的人。怎麼說好呢，意外王道的本格推理展開耶。

（既然如此，妳再去一趟公公的溫室，看看能不能找到一些未曾消失的線索。）

肖恩爽快答應，益發教倉科明日奈起疑。這個人的想法及行動非常單純：首先是有趣，其次都是有趣，第三依然是有趣。究竟犯人是誰，讓肖恩如此投入，甚至為其隱瞞身分，乖乖聽明日奈指示走動，不免令人思疑。

父母回到房間，摟著女兒上床。倉科明日奈其實沒有倦意，不過鄉間生活過於無聊，還是懶洋洋睡午覺放空大腦最舒暢。縱使人臥在床上假寐，可是腦子仍舊運轉，反覆審視事件每一項細節。

無論是虛構的推理小說，抑或現實發生的案件，犯人必然有其動機，才會做出相符的行動。那怕是誤殺，也是出於某些原因，兇手才會與死者糾纏，致生意外。前世寫小說時亦然，在鋪陳角色的行動前，必須考慮對方的個性及當時的動機。由角色本身的想法及行動去推動劇情，而不是作者強行操縱角色引發事件。

首先為何犯人要偷摘農作物？若然是無目的犯罪，貪圖一時之快，為何特意挑中外祖父的溫室呢？需知道外祖父的田不是處於最外圍，而是中間偏左，途中穿過好幾塊別人家的田，很難相信是偶然順路下隨機犯罪。若然反過來，有沒有可能因為外祖父的溫室沒有鎖頭，方便下手才盯上呢？但是聽村中人的八卦，很多村民同樣沒有安裝門鎖，為何他們相安無事？為安全起見，順便吩咐肖恩調查所有農田，看看是否屬實。

其次外祖父的農田栽種那麼多農作物，為何只偷大葉波菜？而且明目張膽的偷最靠近門口的那行呢？最容易聯想到的答案，就是方便稱手，快快摘下來轉身及早逃遁。然而如同之前分析，犯人特意避人耳目不留痕跡入侵溫室，割農作物時反倒大刺刺的暴露罪證，無疑前後矛盾，無論如何均難以自圓其說。更別說晚上田間空無一人，犯罪時間不是很充裕嗎？有需要那麼心急嗎？為何不偷多點？偷那麼少份量，有何意義呢？

無法理解犯人的行動原則，自然不能分析其心理，思考漸漸進入窮巷，鑽進牛角尖內。須臾肖思已抵農田那邊，開啟感官共享，霎時眼前漫漫的稻米田，傳遞至倉科明日奈的大腦。開揚的景觀帶來與眾不同的視覺效果，不似都市般水泥高樓林立，叫人壓迫焗促得透不過氣。酷烈的旭日高掛，外祖父在田邊的小倉庫內休息，農具都隨便堆放在身邊。收音機不斷播放某頻道的廣播內容，可是外祖父並無認真聆聽，坐在木椅上閉目寧神打盹。肖恩在他面前擺鬼臉，他都一無所知，也就丟下不管，來到溫室的門前。

（應該人人都可以推得開吧？）

（……應該吧。）

俯前觀察門把，並無裝設任何鎖頭，就只是普通的銅製門把。門戶無明顯破壞的痕跡，不過想來既然無鎖，犯人亦不需要暴力破壞。任何人都可以自由出入，毫無安全性可言，亦無法特定誰是犯人。假如有相關的工具，或許可以檢查門上有否留下犯人的指紋。當然對倉科明日奈而言，這些都是目前無法如願之事。然而她亦深信，案發現場總會有其他蛛絲馬跡，故此未曾氣餒。

肖恩左手撩起，摸向門扇，理所當然手掌穿透，身體直接進入溫室內。一眼就見到第一行那明顯至極的空隙，再次感嘆犯人偷竊時惟恐無人發現，特意做得這麼誇張嗎？

（公公向警察說侵晨起床下田工作，待得到溫室這邊時就發現……唔唔唔，恐怕是那樣子吧。）

倉科明日奈似乎注意到某些事，轉而叫肖恩仔細打量溫室內外的地面，有沒有外祖父以外某人的腳印。肖恩欣然隨便逛一圈，除去一組陌生的鞋印外，就別無發現。

當然所謂「陌生的鞋印」，其實就是笹田警察留下的。

從溫室打開門，再走進去竊菜的路只有一條；然而從外面走到溫室，卻有很多路徑。可以從倉庫那邊過來、穿過田間小徑、從鄰邊的田中走來……等等。可是在溫室附近轉一圈，都無發現。

（犯人該不會慎重至連出入的路線都抹消掉吧？）

接下來讓肖恩視察別人的農田，發現有不少溫室同樣沒有門鎖。另外好幾塊田的菜棚、瓜棚都是搭在防雨棚下，整塊農田自由出入，並無裝設監控或保安設備。從側面而言，村中治安真是太好，所以家家戶戶都不設防。

（那怕溫室的腳印有可能被公公及警察破壞，但連外面都不留痕跡，顯得犯人非常慎重。為何在偷菜時卻如此隨便，彷彿特意讓公公知道？何況田連阡陌，這麼多選擇，何必偏要挑上公公這邊呢？假如對方願意用丁點時間停一停想一想，必然選擇分散在各處隱密拔菜，而不是大剌剌集中在靠門處第一行下手。逆向思考，換作我是犯人，寧願選擇更加容易下手的目標，比方說旁邊開放的瓜田或果園。所以……）

（所以？）

（犯人不是隨機性，而是有目的針對外祖父的莊稼下手。那麼問題來了，對方究竟有何企圖呢？）

肖恩只是老神在在瞇瞇笑，完全沒有表達任何意見。

第八話　夏蟬鳴響之時（後）

A.D. 2002/08/17

倉科明日奈原先認為犯人是初次犯案，臨場緊張，關鍵時刻掉鏈子，才會遺留犯案痕跡。但是觀察周邊好幾塊田後，卻有新的想法。倘若犯人臨時起意，倉卒間決定行動，為何那麼多的對象都不選，偏偏選中外祖父的田呢？這麼反而顯得犯人是有預謀有目的，而非隨機性、偶然性的事件。

（那末到底犯人有何企圖？）

（興許犯人最初無心犯案，無分偶然或意外，摸到外祖父的溫室後偷菜。事出突然，中途意識到問題，害怕被逮捕，便匆匆住手。與平常室內犯罪不同，植物不是家具，莊稼拔離農田後，不可能從他處移回去填補漏洞。只好想辦法消除入侵的痕跡，抹除出入時留下的鞋印。）

換句話說，不是「只偷十八株」，而是「偷到第十八株時臨時中斷」。犯人中途變卦，所以行事前後矛盾，格外礙眼。

（完全不行，太敷衍，根本無法解釋清楚啊。）

（沒辦法，情報太少了。那麼先擱置動機，遁其他途徑切入吧。比方說，『無鞋印』其實就是一條很顯眼的線索。）

（為甚麼？）

（如果是外面城市還好說，可是農村卻不能照搬同一套方法，抹除入侵的痕跡。城市人多，只要抹去現場的痕跡，兼有不在場證明，就可以讓自己避免成為嫌疑犯，進入調查範圍內。然而農村人太少，那怕犯罪現場無遺留痕跡，可是調查範圍太窄，嫌疑對象不多，早晚會被警方鎖定。）

某程度而言，農村其實就是一個半封閉空間。登場人數有限，如同密室內的困獸鬥，很容易就鎖定嫌疑對象。作為犯罪舞台，簡直糟糕得不能再糟糕。

（也不能說沒有用處吧？與許是拖延警察調查的時間，在查到自己頭上前逃走？）

（拖延警方調查的時間，讓自己趁隙逃走，確是好計策。可惜這處是農村，不是城市。）

（農村不是更方便逃走嗎？）

（大隱隱於市，城市人多且冷漠，大家連鄰居都毫不關心，那種環境才容易潛逃匿藏；反之農村人少，房子不多，有陌生人入村都會即時注意到，反而不便躲避。試想想如果村中有人突然動身離開，左鄰右里一定會注意到。可是方才我與父母探訪過好幾戶，都沒有聽過誰想搬出去。再者僅僅偷摘幾條菜這點芝麻小事，就得蒙上罪名變成通緝犯走避他方，豈不是因小失大嗎？有何利益可言啊？難不成犯人想主動蹲牢房嗎？）

倉科明日奈這奇想並非不可能，她聽說外國真的有人因為沒錢吃飯沒地方住，主動犯罪求蹲牢房，解決生活所需。肖恩當然沒有想到這麼多，只是陷入沉默，暫時無意傳話。

剛才所言，僅僅是其中一個猜想。尚有另一個猜想，只是礙於線索不足，目前仍未能確定。

（還有甚麼需要人家去調查？）

（算了，想想看現場不會有新的線索，我打算從其他方面入手吧。）

（那麼人家自由行動啦。）

（請便。）

話未傳出去，對方主動切斷感官共享。倉科明日奈兀自不管她，一對瞳孔骨碌碌的轉動著。原本陪自己午睡的父母，不知何時已經離開，獨留她一人在床鋪上。由於沉睡一段時間，腦袋恢復活力，在蟬鳴繞耳中，再次展開思考。

「對於這次事件，肖恩表現未免過於熱衷吧？甚至她都忘記開口催促我寫小說，好可疑啊。」

靈魂聯繫在一起那麼久，頭一回感受到肖恩身上醞釀著某種難以言喻的情感。好像回到村中後，她的語氣及舉止均與過去大相逕庭，心中不免產生戒備。但是要指出問題何在，卻又苦惱不明。倉科明日奈有點迷茫，原本睡在一塊的肖恩突然變得陌生，猜不出她心中在打甚麼主意，難免有點不安。

「我的權能好像只剩下十二次，該不會她打算趁這次事件誘使我用掉吧？不不不，這次事件中，我的權能好像派不上用場吧？」

明明轉生成全新的人，擁有不可思議的力量，但感覺與以前同樣無能。如果在這處敗退，豈非原地踏步，證明自己天生窩囊無用？想搞清楚肖恩的企圖，就必須破案，揪出兇手。可是發現肖恩另有企圖，無法信任下，再找她幫忙調查，會不會有所欺瞞，隱藏某些線索？不找肖恩幫忙，自己又如何行動調查？

（肖恩提供的資料又不是全部，我都在瞎掰啦，有可能矇錯的啊。）

（沒問題啦，只要能夠交出讓人家滿意的「創作」就行。）

之前肖恩老是提出問題，要自己進行解答。有時候與真相一致，有時卻與之相反。無論對錯，甚至與事實不符，只有言之成理，充實有趣，她都會接受，津津有味甘之如飴享受一番。

「嗚呀！嬰兒的身體真不方便！連出門口調查問話都辦不到！」倉科明日奈自個兒生氣時，突如其來靈光一閃：「等一會，有需要搞得那麼麻煩嗎？肖恩就只是圖個樂趣，只要答案讓她滿意，不也算作解決事件嗎？」

肖恩之所以比之前都要興奮，恐怕因為這次不是銀幕上虛構，而是實際經歷犯罪事件。親自目擊犯罪過程，知道犯人是誰，也瞭解整宗案件的來龍去脈。在這種情況下，她還需要尋找「真兇」嗎？既然如此，自己單純覆述案件背後的「真相」，豈非是多餘？

「原來如此……這樣子同樣也是創作啊……」

肖恩提供原材料，然後由倉科明日奈處理，然後端出讓人滿意稱心的貢品。

「果然肖恩依然是老樣子啊！真是敗給她了！」

那怕是天馬行空自由發揮的虛構故事，只要來龍去脈清楚無誤，內容天衣無縫，所有線索環環相扣，最終「事實」比「真相」更精彩刺激，肖恩肯定接受。雖說有點不爽，不過倉科明日奈並不覺得這算是創作小說，充其量就是腦筋訓練。假如「動腦」可以取代「動筆」，她當然樂意至極。

「與其從結果出發，倒不如從起源開始推論。」

審視整宗事件，惟一確鑿無疑者，就是肖恩早知道犯人是誰。

想想看外祖父的農田遇上竊賊，其實與肖恩毫無關係。向來以旁觀者自居，與外祖父非親非故，決不會故意害他，當然亦不會幫他。即使外祖父那塊田一夜間被蝗蟲吃光，她都會遠遠的坐在觀眾席上，不屑舉起半根指頭。同樣道理，犯人也不可能主動求她幫忙。

從一開始自己就掉入對方的陷阱：不應該推測「誰」偷菜，而是「誰」吸引肖恩。犯人的身分肯定出人意料之外，才會挑起肖恩產生強烈的興趣，當場投入其中。

以推理小說作比喻，若果犯人只是平平無奇的普通路人，殊無利害關係，事後偵探方揭露真相時便毫無驚喜可言，不能營造戲劇衝突。肖恩最是期望高潮迭起的發展，倘若是如此平淡乏味且庸俗普通的展開，絕對不能滿足她的胃口。反之而言，假如犯人是倉科明日奈認識的人，最後知曉犯人的瞬間，將會是最具娛樂性及爆炸性的高潮位。

為何她主動誘使倉科明日奈參與調查？就是想在旁邊拉板凳吃爆米花看好戲，靜觀自己最後揭開真相時，會露出怎麼樣的表情與反應，順帶享受自己的最新創作。這個想法未免過於荒誕不經，卻非常合情合理，完美解釋肖恩各種奇怪行為。

「沒錯，肯定就是這樣。肖恩就是那種偷偷躲在身邊，忍住笑意看別人出醜的人。」

思路逆轉，反過來推敲「犯人」，按照肖恩標準審議，逐個對號入座。村外人的犯罪可能性太低，但村中人也沒有理由犯罪。既不是顯眼的村外人，同時亦不是久居的村外人，那麼真的只餘下倉科一家三口，以及舅父四人。甚至犯人是外祖父或外祖母，兩位老人家自編自導自演的鬧劇。

大膽假設後，也得小心求證。如果無法自圓其說，想不到合乎情理邏輯的推論，肖恩斷不會貿然接受。畢竟也可能有例外，比方說犯人是村長甚至笹田警察，於劇情而言同樣奇峰突起，同樣具有驚喜及意外。

首先自己是偵探方，肯定不是犯人。呃，不對，自己只有兩歲，才不可能是犯人！

其次父親絕對不是犯人，身為正巷的都市人，完全不會務農。犯人要在插得密集的菜田下手，既不能傷及鄰株，還要熟稔地用工具扒除根部，肯定有一定的農務經驗。從未耕田，雙手白滑，只從事辦公室工作的倉科雄司，乃徹頭徹尾的外行人，絕對無法勝任。

三者母親也不是犯人，倉科明日奈可是非常清楚，昨天晚上她一直抱著自己睡覺。如果晚上曾離開過，自己不可能沒有察覺。

假如犯人是外祖父，他自編自導自演這幕鬧劇有何好處？

假如犯人是外祖母，是否意圖坑害外祖父？難道平日生活積怨嗎？

假如兩位老人家合謀犯罪，又在算計甚麼呢？

「可惡，此路不通啊！完全搞不懂動機，又是死胡同嗎？」

說起來還有一個人更加可疑，就是鈴木將平。

假如舅父就是犯人，意味他由最初開始便欺騙所有人。說好與父母一同回來，臨時因為工作取消，恐怕是打誑。不知何故他早就回到村中，深夜偷偷去在田中偷外祖父的菜。姑勿論動機及意圖，單論故布疑陣欺騙所有人，儼然是推理小說中常見的偽造「不在場證明」，締造出「不可能的犯罪」。

「咦，這個有戲……」

毋庸置疑，這樣的伏筆與發展，絕對是最匪夷所思。換作肖恩當場目睹「尚未回到村中」的鈴木將平偷菜，也會大吃一驚。故此肖恩才不願透露半句口風，確實這個答案太簡單了。

當然直接說鈴木將平是犯人，肖恩肯定不會認同。如同推理小說那樣，必須清楚交代犯案詭計的手法。那怕撇除動機，也得面對一個大難題：對方是用甚麼辦法，達成這個詭計。幸好這兒是鈴木家，那怕不依賴肖恩，多少還是有辦法對嫌疑犯進行調查。倉科明日奈主意已決，出發蒐集線索。

趁雙親不在身邊時，抓緊時間自由行動，慢慢爬出床鋪。雙腳站在榻榻米上，左手扶著大藤箱走去門口拉開趟門。自從能夠站立後，倉科明日奈便努力學習走路。不枉每日勤力用功，撐著牆壁慢慢走倒是沒問題。

聽到母親與外祖母在樓下廚房煮飯時的談話聲，小心翼翼摸到樓梯處。成年人可以三階併作一階，嬰兒當然做不到那些「高危動作」，膽戰心驚間倒轉身體屁股朝外，四肢慢慢逐階拾下。盡量不發出聲響，避開母親及外祖母的視線，順利潛行至玄關。倉科明日奈記得清楚，早上鈴木將平回來時，遍體髒兮兮且異味濃郁。假設他昨夜偷偷摸摸下田，絕對會在衣服鞋襪上留下一些線索。衣服的話已經拿去洗濯，只剩下鞋子可以檢查。

所有人的鞋子都在玄關處整齊排成一列，倉科明日奈跪下來，逐對翻轉檢查鞋底。

「果然如此……」

原先對自己的推理並無多少自信，也想過會否過度妄想而錯誤判斷。但是眼前擺出來的證據，竟然證實猜想無誤：外祖母及父母的鞋底，均黏附村中的黃泥，顏色明顯一致，只差在厚薄程度。尤其是外祖母，鞋縫中還滲有些斷碎的秸稈。相反舅父則與其他人不同，黃黃的泥土下面，還有一層稍微濕潤的褐黑色泥土。更有幾粒乾涸成硬塊，夾在鞋底的隙縫內。不止鞋底，連鞋頭、中庭及鞋跟，同樣殘留有類似的泥跡。觀乎顏色及土質，明顯不是村中的泥土，姑且判定是從外面帶進來。

即如父母也是回到村子，鞋底才沾上泥土。惟有舅父卻與眾不同，在踩入村之前，已經多出一層黑泥。需知鈴木將平在東京從事一般辦公室的工作，無論是乘直通車抑或是其他交通工具，都不可能在城市的柏油路上踩到那麼多泥土。由於留有些許濕潤，所以很高機率是最近才附上去。

「外祖父的田地泥土也不是這種顏色……儘管如此，亦只能說明舅父在回村之前，曾經走過一段鋪滿濕漉漉褐黑泥土的地面罷了。」

大嘆倒楣間，把鞋子好好排回原狀，重新審思一遍。自己的推理並未有明顯的遺漏，那麼是不是線索不足呢？

「等一會，假定舅父昨夜早就回來，四時前下田偷菜。沒有回家，那麼他睡在哪？露宿在外嗎？田地那邊有個小倉庫，外祖父也在那邊睡午覺，會不會在那邊過夜？」

（肖恩……咦？肖恩？）

想拜託肖恩再過去田地那邊搜證，偏偏聯繫不上對方。

「對了，那傢伙關上感官共享。」

整天不在身邊，耳朵清淨舒服。雖然平時一一吐糟對方脫線的想法，也相當厭煩她的任性行為，但是不在的話又覺得有點寂寞。

「那傢伙是白痴嗎？腦子真的不好使呢。感官共享是雙面刃，關閉之後同樣無法察知我的想法和行動啊。」

凡事只想到自己有甚麼好處，毫無大局觀，往往忽略小節。倉科明日奈拍拍臉頰，趁肖恩一無所知時快速推展調查，過後定必令她大吃一驚。

「無論如何舅父非常有可疑，姑且從他的行李下手，也許會找到些新發現。」

正要轉身爬回二樓時，無巧不成話，仰頭就碰上鈴木將平拾級而下。他似乎心情不錯，哼著口哨，低頭望望正好迎頭往階梯上爬的自己，頗為意外。不過他沒有高聲張揚，反而蹲下來小聲問：

「小妹妹叫甚麼名字？」

「明日奈。」

「幾歲？」

「兩歲。」

「現在兩歲的孩子有這麼聰明的嘛？來來來，舅父送些糖果給明日奈吃。」

「糖果？」

「跟舅父過來。」

鈴木將平抱起倉科明日奈，折回二樓到他的房間。倉科明日奈當然不是那種貪圖零食就會跟怪叔叔走的小孩子，單純趁此良機，名正言順闖入對方房間，怔怔思索如何偷偷蒐集線索。二人進入房間後，將平率先揚手撥開一堆灰塵。將明日奈放在床鋪上，隨後探手進背囊內，似乎想抽出某些東西。右手扯動幾回，一堆金屬物碰撞聲響起，將平似是未能遂意，只好整頓一下內容物。

一件長袖外套、一具營燈，以及一具小型的瓦斯爐頭，讓倉科明日奈有點意外。起初以為那個沉甸甸的背囊，都塞滿衣物及日用品，豈會想到還有這些奇異之物。炎炎夏日，為何要帶長袖外套呢？姑且可以推說在長途車上怕空調太冷，以備不時之需好了，那麼營燈及瓦斯爐頭又該如何解釋？任憑如何發揮想像力，都猜不透攜帶那些東西，在回鄉途上究竟哪兒能夠派上用場。

鈴木將平沒有注意到，身後兩歲女嬰露出狐疑的目光。他翻來找去，終於從背囊最底處抽出一個鐵罐，倒出一粒糖果，塞入倉科明日奈小小的手掌內。

「明日奈會不會拆包裝紙。」

「紙……紙紙……」

每粒糖果獨立包裝，憑現在的腕力撕不開。

「拿來，舅父幫你撕開。」鈴木將平低頭輕鬆撕開糖紙，將一粒橙色的糖果遞到嘴邊：「好了，張開嘴巴，呀——」

正是不吃白不吃，倉科明日奈張口含住，甜甜的鮮橙味在口腔中融化。前世生活太貧苦，連零花錢都沒有，更別說買零食享受。猶記得弟婦聽到兩兄弟小時候沒零花錢，露出難以置信的表情，以為他們一家是第三世界國家移居過來。即使後來長大，無論是當廚子抑或鬻文都賺不了多少錢，日常廿四小時都在工作，更加沒時間吃。直到這輩子轉生為女孩子，才有機會嘗試到糖果的滋味。

「唔唔唔……難怪女孩子都愛吃糖果，連我都快上癮了。」

享受這片刻的甘甜，心中感慨良多，舅父再問：「明日奈，還想再吃多點嗎？」

雖然好想再吃多點，但為免將來要努力做運動減肥，又或忍受牙痛之苦，只好搖頭拒絕。

「將平？將平在嗎？」

鈴木將平以為外甥女害羞而拒絕好意，正打算送多一粒時，突然聽到有人在門外呼喚。他應了一聲，拉開趟門，外祖母走進來。看見倉科明日奈，先是笑一笑，然後溫柔問將平：「還在生老頭子的氣嗎？」

原本心情很好的鈴木將平頓時擺出一張臭臉，嫌惡地道：「說不生氣就是騙人。」

「老頭子都一把年紀了，你別介意啦。」

「介意？我真的介意，就不會特別申請休假，山長水遠趕回來！他知不知道，我手頭上還有很多工作未做完？當我申請休假時，上司擺出多難看的臉色！金融風暴後，國家經濟不景氣。一個搞不好，我都可能失業啊！」

「是是是……可是你也有不對唷。之前說不回來，突然又說回來，老頭子自然以為你在耍他。」

「我也有我的難處啊！在外面打工，凡事要對上司和客戶察言觀色，天天面笑嘴甜，多難受。反正那傢伙就只是不爽我出去工作，他巴不得我留在這處一輩子耕田！最好在村中娶老婆生孩子，一輩子都沒出色的待在鄉下！永遠做農夫！」

天下有不是之父母，並非所有父母都會對子女好。有些父母最喜歡是拖住子女的後腿，妨礙他們的發展。那些不能稱為「父母」的人渣，倉科明日奈正好前世認識一個。僅僅是一個，就足以毀掉一生。子女沒法選擇自己的雙親，萬一投錯胎，來不及重刷首抽，便注定從出生輸在起跑線，迎來絕望的人生。她按按額頭，慢慢退開，不讓別人注意到自己的神色。

「好好好，別動氣啦……」外祖母見鈴木將平情緒越加激動，旋而轉口問：「對了，你在路上吃速食杯麵嗎？」

鈴木將平皺起眉頭：「媽，你怎麼又翻垃圾啊？」

「如果不是看看垃圾桶，都不知道你又亂食那些沒營養的食物。」

「我偶然吃一兩杯都不行嗎？」

「難道在東京天天都是吃那些垃圾食物嗎？我明明有寄過好幾箱瓜菜給你喲。如果真的太忙，隨便切些小青瓜涼拌梅子粉抑或和風醬等沙拉醬，便非常好味……」

「妳有沒有認真聽我的說話？剛才不是說過，是趕路回來時吃一兩杯，才沒有天天吃。」

雖然舅父固執倔強反覆解釋，可是外祖母認定是事實，就拒絕接納任何說明，好像原地打圈般，不斷苦口婆心說吃垃圾食物對身體有害。雙親把自己的說話當耳邊風，完全沒有在意細聽，讓倉科明日奈有點感同身受。反來覆去都是說著差不多的話，偏生還是不斷說下去。被父母那種冗長又重複的說話轟炸，耳朵活受罪的，可是非常辛苦。顯然舅父對外祖母的態度比外祖父來得好一點，並無進一步高聲反駁。外祖母一番唯唯諾諾後，囑咐他準備吃晚飯。隨後向孫女招招手，牽著她離開房間，慢慢走回一樓。

「明日奈怎麼扭著臉？叫聲婆婆好不好？」

看見這對母子的互動，難免觸景傷情，浮現起前世的點滴，差點兒無法繼續維持兩歲女娃的表情。倉科明日奈強行抑制內心的躁動，半秒內恢復偽裝的面具。

「婆婆！」

「孫女真聰明，肚子餓嗎？」

倉科明日奈並未肚餓，可是外祖母盛情難卻，姑且乖乖點頭。今晚外祖母及母親聯手入廚，讓飯桌變得更豐盛。好歹前世在米其林三星的餐廳掌勺，要是自己再長大點，就能夠三代同堂，在灶頭前大展身手。遺憾才剛坐下，鈴木英隆又扯起嗓子責罵偷菜賊。明日奈心想上了年紀的老人家也太嘮叨，話匣子打開就不會收回去，同一件事說來說去都不願休停。

「柳田那傢伙居然說是被老鼠咬掉，我第一時間罵他，我的田哪兒有老鼠。就算有老鼠，都是他那塊田跑過來的……」

感覺厭煩又瑣碎，可是倉科明日奈另有想法，在吃飯同時留神桌上各人的表情。外祖母似乎早就習慣這位老伴兒的脾氣，一直默不作聲的吃飯；母親一副麻木的態度，左耳進右耳出，只想早點吃完早點離開；父親至為尷尬，面對外父只好陪笑稱是，敬酒陪喝，不敢有逆半句。

「這麼沒品的人，都不知道是誰家生出來的？沒家教！」

注意到鈴木將平憋不住心底煩躁的樣子，霎時靈機一動，發動權能，將鈴木家飯廳納入掌心內。

（嗚呀！明日奈！說過好幾遍，發動權能前要先知會一聲啊！）

（誰叫妳一直關閉感官共享，想及早通知都不行。）

感覺許久未見的肖恩，仍舊活力十足，在身邊吵吵鬧鬧，讓倉科明日奈「噗哧」笑起來。

（笑甚麼唷？）

（不，沒甚麼。對了，我想到點有趣的事。如果一切順利，就能知道犯人是誰。）

（啊……話說得真滿。）

倉科明日奈望向鈴木將平，腦中早就擬定好接下來的發展，揚手插入新的敘述句。

鈴木將平打從回家後，就老是被自己的父親嘮叨，耳朵快要麻痺。忍無可忍，摔下碗筷朝對方衝撞道：「不就只是少幾株菜，有需要那麼緊張嗎？」

「豈有此理！你說甚麼？」

鈴木將平相當意外，他可是打定主意憋住嘴巴，將父親所有說話當耳邊風，怎麼最後還是忍不住，把心底話都吐出來呢？罷了，話說出去就收不回來，決定再補多句：「我說啊，不就只是少幾株菜，區區幾塊錢，有需要那麼緊張，到現在還唸在嘴上？」

「就算只是幾株菜，都是農耕者的心血！」鈴木英隆摔下碗筷，指著將平喝罵道：「枉你身為農人之子，怎麼會說出如此大逆不道的說話？」

鈴木將平受夠了，他用更重的力度摔下碗筷，撐起身離開飯桌：「我吃飽了。」

「將平？將平！」雖然外祖母一直叫喊，可是他誓不回頭，衝回房間拉上門。

「這小子是甚麼意思？長大後有毛有翼，都不聽我的話啦。果然大城市就是藏污納垢，才出去幾年就學壞了！」父子完全像小孩子吵架，抬腿離開飯桌，各自賭氣不揪不睬。二人離開後，才讓飯桌安靜下來。

倉科雄司望望左望望右，低聲問道：「外母，真的不用管嗎？」

外祖母笑吟吟道：「雄司，他們父子向來是這樣……來來來，快吃多點。」

倉科曜子皺起眉頭，不過沒有打算找任一方勸話：「父親和弟弟早就不是頭一回爭執，不過這次父親的反應未免有點過大。」

「會不會是農田毀壞太嚴重呢？所以特別來氣？」

「父親又沒有說清楚……也許是吧？畢竟都鬧到村公所了。」

「曜子，不如我們明天去外父的田走一趟吧。」

「可是雄司不怕髒嗎？」

倉科雄司一怔，苦笑道：「我會換另一條褲子。」

倉科明日奈深明清官難審家庭事，鈴木父子冰封三尺非一日之寒，如同自己與前世的母親，根本沒有外人插手的餘地。既然事件已經落幕，揚手撤去權能。

（喂喂喂，明日奈原來也會做出這麼可怕的事呢。）

肖恩盪在身邊，饒有趣味地道。畢竟相處那麼久，倉科明日奈就像乖乖女，絕不會主動挑起任何紛爭，又或利用權能來坑害他人。所以剛才那番舉動，大大出乎她想像以外。

（我只是見到舅父滿腹心聲，一副欲言又止的樣子，才大發善心誘導出來罷了。反正父子關係本來就很差啦，再突破下限也沒甚麼要緊。何況像那樣的衝突場面，不正投肖恩所好嗎？）

（無緣無故發動權能將人家扯回來，就只是看這些嗎？和犯人有何關係？）

（當然不是啦。坦白說，犯人已經直認不諱了。）

肖恩起初尚未理解，花了一秒思考後才明白，頓時臉色大變。望見她一驚一詫的樣子，倉科明日奈心中不免暢快淋漓，差點高聲笑出來。為免讓他人察覺可疑，明日奈維持平常的笑容，而且不正眼望她，只是持續以心靈感應對話。

（我開始漸漸理解，妳為何會說「有趣」，還願意一整天呆在家中。雖然直接說出真相很簡單，可是妳一定問長問短，還是等晚上再詳細交代。）

（好吧，人家就期待晚上的說明吧。）

肖恩的眸子閃爍不定，一小簇深不見底的光芒漸漸埋藏起來，不透半點徵兆。

第九話　請傾聽山神的聲音

A.D. 2002/08/16 - 08/17

飯後倉科曜子抱起女兒入浴洗澡，然後擁在床上睡覺。明日奈在睡夢中，精神再次聯繫肖恩。此時對方佇立在屋頂，透過她那對眼睛，看見村子只有稀疏的燈火，點綴在漆黑的海洋中。遠處的山都融沒其中，惟有在清風吹拂下，方推搖枝葉，響起「沙沙」的囂聲。

（話說起來，今天肖恩去哪兒？）

（只是在村中隨便逛啦。）

在這個鳥不生蛋的農村中，有何特點吸引肖恩，致令她流連忘返？

（怎麼突然這麼關心人家？）

（老是聯絡不上，虧我以為妳被山神神隱了。）

（啊……哈哈哈哈，山神甚麼的，明日奈真是風趣呢。）

（日本的農村常常有類似的傳說啦，搞不好這處的山中都有山神呢。）

（就算我真的神隱了，明日奈只要施展權能，不就能夠立即將人家拉回身邊嗎？）

（嗯，最後確是用這辦法將妳拖回身邊。）

肖恩旋飛飄昇，嫵媚乘遊於晚風之中。與日間風光明媚的景象截然不同，加上繁星的布幕罩來，讓倉科明日奈再次感慨人的渺小，激發起對生命的思情，不禁賦詩曰：

八方天地萬人囚　倒落星河耿客眸
轉眄心聲昭月鑒　癡情渺渺邈難儔

肖恩絲毫沒有培養出丁點人文情懷，故意打斷倉科明日奈的詩興，討來一鼻子灰。看樣子自己瞞住她火速破案，貌似真的惹起怒意。

（人家等不及了，快快說明吧。）

（犯人就是鈴木將平，對吧？）

（哎呀呀，果真難不倒明日奈呢。那麼請展開妳的推理，讓人家好好品評吧。）

倉科明日奈慢慢交代自己的推理：從認定犯人是村民，再配合肖恩的個性，慢慢收窄至自己身邊的人，最後鎖定為鈴木將平。大體上就是將之前的思路整理好後，簡明扼要敘述出來。

（喂喂喂，這不是先射箭後畫靶嗎？理由太牽強了。）

（的確我也承認這種推測有點大膽，但是大方向沒有錯。再者並非瞎矇，還有其他推論支持。）

（其他推論支持？將平昨夜根本不在村中，如何犯案？）

（早知道妳會用這個藉口為舅父辯解，不過非常遺憾，我可是有辦法破解這個「不在場證明」。）

（剛才提及鞋底上的泥土嗎？但是明日奈不也說，那些並不是農田的泥土。何況我們找過好幾遍，根本沒有發現第三者的鞋印。）

（鞋印之類，換一對鞋子就可以解決了。）

（嗄？）

為求令肖恩心服口服，所以倉科明日奈嘗試放緩速度，慢慢解釋原理。

（只抹掉自己的鞋印，同時保留公公的鞋印，不覺得這樣太麻煩嗎？於是我試圖改變思考的方向，總算想到一個比較合理的解釋：犯人並沒有消除鞋印，打從一開始就暴露無遺，只是大家都忽略了。其實辦法很簡單，舅父在深夜偷偷摸到自己家的田，直接換上公公留在小倉庫中的過膝靴後再行動，那樣自然只會留下「公公」的腳印。）

當然「舅父穿上外祖父的過膝靴」只是倉科明日奈假設，事到如今怎麼可能找到證明。肖恩發出陣陣乾笑聲，並未打算動身。

（這樣子的話，任誰都可以做得到，根本不能構成強力的指控。）

（任何人？對，任何人都能做到，但不代表會去做。犯人偷菜，究竟有何目的呢？留心聽村民的八卦，從未有人提過公公得罪了甚麼人。何況大葉波菜不是甚麼高價農產品，這兒有好幾塊田都在種。若是尋釁復仇又或盜竊偷佔，那麼偷的份量太少，大家都覺得不值一提，甚至視為老鼠咬掉的程度。換角度思考，那麼是不是惡作劇？然則誰會那麼無聊，為小小的惡作劇而干犯官非，招惹同住一村的鄰里，與自己過不去？犯人既不能是村外陌生的臉孔，也不會是每天都見面的同村人，那麼只可能是「不會讓村人起疑的外來訪客」，亦即是我們一家及舅父。我及爸媽都不是犯人，那麼當然只剩下舅父最可疑了。）

這條小村，最近的「外來訪客」，確實只有他們四人。

（想像力真豐富呢，前世不愧是小說家。）

（再說一遍，我不是小說家，只是寫小說的人。）

（好吧，現在不爭論那些事。假定犯人真是將平，他是如何製造不在場證明呢？明日奈還沒有好好解釋過這點喲。）

（辦法很簡單，舅父欺騙爸媽說臨時加時工作，錯開時間提早乘車回來。不過途中沒有入村，反而在其他地方流連。深夜下田偷菜，然後悄悄離開。至今天早上，配合公車的班次，假裝成剛抵達村中，那樣就能夠達成「不在場證明」。由於在外面待一個晚上，不僅鞋底踩上一層顏色與成分皆與本村不同的泥土，而且全身髒兮兮，更有一道異味，敢情是露宿荒野吧。）

（這些是明日奈天馬行空想像出來吧？）

（舅父那個沉甸甸的背囊內，帶上一件長袖外套、一具營燈及一具小型瓦斯爐頭。自東京出發回鄉，沿途旅程雖然長，卻未至於，也不需要自攜爐頭。即使路上肚子餓，買便當即可。還有八月酷暑下，長袖外套怎麼可能派上用場？總不可能是嫌行李太輕太少，想增加重量，鍛鍊臂力吧。）

（可能是另有用途嘛。）

（另有用途？有甚麼用途？在直通車上吃火鍋料理嗎？拿露營用的營燈掛在車廂內照明讀書嗎？在回鄉的旅程中，哪兒有派上用場的地方呢？惟一合理的猜想，乃是用作偽造「不在場證明」：既不能回村，也不可投宿旅館，就只有匿藏於荒山野嶺渡過一晚。故此外套、營燈與爐頭就變成必需品。寧願增加負累，也得帶在身上。）

倉科明日奈料想肖恩這下子總該退無可退，陷入將死之局。然而她猶不甘心，繼續反駁。

（不行，這樣的說明完全不行。現在法律有規定，盆休回鄉不能帶爐頭嗎？將平鞋底沾上奇怪的泥土也好，帶著爐頭也好，至多證明他隱瞞行蹤，而不能直接證明他偷菜。）

（真不知道肖恩是哪來的勇氣強辯，明明是魔女卻說法律呢。好歹人家都想到答案了，乾脆坦白接受吧。）

（人家無法接受明日奈這番牽強的推論，毫無邏輯爛得不行，就只是用各種間接證據穿鑿附會，連最關鍵的地方都沒有交代過。想想看犯人如果是舅父，那怕事後外祖父知道，也不會真的抓他去派出所，為何他不大方承認？）

（敢情舅父都沒想過，公公會小事化大。原本打算承認後棒打一頓，可是事件已經鬧到派出所，這樣子更不敢站出來坦白。）

肖恩一時沉默下來，連她都想不到該如何反駁。

（有時候真的很佩服肖恩在無謂的地方如此執著。）

（哼，堅持是一種美德。）

哼，堅持是一種美德。

就是因為這無聊的美德，自己前世才會浪費一輩子的光陰，追逐一個不會實現的夢想。

（『堅持是一種美德』……算了，我並不討厭呢。那麼接下來這一點，妳絕對無法舉出反論。）

（口氣真大呢。）

（就算如此，肖恩也沒有證據反駁吧？）

肖恩那對眼睛，幽幽地打量倉科明日奈。縱然感受到對方複雜的心情，也不願停下來。

（剛才飯桌上，公公又在扯偷菜的事時，我用權能誘導舅舅忍不住發脾氣對罵。肖恩也聽得清楚吧，當時舅舅質疑公公，不為意時說漏了嘴。）

倉科明日奈思索至此，故意打一個頓，靜待肖恩的反應。肖恩的思緒倒也沒有太大起伏，也安靜等待她接下去。

（公公叫嚷整天，全村人都知道他家的農田遭賊人光顧。可是實際損失多少，卻不是所有人都知道。即如在這個家中，除你我因為跟隨公公，實際去溫室走一趟外，其他人尚未知曉。以至派出所的笹田警察，也是跟公公實地到現場，才知道「只是偷了十八株菜」。可以想像公公在鄉公所鬧報警時，亦沒有向周圍的人說明詳情。不要忘記公公那塊田，主要是生產稻米，而非大葉菠菜。舅父今早才回來，之後一直蹲在房內，到底從誰的口中，打聽得知「只是少了幾株菜」呢？這一句話明擺露了底，所以我才百分百確定他是犯人。）

鈴木將平從一開始就不是與肖恩同一陣線，自然不會主動配合，更遑論製造偽證。

（接下來依然是我自說自話：舅父說謊欺騙爸爸媽媽，藉口臨時有工作走不開，需要留在東京。實際是錯開時間到別處祕密行動，所以鞋底附有其他地方的泥土。為隱瞞那個行動，他不能隨便在人前暴露，只好在野外露宿。帶長袖外套避免夜間著涼，帶爐頭是生火煮食，想辦法躲過一夜。翌天再依公車班次時間，偽裝成剛剛抵達入村。那樣任誰都不會將昨夜竊菜的事，懷疑到「尚未回村」的舅父身上，藉此迴避所有嫌疑。雖然做出那麼多事，但本身並非嚴重的事件，諒警方也不會重視。縱使存有一些漏洞，只要無人注意，就可以敷衍矇混過關。）

（即使如此，明日奈依然沒有正面解釋，為何將平會偷外祖父的菜。）

（我大膽假設吧，因為肚子餓啊。）

（嘿嘿嘿……嘿嘿嘿嘿嘿……肚子餓？）

（才不是甚麼好笑的事吧？這是非常合情合理的推測啊！那怕是八月，入夜後室外氣溫趨寒。為抵禦寒冷，想吃多點熱食，亦是情理之中。貌似舅父準備速食杯麵，不過考慮成年男性的食量，興許未必足夠。這一帶晚上根本沒有便利商店營業，他祕密回來也不方便在人前出現，吃不飽便想到偷。隨便偷別人家的東西是犯罪，但拿自己家田地的瓜菜便不算偷東西。沿此思量，順理成章向外祖父的田下手，而且只摘區區十八株，單純果腹罷了。菜可以直接吃進肚子，完美毀屍滅跡，可是速食杯麵不行。無法在野外隨便棄置垃圾，只好一併帶回家棄置，所以才會被婆婆發現。）

這樣子一切都自圓其說，完美解釋鈴木將平的行動。

（這就是明日奈的推理嗎？）

（就目前掌握的線索，只能推論至此。）

（嗯呼，真是很有趣呢。人家萬萬料不到，明日奈可以創作出這樣的故事。）

倉科明日奈不認同這是創作，而且相當在意肖恩並無肯定她的推理是對的。

（事實上將平早於昨天中午便回來了。）

突然肖恩鬆口，和盤托出真相，反而讓倉科明日奈更多疑問。

（舅父為何要瞞住所有人，悄悄提早回來？）

倉科明日奈以為鈴木將平在村以外鄰近的地方，才沒想過他早就回村。如果回來村中，又是躲在哪兒，做甚麼事呢？為何無人發現？

（明日奈猜不到這點亦是合理，因為妳根本沒有完全掌握所有線索。）

（對啊，也不知道是誰的責任呢。別賣關子啦，快快從實招來，舅父悄悄回來，到底在搞甚麼？）

（好奇嗎？想知道嗎？）

聽到肖恩那嘲諷至極的口吻，倉科明日奈突然興致全消。

（這個暫時不能告訴明日奈。）

（為甚麼？）

（果實必須留待成熟時，才能好好享受。如果現在提早讓明日奈知道，就一點兒也不有趣。）

倉科明日奈非常生氣，最後關頭依然被肖恩耍了。總覺得這傢伙一定在考慮甚麼不正經的事，只恨自己無力揭破。

（好啦好啦，明日奈真是聰明的孩子呢。老實說人家沒有想過，真的能夠憑零碎不全的情報，推理出將平就是偷菜的犯人，還創作出如此縝密合理的故事。）

（別耍我了！舅父為何要提早回來？昨天晚上他在村中做甚麼？）

（如果明日奈願意再創作新的小說，人家也不介意開誠布公，告訴妳將平在山上做過甚麼事。）

（原來如此，最終目的依然是這個嗎？我說過很多次，決不會再次提筆寫作！）

居然在這個時候重提交易，不得不說有夠精明。果然無論事隔多久，肖恩一直不忘初心。

（真可惜呢……人家明明就是仰慕明日奈的文采，才會主動與妳訂立契約。如果妳不寫小說，可是相當浪費喲。）

（浪費？不會喲！反正根本沒有人想看拙作。）

前世之所以決定自殺，就是想一了百了，向遺憾的人生告別。最初得知肖恩擅作主張，讓自己帶著前世記憶投胎轉生，還張口閉口要她寫小說，確實很憤怒。然而兩年下來，卻有點珍惜如今的生活。要不是有前世的經歷，她可能一無所知，以普通的女孩子成長。毫不珍惜現在的幸福，像前世的自己那麼無知，妄圖追尋不切實際的夢想，然後重蹈覆轍，被夢想背叛。

正因為太投入，所以受到無情的背叛後，才更加心痛，無法接受。故此今世的自己不曾有任何夢想，凡事腳踏實地，為每一天的生活感恩，不會追求多餘的事，便知足常樂。

（不會喔，至少人家想看。）

倉科明日奈砸嘴，魔女不算是人類，可是她沒有將這番話傳過去。

（對不起。我已經寫太多，也寫太累。至少希望這輩子，可以找到別的樂趣。）

（不可能啊，世界上哪兒有比創作更愉快的事？）

肖恩一盆冷水倒下來，倉科明日奈默然不語。

（明日奈應該理解，用一支筆架構出一個世界，隨心所欲控制筆下所有角色的命運，是多麼愉快的事。「現實世界文字化」，不正是忠實順從妳本心的能力嗎？）

（別自說自話……妳不是一直都想離開我，找其他作家嗎？）

子非魚，安知魚之苦。前世為圓作家夢，捱過多少苦頭，承受過多少傷痛。怎麼可能輕易受到蠱惑，願意走回頭路？何況「現實世界文字化」這種力量，根本不是真正屬於自己的力量。倉科明日奈沒有肖恩，就只是毫無特點的普通人；反之肖恩失去明日奈，也能再找另一位眷屬，繼續追求無窮的娛樂。肖恩說因為靈魂綁定所以無法脫身，天曉得是不是欺騙自己呢。或者她研究出拆解契約的方法，翌天就去如黃鶴，再也尋不著她的身影。

（找其他作家？請別開玩笑啦！明日奈真的以為，人家會隨便與任何人訂契約嗎？）

出乎意料之外，肖恩罕有地動氣。不對，這是首次聽到，肖恩打從心底呼出認真的吶喊。

（打從讀到《少女心事》後便非常喜歡，喜歡得滿腦子都瘋掉，才會盲目地從日本飛去中國！因為明日奈就是擁有這麼巨大的價值，值得人家使用任何手段去追求妳！萬一錯過了，恐怕百年，不，千年都不可能再遇到這般厲害的作家啊！然而現在的明日奈，居然輕率放棄自己的才華，不願回應粉絲的心情，這算是甚麼意思？）

肖恩一番雄渾激昂的回答，如同一陣猛風吹過，引致倉科明日奈思緒不斷翻湧，悠悠搖盪起一串串的苦衷。虧自己還說了解肖恩，原來都是屁話，不識天高地厚。直至現在才發現，原來對方真的期待著自己的作品，發自真心支持自己。

（甚麼可能……拙作……真的有那樣的價值嗎？）

（絕對有！人家的味覺決不會有錯！為此無論如何，都得讓明日奈重新撿筆寫作！寫出比《少女心事》更要好一百倍，不，一千倍的小說！）

僅僅出於這個理由，才不斷催迫倉科明日奈重新拾起筆桿？換作前世，興許讓她萬分感動。可惜如今卻湧現一股強烈的噁心感，差點嘔吐出來。

比《少女心事》還要好一千倍的作品？那部小說帶給自己的，只有無盡的痛苦與難堪！

（不要再說了！別再提《少女心事》！我……我最討厭……最討厭……）

咦？等一會！為何對方的反應，與自己預期的有所出入？肖恩思索怎麼接話時，倉科明日奈先一步傳話。

（我……最討厭……前世的自己了……）

（明日奈！）

倉科明日奈無法控制感官共享的開關，只能拒絕回覆對方。

「我應該怎麼辦呢？」

倉科明日奈發現自己竟然悄悄哭出來，一行淚珠從眼角流出。她急急擦掉，無奈又再有新的一滴湧出來。肖恩以「粉絲」身分自居，讓她激動至難以自持。前世渴求多時而未得一名讀者，竟然在今世擁有。扯起被子掩住頭，不住哭出來。

「為甚麼……不在前世就找我啊……笨蛋……」

那怕只有一位知音，也能驅使一位作者繼續有動力寫作。假如前世肖恩來得及找上門，那麼「他」便擁有活下去的勇氣。只可惜一切已經太遲，回首一轉便隔世，豈有挽回之理。

忐忑不安之間，滿腦子胡思亂想，最後還是敵不過身體本能，沉沉閉眼睡去。

「雖然不明白明日奈在說甚麼，可是感覺情緒十分激動。難不成轉生成女孩子，連思考方式都變得女性化嗎？哼哼，果然不會讓我膩味呢。」

原以為內疚痛心的肖恩，確定倉科明日奈睡覺後，即時關閉感官共享。曾經凝聚於眉心上的愁緒，一下子拋諸腦後。身體輕輕浮在半空，斜眼打量遠方那片黑壓壓的山影。

「真是不坦率的孩子呢……妳說是吧，各務（かがみ）？」

一身黑色鑲著紅色彼岸花的黑長直髮少女，無聲現身在肖恩身邊。雖然有著人的外貌，卻無人的氣息。尤其是那對黑色的瞳孔，隱約閃爍著妖異的光芒。

「那孩子就是妳所期待的果實？」

「人家決不會看錯，終有一天明日奈必定會醒覺，創作出最美味的作品讓人家享用。」

「如果按照妳的計畫，順利進行的話……」

「理所當然保證有效——很多小說及戲劇都是那樣演的。」

「小說及戲劇？真是的，妳那股自信到底從何而來？完全無法讓人安心！」各務語調平淡地抱怨，實際上沒有任何不滿：「但是聽上去很有趣，所以我同意。」

「嘿嘿嘿嘿嘿嘿，那樣子真是太棒啦。連山神都願意來幫忙，真是求之不得的好消息呢。」

話分兩頭，且說時間倒流回去昨天十六日晚上，鈴木將平拖著行李箱，花一個下午拉上山。依據童年的記憶，找到那片隱蔽於林中的湖水。聽村中老一輩說過，山神就住在這兒。

他從未見過那位傳說中的山神，就算祂真的存在，恐怕也不想住在變成死水湖的旁邊。無論有沒有山神，其實都不重要。他只是想將那個行李箱，找一個最理想的埋藏地點。連村民都忘記，罕有人至的死水湖，正是最理想的地方。

雙手捧起來用力往前擲出去，行李箱砸落湖面，發出巨大的噗通聲。眨眼間就沉入水中，整個吞沒至消失無蹤。處理完行李箱後，終於鬆一口氣。在擾人的蟬鳴聲中，正欲轉身離開時，倏地有人在背後冷言問道：「你到底是誰？」

「嗚呀！誰！」

沿途小心翼翼眼觀四面耳聽八方，既不曾讓別人發現自己，也肯定無人在身後跟蹤。就在完成目標鬆懈下來的瞬間，發現背後冒出一個嬌小的身影。他心下不禁駭然，第一時間將營燈提起，讓光源照在說話者身上。只見一位黑長直，身穿黑色和服的少女腳踏在湖面上盈盈邁步。身後湖水翻起激烈的波濤，捲成數條水柱，如同粗壯的巨臂托起行李箱，徐徐平移靠近。

面對眼前奇人奇景，鈴木將平睜大雙眼，露出難以置信的目光。少女雙眼直勾勾地深探過來，揚起右手指向背後的行李箱：「這是你丟的嗎？」

鈴木將平差點想否認，旋即覺得眼前發生的事過於離奇。無論如何看，對方的神態穿著語氣，都不像普通人。很難想像到這個時間，會有年青少女穿著和服登高。內心百般狐疑，試探問道：「莫非妳是山神？」

「誒，都是過去的事了。現在這個時代，還有人認識我嗎？」

鈴木將平將信將疑，顫抖道：「曾經聽村中老人家提過，山神是住在這個湖邊，穿著黑色和服，留有一頭烏黑發亮的長髮，非常漂亮的少女。」

「咦？是嗎？居然會以那種形式流傳下來啊……」

現代社會幾乎不可能見到女性留著長髮垂至腳跟，加之穿著不祥的黑色和服，悄無聲息突然出現，還用不可思議的力量將行李箱抬出來，才會第一時間猜想是不是老一輩提及的山神。

「我……我叫鈴木，是住在山下那條村的。」

少女表情冷淡，毫無興趣，只是不住將行李箱推去鈴木將平面前：「這是不是你的東西？為何丟進湖內？」

望著行李箱濕漉漉的滴著水，飄來一股異味，鈴木將平即時揮手道：「雖然是我的，可是我不需要！」

對方頓時臉有慍色：「請別將垃圾丟入別人的家。」

縱然對方不是山神，亦可能是幽靈或異能者假扮。不管是哪一邊，身為普通人的鈴木將平都毫無辦法對抗，只能俯臥低頭認錯。自稱山神的少女質問原委，他頓時言辭閃爍，只是說必需藏起行李箱。

「就因為你們人類一直往湖中扔垃圾，連河流都被堵塞，變成現在這樣骯髒不堪。拜此所賜，我作為神明的力量都減弱許多。」

「對不起……真的對不起……」

「總之給我拿回去！」

行李箱砸到鈴木將平面前，叫他內心欲哭無淚。為完美處理這具行李箱，可是苦思數天數夜。千辛萬苦從東京拖著這行李箱來到山中，輪子都快爛掉，就是想悄悄處理，永遠無人找到。明明計畫進行至今，各方面都十分順利。偏偏在最後關頭，遇上這麼衰毛的事？究竟犯了甚麼過錯？如果不是沉在這個湖內，還可以藏在甚麼地方？一千個一萬個不願意，情急間祈求道：「這個箱子絕對不能讓人發現……要麼我藏在山上其他地方……」

「嗄？總之這座山任何一處地方都不能棄置垃圾！」

自己別無第二方案，決不可能在這處打退。即使再生氣，也不敢在自稱山神的少女面前造次。他有考慮過偷偷背著對方拖去別處埋起來，旋而覺得這玩笑不能隨便開。若然再度人贓並獲，恐怕再無求情的餘地。神明總是反覆無常，搞不好直接殺了他。

「不是棄置……對！是暫時保存！」

少女頭一歪，不明白鈴木將平的說話。其實他也是人急智生，藥石亂投。從頭至尾山神只是介意他將行李箱棄置在山中，卻未曾追究過箱中物，故此斗膽向對方提議道：「我可以拜託山神大人，暫時保管這個行李箱嗎？」

「暫時保管？」

「只要將這個行李箱藏起來一段時間，不讓任何人發現就行。」

「這樣做對我有甚麼好處？」

鈴木將平聽到少女這樣詢問，內心竊喜，覺得有一絲希望。

「好處……好處……對！納貢！我可以向山神大人納貢啊！」

「你有甚麼貢品可以奉納？」

「敢問山神大人有何喜好？」

「有沒有好吃的食物？」

「有！有有！當然有！」

牢牢抓住希望的曙光，鈴木將平匆匆打開背囊，取出幾碗速食杯麵。原是留作今晚果腹的糧食，全數恭敬擺在少女面前。對方不知道是甚麼東西，百聞不如一見，將平當場取出小型瓦斯爐頭煮沸熱水，倒進速食杯麵，頓時飄香四逸。

「好鹹，好難食，這是人吃的嗎？畜牲也不想吃吧？」

少女才吃一口，即時扭頭吐掉。果然太天真了，對方好歹是山神，豈能夠用一碗速食杯麵收買？

「你不是山下那條村的人嗎？像以前那樣，隨便摘些莊稼獻給我便可以啦。」

以前？究竟是甚麼年代的事啊？鈴木將平望望擱置在腳跟前的行李箱，為求討好山神，已經別無選擇。嘴中說「稍等」，即時折回頭往山下奔去。山神望向遠去的營燈，無可奈何地嘆氣，旋身往旁邊一直看戲的白髮幼女問：「好了，妳在旁邊瞧夠沒有？」

「哎呀，原來妳看得見人家？」

「當然看得見啦，好歹我是山神啊。還有，妳不是人類吧？」

「人家乃『觀劇』之魔女，肖恩。」

肖恩因為村子太無聊，就跑上山閒逛，無意間撞見鈴木將平。理應人在東京的他，竟然會在深夜時份跑進深山。出於好奇心，於是尾隨在後。之後自然目睹他將行李箱扔進湖內，隨後被山神質問的經過。

「魔女……嘛……」

「聽妳的口氣，好像對『魔女』一點都不陌生。」

少女點點頭：「以前曾經見過，同樣自稱『魔女』的人。」

「誰？」

興許年代過於久遠，少女冥想半晌，才能從腦海中浮起一點印象：「她自稱叫『破滅』之魔女，名字忘記了，想不起來。」

「『破滅』之魔女？不認識唷。倒是未請教山神的名字。」

「不好意思，忘記自我介紹。我叫各務，是這座山的山神，請多多指教。」

肖恩指向死水湖問道：「堂堂山神，怎麼連自己的地方都搞得一團糟？」

「無人拜祭，被人遺忘；小小的山神，自身難保。」各務勉強苦笑道：「本來打算用最後的力量勉強可以現身，趁機恫嚇那個人，沒想到如此順利，還可以索取貢品。」

打從鈴木將平離開後，各務的表情變得比較輕柔，卻掃不去眉宇間的憂鬱。聽到對方提起貢品，肖恩只能「嘿嘿嘿」乾笑：「那實在太好了，真讓人家羨慕。」

「誒？肖恩也想要貢品嗎？等那個人回來，分一點給妳。」

「不用了，人家的嘴巴很刁。想要的貢品，才不可能是普通的農村出土物。」

各務難得遇上非人的同伴，雙方又談得投契，索性湊上來八卦探問。幸運遇見除倉科明日奈以外的聊天對象，肖恩就像深閨中累積無數怨氣的婦人，一個勁地將明日奈的事傾吐出來。

「明明前世是才華橫溢的小說家，轉世後竟然強硬地說『半隻字都不寫』，簡直是暴殄天物！」

「我覺得肖恩都有錯啊，怎麼不事先問清楚就締結契約？何況感覺那孩子前世應該遭遇過各種各樣的事，否則斷不會選擇自殺。」

「人家問過好幾次，明日奈依然對前世的事避而不談。為求令她寫小說，我可是用盡不同方法，都徒勞無功。」

兩位非人類女孩子聊至此處，見到鈴木將平跑回來，肖恩即時退開，各務板起臉孔收斂笑容。只見對方摘來十八株大葉波菜，跪下來誠心獻給各務。

「這是我家農田的粗賤之物……希望山神大人笑納。」

各務直接拾起來，仔細打量，鼻尖靠近嗅一嗅，放在頭頂摩擦，然後用舌頭舔一舔。鈴木將平心想這是不是某些奇特的儀式時，對方終於願意塞入嘴，起勁地嚼食：「唔唔唔……味道還不錯。」

「山神大人喜歡就好。」

也許太久無人進貢，各務貪婪地全部吃光，手指輕輕拭抹嘴角，顯然非常滿意：「好吧，既然如此誠心誠意的祈求，我決定大發慈悲幫幫忙。」

「謝……謝謝……山神大人。」

鈴木將平轉驚為喜，事前哪會料及回鄉之旅，會有如此奇遇？

「先不要太高興，有條件的唷。」

「嗄？」

「第一、這東西只是暫時保存，過些日子後會丟出來，你自己撿回去。」

鈴木將平吞吞口水：「山神大山願意藏多久呢？」

「你想我藏多久？」

「一百……」才剛吐第一個字，各務即時擺出不客氣的表情，那對眼睛像是要殺人般瞪來，鈴木將平急急改口：「十年！」

「十年嗎……好吧，我幫你保存十年，勿要忘記回來拿啊。」

「明白，明白。」

各務忽發奇想，接續道：「然後第二、要讓村子恢復山祀。」

「山祀？」

「很久很久以前，山下的村民祭祀山神的儀式。」

「……啊。」鈴木將平從來未聽過村中有這樣的習俗，心想回去找老人家問個明白，應該不是難事。

約定後再無別事，鈴木將平負起背囊，在蟬鳴聲中趕路，離開死水湖，另找他處露宿過夜。拋走行李箱後，煩惱盡消，腳步亦變得輕快。肖恩飄至各務身邊問：「難得有緣遇上，不提多些條件嗎？」

「提多些又如何？妳覺得人類會遵守諾言嗎？他願意做，固然是好事；背棄承諾，也不會遭受任何報應。無人祭祀的神明，終究會慢慢消失，而我只是在臨終前掙扎一下，像賭徒般碰運氣罷了。」

肖恩剛才旁觀時，腦子亦在思考，合掌笑道：「人家有一個兩全其美的好方法，既可以讓明日奈寫小說，又能令各務恢復神明的力量，不知道有沒有興趣？」

瞧不穿對方意圖，各務咬住唇，想一想後試探問：「說來聽聽。」

第十話　花田幼稚園

A.D. 2004/04/05 - 04/09

歲月如梭，眨眼間倉科明日奈已屆三歲。緊接而來下個月十三日，迎來四歲生日，精神年齡也隨之增加至四十四歲。雖說早於去年五月十三日便滿三歲，但根據日本規定，仍然要等到二零零四年四月，始能入讀幼稚園。

對，從今天起，明日奈正式成為幼稚園女學生。

日本的學年是從每年四月開始，至翌年三月結束。一月一日至四月一日出生，滿三歲的「早生兒」，會比同年四月二日及以後出生的「晚生兒」提早一個學年入學。五月十三日出生的明日奈，自然要等本學年才能入學。

倉科夫婦早於去年十一月向鄰近公寓的花田幼稚園申請入學後，很快就收到親子面試通知。是年花田幼稚園仍然只招收九十名新生，聽聞別的母親早於兩年前起特別為子女報讀親子教室，學習各種對面試有利的技巧，讓曜子開始擔心女兒會否面試失敗。害得旁邊的女兒倒過來安慰母親，場面甚是滑稽。明日奈自忖有甚麼風波未見過，所以鎮定如常。至於肖恩也嚷著要來湊熱鬧，問有否需要幫忙。

（人家可以去查看問題試卷以及答案唷。）

（不需要吧？面向三歲孩童的入學測試，怎麼可能難得倒四十三歲的成年人呢？）

倉科明日奈充滿自信，結果第一環節就老馬。連同自己在內五位小孩都進入課室，家長貼牆站立，然後老師指示他們自由撿拾地上散亂的積木玩具，放到各自的籃子內。

（喂！肖恩！這環節是考核甚麼啊？）

無法從老師的說明中推測出答案，究竟是撿大件，抑或是小件呢？比數量多寡？還是比排列整齊？抑或是考驗孩子守望相助呢？

（一篇小說。）

（甚麼？這個時候……）

（如果能讀到明日奈一篇小說，人家就願意幫忙偷窺評分準則。）

權能次數用光後，肖恩越來越任性，常常逮住不同機會強索小說，迫使倉科明日奈拾筆寫作。當事人一如以往拒絕寫作，兩邊談不攏，也就無合作空間。這次望望老師手上那塊打分紀錄的文件，心想沒理由為這小事就折腰，狠心咬牙拒絕。

（也罷，又不是甚麼大不了的事，我就不信自己會輸給三歲孩子。）

（嗤，小氣。）

（妳才小氣，一篇小說才換這點好處，不划算。）

肖恩故作嬌憨，吐出粉嫩的小舌頭。

按常識推測，是考驗幼兒收拾物品的能力吧。孩子玩完玩具後能自己收拾好，從中展現個人的品格與能力，以及家庭教育的優劣。知道要做甚麼的話，那樣便足夠了。倉科明日奈毫不猶豫，撿起積木再放到標上自己名字的籃子內。然而與其他四人不同，她還模仿平日母親的習慣，細心地依積木的形狀及大小分類收納，疊得整齊。

第二環節來到幼稚園內的遊樂設施前，要求在沙子場內堆泥沙。心想若果表現出接近成年人的專業水準，反而惹人嫌疑。惟有適當發揮一下藝術天分，用手指在沙上繪出線條簡單的圖畫，能夠見於人前即可。

第三環節來到音樂室，遵照老師指示一邊跳舞一邊唱歌。倉科明日奈猜想是考驗孩子的手腳協調及節奏能力，即時模仿電視機中少女偶像組合「晚安娘。」跳舞的動作，自然輕鬆完成。

最後一個環節是問答，老師拿出彩色繪本故事書，一邊說故事一邊問內容及感想，以及問自己雙親的事。當然身後的倉科曜子不能代答，一律由明日奈回應。好歹轉生這三年下來沒有浪費時間，不僅勤學日本語，以及日本人的生活常識及習慣。與老師的所有對答流暢得體，更由衷感謝父母，心想這番表現絕對能夠留下深刻而良好的印象。

女兒有著不屬於她年齡的成熟言行，多少讓倉科曜子在意。從小至大，這位孩子就與別家孩子不同，未曾讓她操心過。心想這也許是這個孩子獨有的天性，所以沒有過度插手。然而當天面試過程順利結束後，她反而擔心起來。準備好一旦落選，就另找一間公立幼稚園。幸好最終毫無懸念順利合格入學，讓夫妻高興不已。

之後還有一堆入園生實習啊、面向母親的入園前講座啊……一大票形形色色的活動。倉科曜子手執一本入學準備手冊，上面圖文並茂地列出大量入學準備物品。明日奈瞧過一眼，除去幼稚園指定的制服外，還有各色各樣的要求。像是體育服、泳衣、書包、防災頭巾、印章、剪刀、名牌、雨具、雨衣、布袋、便當盒、午餐墊、抹布巾……

（只不過是幼稚園入學，為何需要準備那麼多東西？連便當布的款式尺寸都有硬性規定？）

（對啊。明日奈是第一次唸幼稚園嗎？連這些都不知道嗎？）

（前世我在中國那邊可是很隨便呢，怎麼日本的幼稚園會有那麼多要求？每個袋子都是特殊尺寸，還要家長親自縫紉？瑣碎龜毛多到神經病啦！）

（誒，國外的人家不清楚，但在日本這邊是常識啊。不止是幼稚園，將來的小學、初中及高中，以至步入職場，都有不同的規定。）

（難道這是自小培育孩子的紀律性及服從性嗎？想孩子變成齒輪嗎？這樣的社會住起來肯定非常痛苦！）

雖說準備這些東西的是母親，可是倉科明日奈在旁邊看在眼內，還是有一點介意，覺得不好意思。

（我忽然有點理解，為何日本那麼多全職主婦了。如果母親都去工作，哪有時間為孩子準備這麼多物品？）

倉科曜子倒是不曾抱怨半句，不用一星期就熟稔地準備所有物品，無一缺漏，讓明日奈訝然。

（果然我將來絕對不要結婚，更不要生孩子！）

（明日奈究竟在說甚麼啊？）

（要是我有孩子，豈不是要為他縫製袋子！沒可能！我完全做不來，也不想做啊！）

（居然是因為這點理由……嘿嘿嘿嘿嘿嘿嘿！）

眨眼迎來四月五日，幼稚園新學年的入園式。倉科明日奈不需母親幫忙，自行穿上園兒服。作為私立的花田幼稚園，女生制服簡單中見別緻：米白色長袖立領襯衣，配上桃粉色英倫風格仔裙。在全身鏡前擺擺手轉轉腰，顯得格外可愛。

幾年來以女生的身體生活，身為男性的那部分早就消失無蹤，甚至午夜夢迴，都無法追憶那根硬邦邦的那話兒究竟長甚麼樣子。那怕如今穿上女生制服，早就沒有多少抵觸，更熟稔地拉上拉鏈及別好扣鈕。習慣穿輕飄飄又柔滑的裙子，而且是如此貼身自然舒適，心想時間果真是可以改變很多事。下意識間輕輕扯直及膝裙，若非外表是可愛的女孩子，絕對會被當成變態抓起來。

「今天早上風有點大，氣溫有點低，還是穿上外套吧。」

「是！」

倉科曜子為女兒遞來一套有金屬扣子的深紅色立領外套，明日奈乖乖穿上身。

「別忘記戴好帽子和名牌唷。」

「是！」

倉科曜子蹲身，為女兒戴上黃色安全帽，以及於右胸別上名牌，背上書包，提起便當盒，如是者準備完成可以赴校。

「謝謝媽媽。」

如果讓前世的弟弟及朋友看見自己穿幼稚園女生制服上學，不知道會作何感想呢？倉科明日奈既想在他們面前炫耀，但又怕嘲笑，大感左右為難。

「算了，做女孩子也不錯嘛。果然長得可愛，就能夠為所欲為！」

從無憂無慮的小嬰兒，成長為幼稚園生，代表人生邁進新的階段。難得的第二度人生，那是多少億萬富翁窮盡一生的財富都無法達成的夢想。倉科明日奈慢慢瞭解自己失去嬰兒般自由自在的生活，將要踏入社會，肩負起名為「人生」的擔子，多少有點顧慮。幸好與前世的狗屎人生相比，今世簡直是幸運天堂。如果讓這輩子再度品嘗遺憾，那樣子無異是對生命大大的褻瀆。

（然後在幼稚園全力獵食男孩子嗎？）

（妳ㄚ的腦子究竟是甚麼構造，就不能想些正常點的事嗎？）

對方不是人而是魔女，當然不可能有正常人類的思維。肖恩對倉科明日奈這位四十三歲的前男人上幼稚園感覺十分滑稽，一副看熱鬧不嫌大的心情，笑瞇瞇的跟在身邊。

（只要在明日奈身邊，感覺絕不會無聊。人家有預感，在幼稚園內肯定會發生有趣的事。比方說在女洗手間推倒女學生，在走廊推倒巨乳女教師……）

（我掛百分之一百保證絕不會發生那些エロ劇情。）

（或者與男孩子玩在一起，成為對方的青梅竹馬，說夢想長大後要嫁給他嗎？）

（百分之一千沒可能，我才不是戀愛喜劇故事中的女主人公。）

（對啊，只是女配角。）

（殺了妳唷。）

倉科明日奈抱怨歸抱怨，但萬一肖恩不跟過來，又會冒起某種失落感。好歹自出生以來，二人幾乎形影不離，無分日夜連精神都聯繫在一起，雙方微妙的感情波動都會傳遞到另一人身上。雖然肖恩自居「粉絲」，但明日奈待她如「妹妹」。那種親密感與信任感可是形同雙子的半身般，無法輕易抽離割捨。何況惟有在她面前，才能像前世那樣不加掩飾，以真性情對話。

前往幼稚園的路上滿載櫻色，處處洋溢朝氣與活力。當天倉科曜子需要陪同女兒一同出席入園式，所以悉心打扮，顯得比平日更漂亮。至於雄司由於工作需要，遺憾未克赴會。明日奈觀察現場，有些孩子的爺爺嫲嫲都出席。亦有叔叔拿著昂貴的單鏡反光相機配上遠攝用的長焦鏡頭，全程對準自己孩子拍攝。相比起來雄司只能用有限的資金買來一臺二手的Ricoh GRIV，交給妻子負責拍照，總算不致於錯過女兒重要的一刻。

倉科明日奈早就忘記前世唸幼稚園時的經歷，過去覺得是無足輕重的小事，如今重歷別有一番滋味。聽園長致辭、互相介紹、唱兒歌、與母親合照等等，全部都是一生人僅有一次的體驗。身邊那些孩子猶在嬉笑怒鬧甚至打盹時，焉有想過未來長大成人時，會愐懷今天無憂無慮的時光呢？

園長是一位年逾五十歲左右，叫椎屋的女人。她總是左手疊在右手，掌心按在小腹，目視下微屈膝，在講檯上向全體家長及學童作揖。倉科明日奈頓感訝異，中國人都遺忘的古代儒家禮法，竟然在日本人身上見到，不禁輕嘆「禮失求諸野」。

年少組新入學九十位孩童，共分三組，倉科明日奈與其他廿九位孩子在菊花班。在開學最初數天，大部分孩子不習慣離開母親，往往在入園後表現出極度的膽怯和不安。一旦遍尋不見雙親，就大叫大哭，煞為厭煩。明日奈心想如果自己內在不是成年人，恐怕也是差不多丟人現眼吧。

老師人數少，學生人數多。四周盡是震耳欲聾的啼爹喚娘聲，怎麼哄勸都不獲理會，難免顧此失彼。心理年齡四十三歲的倉科明日奈當然沒有哭出來，可是睜著雙眼置身事外束手旁觀，感覺良心上過不去，而且耳朵好生難受，於是主動跳出來幫忙，協助老師照顧學生。至少陪孩子一起玩耍，轉移他們的注意力，乃是肉體年齡三歲的她能力範疇以內可以辦到之事。托賴她積極行動，減輕老師的負擔之餘，眾多孩子亦很快融入幼稚園的生活中，成為群體中的一分子。

再次體驗幼稚園的生活，與其他「同齡」孩子一起玩，勝過獨自在家無聊苦悶，一個人玩玩具。不用一星期，已經與大部分孩子結成好友。這個年紀的小孩子尚未對性別產生差異，所以無分男女都混在一起。然而出於前世是男人，倉科明日奈無意間便黏在男孩子身邊打成一片。

與倉科明日奈不同，除去自己以外，肖恩無法與其他人見面及談話。不過這傢伙早就習慣獨來獨往，懂得獨自尋找樂子。每天在四周隨性巡弋，老樣子偷窺別人，發掘能夠解悶的好材料。

（看肖恩這副笑容，十有八九又發現有趣的事吧。）

（咦？有嗎？）

（臉上的表情已經澈底出賣妳了。）

二人之間的關係，可不是那麼輕易便能被他人取代。倉科明日奈心知肚明，肖恩最耐不住的就是寂寞，所以才會不斷追求新鮮刺激的事物。即使自己在園內結識大量新朋友，但心底依然非常重視肖恩，未有因為熱切與孩童交流而冷落她。在沙子場與男孩子玩泥沙時，注意到她突然晾在一邊，持續以異樣的眸子望向山本老師時，便插口問其緣故。

山本老師是菊花班的負責教師，留著一頭深棕色柔順長直髮，擁有廿多歲年青女子獨有的光亮白皙肌膚，以及與高中生相若的青春臉蛋。她臉上永遠掛著天真無邪的臉孔，和藹可親的照顧所有孩童，如同反射著初夏的豔陽，為所有人灑上活力與朝氣。與此同時她長著連衣服都掩不住的凹凸有致玲瓏身材，那對洶湧澎湃的程度，光是站在園門與家長打招呼，就足以普度往來眾生。以倉科明日奈前世男性的目光，足以評定為本園最漂亮的女教師。

（明日奈是怎麼看山本老師呢？）

（山本老師是美少女，肯定有各種各樣的麻煩事吧。）

（對哦，對面零食店的杉田大叔今早還「用」她好幾遍，還說好想將她摧殘至體無完膚呢。）

倉科明日奈差點手一抖，差點將眼前辛苦堆起來的沙城堡摧毀。

「倉科，小心點啊。」

「哦，是是，對不起。」

陪倉科明日奈一起堆砌城堡的是叫小暮翔大（こぐれしょうた）的男孩子，她即時向對方賠罪，然後朝浮在自己頭頂上的肖恩瞪一眼，以眼神責難她怎麼亂說話。肖恩故意無視，猶在侃侃而談，揭露附近的成年男性私下都稱呼山本老師為「大家的山本」，更有人過分地偷拍她的照片轉售或「自用」。

從來沒有想過，那位友善親切，常常給往來小孩子送糖果的杉田大叔，居然有如此不為人知的一面。自己前世也是男人，雖說窈窕淑女君子好逑，卻不曾做出這番齷齪下流之舉，登時對他的好感大打折扣。

（真嘔心。今天放學後叫媽媽繞路回家，別再經過那間零食店。）

（奇怪，明日奈竟然沒有冒出半絲邪念？難道不想掌控那對E CUP大白兔嗎？）

（沒有啊，別因為前世是男人，就斷定我會有那種想法！）

好歹過去曾為男人，多少明白山本老師那股天真無邪的魅力。男人並非好色，只是受下體控制大腦，雙眼不由自主望向對方胸前巨大的地方，乃自然的生理反應。只是轉生成女孩子後，身體再也沒有對女性產生一絲一毫的心動，不得不感嘆肉體連帶影響精神，觀看異性的目光及心情都與前世截然不同。肖恩言罷，望著倉科明日奈與小暮翔大堆泥沙，又要纏上來。

（既然是女孩子，為何不和女孩子一起玩？）

（從來沒有那樣的規定吧？）

（真虧明日奈能夠和小孩子一起玩，這叫做童心未泯嗎？）

（也只有現在可以盡情自由地玩，再過幾年長大後，就沒有時間玩了。）

（好現實直白的發言啊，不愧是活過四十三年的老前輩呢。）

倉科明日奈罕有地露出一絲憂鬱的表情，對孩子而言人生是剛剛開始，她卻是已經走完一趟再回來。身為過來者，深明人生是只有一程單行的車票，無法往返的來來去去。像這樣無憂無慮的童年，如果不好好珍惜，將來就再沒有機會彌補了。

有很多事，要失去後才懂得珍惜。難得重生為人，再次唸一遍幼稚園，自然全情投入享受。反之肖恩身為魔女，有無限的時間，所以視線水平根本不可能與自己處於同一水平。那怕望見滿園孩子奔跑嬉鬧，都沒有牽起半點情感。

（怎麼及得上妳啊，不知道活過多少年的魔女。）

（嗯哼哼，我是永遠的八歲喲。）

騙鬼！八歲只是外在肉體的年齡吧？

（所以肖恩突然跑過來，就只是向我匯報這些八卦趣聞？）

這傢伙平時這個時間都會飛出去玩，怎麼今天老是待在自己身邊，而且非常聒噪。事出反常必有妖，莫非又想到甚麼鬼主意？

（啊！想起來了！人家發現明日奈的二號粉絲唷。）

（二……二號粉絲？）

自己甚麼時候成為偶像了？不對，怎麼突然跳出二號粉絲？

（鏘鏘！佐佐木，過來吧！）

肖恩擺出誇張的姿勢，雙手高舉在右邊拍掌。望向她指向的幼稚園圍牆處，居然有一個「人」穿進來，讓倉科明日奈差點再次推倒沙城堡。

「妳好，我叫佐佐木(ささき)杏珠(あんじゅ)。那個……請問閣下是不是紀老師？」

眼前有一位披著桃粉色長髮，相貌清秀，身材高眺的女子。頭上用黑色蝴蝶結束起頭髮，穿著尋常的居家連身裙，向自己打招呼。為免惹來他人起疑，倉科明日奈只敢望一眼，即時低頭偽裝玩泥沙。

（嗚呀！她是真正的幽靈嗎？）

（怎麼啦，難道明日奈害怕幽靈嗎？）

肖恩特別矮下身子，在旁邊嘲笑道。倉科明日奈才不是害怕，只是長時間仰頭對著空無一人的地方發愣，容易令周圍的人誤會。肖恩正想乘勝追擊時，驟然一個塑膠球飛來，將明日奈與小暮翔大合力堆成的沙堡砸爛。

「誰啊？」

專心矢志地堆泥沙的小暮翔大，目睹自己的作品被毀，頓時非常生氣。倉科明日奈扭頭望去，

依球飛來的方向，明顯是平沼丈治（ひらぬまじょうじ）、本間元都（ほんまはると）和西住友之介（にしずみゆうのすけ）三位男孩子。他們意外闖禍，即時低頭道歉。翔大從沙子場中抄起球，雙手推去三人那邊，開始大吵大鬧。說穿了就只是一座沙堡，對明日奈可謂不痛不癢。但是對三歲的翔大而言，那是他花很多時間堆成的心血結晶，極為珍視的寶物。他拒不接受三人道歉，更打算動手打架。

雖然山本老師發現幾位孩子爭執時，第一時間勸阻，但四位男孩子並未有理會。倉科明日奈心想自己就在旁邊，四人打起來豈非殃及池魚？乖乖不得了，只好幫忙阻止事態惡化。她即時掬起一撮細沙，輕輕往他們的腰下撒去。驟然被沙子打中，他們同時錯愕，居然停下手來。

「這樣吧，你們下次也來幫忙堆沙堡。四個人一起努力，堆一個更大的！」倉科明日奈像大姐頭般向四位男生提議，他們互望一眼，很快有決定：「啊……好的。」「沒所謂。」「說好唷！要堆一個更大的城堡！」

小暮翔大聽到對方下次會和自己一起堆沙堡，心情頓時轉好。不愧是小孩子，很快就能打成一片。倉科明日奈心想，待下星期小孩子早就忘記個一乾二淨，正好大事化小小事化無。

「老師，我想去洗洗手。」

山本老師再次獲倉科明日奈相助，輕鬆解決小孩子間的爭執，感覺非常高興。作為新人教師，入職前聽前輩說孩子很可怕，不懂自重不會看氣氛，一起嘰嘰喳喳活蹦亂跳的搞世界大戰，想讓他們乖乖聽話實在太困難。幸好班上這位叫倉科明日奈的孩子異常早熟，屢次幫忙指導別的孩子，教她的工作輕鬆不少。聽到對方說想洗手，當然沒有任何懷疑，安心放行。

（看樣子山本老師很信任明日奈呢。）

倉科明日奈不管肖恩在背後搗蛋，匆匆找個藉口去洗手間。確定廁間內無旁人後，始認真仰頭望向尾隨而來的兩位「貴客」。

（肖恩，這位叫佐佐木的女子到底從何而來？）

（哎呀，適才人家於路上偶然碰見這位新生幽靈。）

（新生幽靈？）

（她是剛剛身亡，所以叫新生幽靈。）

真是奇怪的命名啊。

（大家談了一陣子，發現她亦很喜歡《少女心事》，是忠實的讀者，所以就帶過來見明日奈了。）

（請不要說得像是隨便帶野外的貓狗回家那樣啊！還有說了很多遍，別再提《少女心事》啊！）

倉科明日奈雖然萬分氣惱，可是不便在外人面前發作，只能鼓起腮幫子生悶氣。佐佐木杏珠尚算拘謹，飄然降至面前，低頭躬身問：「請問閣下真的是《少女心事》的作者紀老師嗎？」

對倉科明日奈而言，這部作品可謂人生最大的轉抉點，亦是開啟她與紀春筠一連串孽緣的關鍵。雖說轉生至今快將四年，心境轉變不少，有些糾葛亦慢慢放下。可是每每聽到《少女心事》，還有「紀春筠」的名字，心中那團疙瘩總是揮之不退，教胸口抑鬱難受。考慮對方初次見面一無所知，不便無故遷怒，惟有強調道：「我是《少女心事》的原作者，不過不是叫紀春筠，請別再用那個名字稱呼我。」

對方似懂非懂的聽著，沒有追問原因，單純投來憧憬的視線：「那麼應該如何稱呼老師呢？」

肖恩挨近親熱道：「直接叫明日奈就可以啦。」

倉科明日奈與肖恩之間可以心靈感應，但第三者無法聽到，故此只好正常地說話。

「一下子稱呼名字，好像不好意思。」

「明日奈很大方，不會介意的。」

「喂喂喂，肖恩別代我回答啊。」

「果然直接稱呼名字有點無禮，那麼可以叫倉科老師嗎？」

「唉，隨便吧。」倉科明日奈本來就不計較任何繁文縟節，不過眼前這位叫佐佐木杏珠的幽靈無論是談吐及儀態都相當得體，一副知書識禮的樣子，攀談幾句就甚有好感。

「既然肖恩說倉科老師是《少女心事》的作者，那麼可否容許我冒昧問一些問題？」

距離午飯尚有一些時間，倉科明日奈大方點頭。

「最後結局，張青伶有沒有與周澈走在一起？」

《少女心事》最後一幕，女主角張青伶經歷無數亂離，最終與男主角周澈在街道上相聚。雙方互相對望，千愁萬緒間，最後戛然而止，故事就懸在該處結束。無數讀者爭論，二人會否破鏡重圓，佐佐木杏珠亦不例外。過去大家都去問紀春筠，現在頭一回有讀者問倉科明日奈，不禁感觸良多。

「沒有。」

「誒？為甚麼？」

「從最初開始，我就決定兩個人永遠只能做好朋友，而不會成為戀人。他們之間從最初到最後，情感上都不曾也不會踰越過那條界線。張青伶多疑且敏感，周澈保守沒勇氣。二人會走在一起，只是朋輩壓力下的意外，為應付各自的朋友才無心插柳，這些都在前面各處劇情埋下伏線。一旦這種外力消失，二人便很難維繫下去，分離後便不會恢復，兩邊也不可能邁出那一步。」

佐佐木杏珠聽罷，肯定地點頭：「果然如此，我也是這樣想呢。雖然不大起眼，不過倉科老師一直努力在故事中鋪陳過不少細節，好幾次暗示二人在分手後，便再無產生戀愛以上的感情。早些年紀老師來日本出席簽名會，我問過她同樣的問題，她直接說二人會復合。我再問得深入一點，她便答非所問，十分敷衍，連作品內的細節都記錯。那時以為是時隔太久記不清楚，又或是大會安排的翻譯對不上。如今知道『真相』，一切都恍然大悟了。」

「哎呀，因為紀春筠根本不是作者，再多說幾句就露出破綻，非常合理呢。」

佐佐木杏珠感動得哭出來：「沒想到倉科老師會如此可憐，自己的大作會被不屑小人物鵲巢鳩占，簡直毫無天理！那位叫紀春筠的女人，真是陰險惡毒之至！」

聽到對方同仇敵愾，讓倉科明日奈甚感奇怪。天知地知你知我知她知，為何身為外人的她會知曉這些事呢？瞬間氣惱地瞪向肖恩：「肖恩！妳究竟對佐佐木說了甚麼？」

肖恩完全不覺得有錯，大方而直率回答道：「同為《少女心事》的書迷，怎麼能夠狠心放任她被假作者蠱惑呢？所以人家大方將真相說出來了。」

嗚呀！肖恩這個大嘴巴，居然這麼輕易就將這天大的祕密說出去？倉科明日奈抱頭，旋而慶幸對象是幽靈，理論上不可能向活人洩露。這麼一想，勉強讓心情平緩過來。

「難怪紀小姐寫完《少女心事》後就再無新作，原來是真正的作者已逝，無人能夠接力寫出如此高水準的作品，只好訛稱封筆。」「紀老師」降格成「紀小姐」，不過也是當事人罪有應得。佐佐木杏珠憤慨說完，望望倉科明日奈的臉色有點奇怪，關心問：「倉科老師？」

「沒事兒。」

倉科明日奈姑且也考慮過最壞的情況，萬一被人識穿自己是轉生者，身懷奇異的能力，應當如何應對。然而實際遭遇時，卻完全派不上用場。幸好佐佐木杏珠並無敵意，加之對方對她的作品如此深刻瞭解，為前世的遭遇叫屈，讓人談不上討厭或警戒。縱使如此，明日奈仍不願對初相識的人拋出真心，雙方若有似無地保持一定距離。

「好啦，妳們慢慢玩，我要去吃飯了。」

「誒？就這樣？」

「不要忘記，現在明日奈是幼稚園學生啊。」倉科明日奈懶得搭理肖恩：「有甚麼事回家再談吧，招呼不周，深感抱歉。」

「說的是呢，貿然過來打擾，深感抱歉。」

聽到佐佐木杏珠一面歉意，對比身邊那位一直自我感覺良好的魔女，無疑使倉科明日奈更添加幾分好感。雖然非常無禮，可是自己總不可能離開幼稚園，又或長時間朝著空氣自言自語。既然是肖恩自作主張帶過來，就由她負責應酬吧。再者難得遇上除自己以外可以溝通的第三者，不用老是纏在自己身邊聊天，亦是好事。

拜別二人，跑回課室去。自由遊玩時段結束，所有孩子脫下玩耍時的罩衣，到課室內坐下來，

享用自己帶來的便當。倉科明日奈左右兩邊分別是水島杏（みずしまあんず）和柊万里花（ひいらぎまりか），老樣子坐在一塊吃飯。

水島杏留著短髮的包包面，左額上夾著桃色髮夾，顯得非常符合外在年齡的孩子氣息。當然她確實是如假包換的三歲女孩，只是個性蠻主動。最初就是她強拉住柊万里花跑過來，硬要擠到倉科明日奈身邊吃飯。目標並不是交朋友，而是盯上曜子手製的小熊壽司。

「倉科吃太慢了！万里花也是啊！不能吃快一點嗎？」

明明便當份量比別人多一倍，卻是第一時間吃光，無論食量及速度都相當驚人。

「要是吃不完的話，我來幫幫妳吧。」每天清理完便當後，總是沒有滿足，像獵人般雙眼盯往倉科明日奈小小的便當。老實說這舉止蠻無禮的，可是因為對方只是三歲女娃，所以從來沒有計較。何況轉生成女孩子後胃袋太小，吃不下太多食物，又不想浪費，便轉贈他人：「明日奈吃飽了，水島想吃小香腸嗎？」

「太好了！謝謝倉科！」水島杏飛快地用筷子夾起切成八爪魚狀的香腸，張口就吞進去。明明山本老師說過吃飯時要細嚼慢嚥，可是她沒有聽進去。

「杏，吃相太難看了。」

柊万里花是水島杏的鄰居，二人在入園前感情已經相當要好，常常黏在水島杏身邊。最初對明日奈稍有戒備，有點害怕那隻異色瞳。相處一星期後，總算慢慢接受下來。此際注意到朋友嘴角留有米粒，便掏出手帕抹拭。

「謝謝，万里花。」

柊万里花的進食速度比倉科明日奈更慢，現在還未吃完。水島杏嘰嘴，光速夾走她一條蘿蔔絲送進口中。

「水島，那是柊的便當啊。」

難得轉生成女孩子，加之母親一直從旁言傳身教，故此從小就有意保持理想的容貌與儀態，吃相也像女孩子般嫻雅。摸摸肚子，還是無任何多餘的贅肉。反之吃很多的水島杏，明顯有點發福，連臉蛋都是圓圓的。好歹相識一場，倉科明日奈嘗試出言勸阻她勿吃太多，以免將來變大肥妹。

「沒關係。」

「万里花說沒關係啊。」

啊啊啊啊啊啊啊才不是那個問題啊！

「那個……杏還想吃嗎？」

「想！」

柊万里花將自己的便當盒推到水島杏面前，對方一句「我不客氣了」就捧起來倒入口。其吃相之豪爽，完全不亞於男子。

「呼……每天都可以吃万里花和倉科的便當，真幸福。」

「水島是不是吃太多啦？」

「沒有！完全沒有！」

不，可以的話才不想妳吃那麼多。

「柊會不會太縱容水島？」

「媽媽說過，要好好照顧杏。」

倉科明日奈心想，令堂絕對沒有叫妳將好朋友餵成一頭肥豬。心想與三歲女孩子聊十八歲時減肥的話題委實有點超現實，只好乖乖閉上嘴巴。

享用完午餐，稍微休息後，便是山本老師的說故事時間。她仍然拿著面向幼兒的繪圖版《古事記》，訴說日本的古代神話。美人極力說得悅耳動聽，無奈泰半內容早於前世已經耳熟能詳，所以倉科明日奈無法像其他孩子那麼專心細聽。

幼稚園的半日活動結束，學童收拾好個人物品，等待家長接送回家。與之前不同，佐佐木杏珠加入回家團中，二人二鬼結伴同行。難得與喜歡的作家會面，少不了握手、簽名及侍寢……

對不起，「侍寢」是開玩笑的。

「那個……其實我有件事想麻煩倉科老師。」

念在她是肖恩帶過來的客人，首位上門的讀者，在情在理都不可能絕情絕義撒手不管。

（儘管說吧。）

附近行人很多，兼且母親就在身邊。倉科明日奈不想朝空氣說話，所以通過心靈感應，先將話告之肖恩，再由她轉告予佐佐木杏珠。

「我一星期前已經死了，可是直到現在還無人發現，希望倉科老師幫忙通知警察。」

「……嗄？」

第十一話　戀人仍未知道那時所感受的愛情的滋味。（前）

A.D. 2004/04/09 - 04/10

晚上電視新聞報導菲律賓的超級英雄「破浪」遇害，據當時在現場的目擊者的證詞，犯人正是那位全球指名通緝的「超級英雄殺手」。

「超級英雄殺手」只是大眾傳媒私下稱呼，事實上對方是男是女、出身來歷，以至犯罪動機等等一概不明。目前僅能查到對方於公元一九九九年起開始，莫名其妙執著於追殺超級英雄。最初從日本的二三線英雄開始，然後一直往西行。短短四年多，蹤跡遍及朝鮮、滿洲、中國、印度、伊拉克、伊朗、法國、德國、英國以至美國等，以至名譽海內外的一線超級英雄都慘遭殺害。最讓人難以置信的，是他似乎擁有擬態成過去殺害過的超級英雄的外觀，並使用對方的力量與裝備。至此國際聯盟轄下的捍衛者不得不高度重視，偏生接手處理至今，仍然毫無進展，逮不到對方半條尾巴。由於一直穿著戰鬥服，故此連容貌都不知道。倒是從戰鬥服勾勒出的窈窕曲線，推想本尊應該是一位女性。傳媒僅能貼出對方的基本姿態，權當成通緝照片。

目睹那副紅黑藍三色鎧甲的特寫，倉科明日奈頓時回想當年於淺草花屋敷遊樂園中的戰鬥，認得對方乃殺害鎧甲戰士凌天的犯人。然而那樣又如何？自己不可能碰見她，就算碰見，也打不過她。如同大多數觀眾，除去感傷一番，緬懷過去後，便繼續祈禱上蒼開眼，及早使犯人繩之以法。

（嗚嗚嗚……還是沒有人發現我死去了。）

所有新聞報導完畢後，佐佐木杏珠灰心地道。自回家後她正式自述其來歷，原住在鄰旁北區一棟公寓內，上星期家中吊在天花板的書櫃意外塌下，當場壓死。由於是獨居，故此死後一星期都無人發現。死後既沒有去天堂，也沒有去地獄，而是變成幽靈，像孤魂野鬼般在路上徘徊。即使向無數人呼救，都無一人回應。精神快要崩潰時，幸好肖恩偶然在路上閒逛時碰見她，才脫離孤獨無依的處境。之後就如同肖恩所言，發現對方同是喜歡《少女心事》的讀者，自作主張透露倉科明日奈就是代筆作者，並拉她過來花田幼稚園介紹給雙方認識。

「不行，我不能，也不會幫妳報警。首先家中媽媽總是陪在身邊，不可能瞞著她偷偷撥電話。其次警方事後疑心報案者，調查到我頭上，屆時就有理說不清。總不可能對他們說，是死者本人化成鬼魂跑來找我幫忙報警吧？」晚飯後倉科明日奈在房間裝作玩玩具，同時注意母親的動靜。只要她不在身邊，就與肖恩及佐佐木杏珠談話。當聽到杏珠的心願時，不由得大感困擾。死者為大，何況對方是自己第一位認識的書迷。要是拒之千里之外，未免不近人情，不由得輕聲問道：「妳真的不其他認識的人？他們會不會上門找妳？」

「勉強要說的話……應該是KOU吧。」

「KOU？」

「武田滉（たけだこう），我的男朋友。」一提及戀人的名字，佐佐木杏珠臉上掛上甜絲絲的微笑道：「不過他工作很忙啦，多數都是休息天才見面。」

肖恩奇問：「休息天？不是已經過去整整一星期嗎？怎麼還沒有上門找妳？」

佐佐木杏珠言辭頓時有幾分閃爍：「偶爾也有這樣的時候啦……隔兩、三星期才見面……最近他好像很忙，所以暫時不會來……」

肖恩狐疑問：「你們真的是戀人嗎？」

「當當當然是啦！現代人就算不見面，也可以用手機聯繫啊！」

倉科明日奈點點頭，若有所思道：「每人對『親密』都有自己一套想法，所以戀人交往也有很多種形式，不足為奇。」

「真不愧是倉科老師，想法先進，通情達理！果然寫出《少女心事》那麼厲害的作品，肯定和很多男人往來，擁有豐富戀愛經驗。」

倉科明日奈立即瞪向浮在旁邊的肖恩，對方嘴角勾起不懷好意的微笑。

（哎喲，人家只是向佐佐木說過明日奈前世是《少女心事》的原作者，沒有提過妳是男人。）

糟糕，不行啊。現在氣氛很難開口說明自己前世是男人，而且是毫無戀愛經驗的處男。

（真是的，佐佐木無論如何都想不到明日奈前世是一名男性吧。）

（住……住口！）

（明日奈不向佐佐木坦白嗎？）

（叫我如何開口啊！太難為情啦！）

「咦，老師臉好紅，難不成在害羞嗎？」

「沒有！絕對沒有！」

一人一魔女一幽靈圍在一起說話時，冷不防母親突然過來。幸虧倉科明日奈反應極快，及早緊閉嘴唇，不容顯露半分異狀。見女兒一個人蹲在牆角玩玩具，曜子說道：「明日奈，時候不早了，早點睡覺啊。」

「是，知道。」

看看時間，不知不覺已逾九時。倉科明日奈伸伸腰骨，暫且中斷密談。收拾好所有玩具，鋪好床鋪，一貫不勞母親操心。曜子親眼看著她閉眼睡覺後，才輕輕撫弄額上髮絲微笑離開，繼續未完成的家務。當然明日奈只是假寐，姑且與佐佐木杏珠議定，明天去佐佐木家一趟巡視情況，再想想有否其他辦法。說不定讓鄰居或管理人之類發現屍體，那末明日奈便不需冒險報警，捲入事件內。

（話說起來，為何佐佐木小姐會變成幽靈？）

睡覺時閉上眼睛後，倉科明日奈偷偷以心靈感應與肖恩對話。

（為何突然有此問題？）

（每天都有很多人死，如果大家死後都變成幽靈，照道理整個人間早就塞得靈滿為患啊。）

（那是由於有些人生前有心願未了，懸在頭上無法卸下，死後靈魂有一定機率繼棧在人間無法消散，遂成為幽靈。）

好像以前都有聽過類似的說法，倉科明日奈置啄一番，仍然有疑問。

（這麼說來，佐佐木小姐有何心願未了？肖恩知道嗎？）

（啊呀，正如佐佐木所言，希望有人發現自己的屍體嗎？）

（真的這麼簡單嗎？隨便放著不管兩星期，自然發出屍臭，鄰里亦會察覺。）

（好過分！竟然叫一個美女的屍體腐敗發臭，明日奈真是狠毒的女人。）

（呃，不，我不是那個意思……總覺得佐佐木小姐隱瞞甚麼。）
（一如以往警戒多疑呢。）
（那是女性的直覺吧。）
（「女性」的直覺呢，嗯哼哼。）
（請停止妳心中的邪念。）

倉科明日奈想來想去，由於對佐佐木杏珠抱有好感，依然不太情願往壞處去想。更何況她那對清澈的雙眼，蘊含無助之情，所以更不願放下。

（吶，假如當日肖恩沒有來，我是否都會像佐佐木小姐那樣變成幽靈？）
（怎麼突然多愁善感起來？）
（嗯，沒甚麼。）

前世的自己亦曾經像佐佐木杏珠那樣，祈禱過有誰來拯救自己。可惜直到自縊的那一刻，都未能獲得救贖。直至轉生後有幸遇上肖恩這位不惜千里追來的書迷，至少證明過去廿五年寫作生涯是有意義，總算不是白活。那麼現在既然行有餘力，是時候換她來伸出手幫助別人。

（不過明日奈有辦法獨自行動嗎？）
（父母怎麼可能讓三歲的孩子自個兒四處走呢？不過放心吧，我有辦法。）
（願聞其詳。）
（就是派肖恩代我走過去啊。）
（甚麼？）

星期六日倉科雄司休息，一口氣補償工作天的分量，陪著妻子及女兒享受天倫之樂。這天讓妻子在家休息，換他帶女兒去江南社區圖書館，於兒童區挑選一些圖書，伴在身旁一起閱讀。明日奈心想自己四十三歲，真的對童話書毫無興趣。可惜沒法去成人區那邊，又不能丟下父親，只好勉為其難陪同閱讀。

一直裝成小孩子真的很辛苦呢，但是不經不覺間，快將撐到第四年。

過去兩年許，女兒都並無再發生異常的病徵，看上去就像普通的孩子健康成長。然而每當注視她那隻異色瞳，倉科雄司依然不敢忘記當天鮮血源源不絕從眼袋湧出，半邊臉染紅的恐怖場景。

去年倉科明日奈滿三歲後，在藤原雅安排下，往京都大學醫學部附屬醫院再度接受全身檢查，可是仍然沒有任何可疑的症狀或隱患。另外她言出必行，真的找到一位叫土御門的陰陽師親身上門幫忙鑑別，肯定身邊無任何不淨之物。

那位陰陽師完全看不見肖恩，所以倉科明日奈只道對方是騙子。不過騙子也有騙子的用處，至少會做做樣子作法祈福，使父母安心踏實。反正人是藤原雅介紹上門，所有開銷都由對方包辦，父母無任何損失，故此明日奈不打算戳穿他的把戲。她由衷希望，這輩子的人生不會像前世那麼多苦難及不幸。今世以普通人的身分平安成長，一家三口和睦幸福，已經是最大的福氣。

「我就是住在這處啦。」

北區王子本町一帶，接連好幾棟五層高的公寓，像積木般排在一起。佐佐木杏珠帶著肖恩來到第七座，升上三樓四室。明明已經是幽靈，還是守規矩，乖乖從正門出入。

肖恩穿過正門，遠在圖書館那邊的倉科明日奈，循她的雙眼目睹室內環境，不禁訝然挑眉。

（好多不同的氣味混雜在一起……好難受……）

（這處真的是人住的地方嗎？）

細小的1R[8]房間，除去玄關留有一點空間外，其他地方全堆滿書。玄關前鋪滿書，地板也是書，天花板上裝設的吊櫃內都是書。進入洋室中，四方八面目之所及：桌椅上，櫃子中，客廳內，甚至地板上，稍微有點空間的地方，全都放滿各種各樣的書。大的小的薄的厚的，統統都疊成一條條柱樑，從地板撐上天花板，彷彿是侵略者炫耀示威而堆成的高樓。可惜空間太小，視野太窄，不然會讓這塊佔領地的氣勢變得磅礴驚人。

「對不起，地方有些淺窄，希望不要介意。」

要是人類走進來，難免與書本碰撞。然而肖恩沒有肉身，根本不介意這些事。

在書海之中，一組長吊櫃斜壓在書堆上，書堆上夾著一具屍體。血跡順著身體流下凝聚成塊，像打翻的醬汁，與聚合成高床的書本凝固結合。雖說臉埋在書本與書櫃下，整塊砸爛了，但從側面僅存的五官輪廓中，姑且辨認是佐佐木杏珠本人。

「這個就是我啦。」

這不是能笑著說出來的事吧。

（肖恩，幫忙靠近一點觀察。）

肖恩下沉至相應的高度，挨近觀察佐佐木杏珠的屍身。

---

8 R=Room，只有「一個房間」的公寓，多數是廚房和起居室相連，非常細小且狹窄。

（整顆頭顱被砸爛，加上出血的程度，無論如何看都是死透了……）

（明日奈連這些都看得懂嗎？）

（前世曾經代筆寫過推理小說，為構思案件，參考過很多法醫解剖報告，大致上有點認識啦。）

過去筆下寫過的小說內，無數次描寫屍體，又或在電視劇及電影中見過不同死屍，亦不及現實中直接面對面時那般衝擊震撼，一瞬間撼動心坎，帶來恐懼與噁心。如非隔著肖恩的視點，恐怕當場嗷嗷的吐出來。

「佐佐木能否簡單交代一下死亡時的經過嗎？」

肖恩作為中間人，代為傳達倉科明日奈的疑問，佐佐木杏珠答道：「其實我都不太記得啦，當時想翻看之前買回來的書，於是踩著地面的書攀高，打開吊櫃取書。豈料吊櫃突然迎臉倒塌，連同櫃內所有書都瀉過來。之後眼前一黑，醒來時就發現變成幽靈，浮在自己的屍體上面。」

真是輕鬆又愉快的死法呢。

貧窮限制人類的想像力與創造力，要不是前世買不起那麼多書，倉科明日奈將也想像佐佐木杏珠這樣子死在書海之下。當然說出來會非常失禮，所以這番想法必須吞回去。

「佐佐木真是很喜歡書呢。」

「嗯！對啊！因為書本才是人類最好的朋友。」

倉科明日奈笑笑，她也只能笑笑。

書本是最好的朋友？騙人吧。書本可是一直在出賣她啊！甚至可以說，她最討厭書本了。當別人一年兩本三本四本新書不斷出版，每本銷量破萬破千不斷重刷，繼而慶祝出道十周年廿周年卅周年時，自己仍然原地踏步，一本書都未出過。明明本領比他們高，文筆更好，故事更妙，卻屢受壓抑排擠欺騙，甚至奪走原本屬於自己的成果，那種心情有誰明白啊？

即使向對方抱怨前世的私人恩怨亦於事無補，更何況二人中間還隔著肖恩，不可能旨望她傳達太複雜的話語及心情。此時肖恩在房間內起勁地嗅著書山中飄逸的氣味，朝佐佐木杏珠豎起拇指。

「明日奈說眼光不錯，收藏的都是好書。」

佐佐木杏珠自豪道：「嘿嘿，是這樣嗎？滉也是這樣說呢。」

「佐佐木和男朋友的感情不錯嗎？」

「對哦，我們從大學起就是書迷，後來慢慢就走在一起了。大家看書的口味差不多，有很多話題。每次讀到有趣的書，都會推薦給另一人呢。」

肖恩完全是打探八卦的口吻，催促佐佐木杏珠說多點二人的感情事。倉科明日奈遁肖恩的視野觀察，督見吊櫃的螺絲釘，大為疑惑。

（怎麼樣啦？有在意的事情嗎？）

（嗯唔……）

倉科明日奈拜託肖恩仔細觀察櫃背近頂位置，原將吊櫃鑲於天花板的膠塞螺絲，聯同塌下的吊櫃抽出牆身。似乎是下榻時力度太猛，連螺絲釘都彎曲成奇怪的形狀。

（螺絲鬆脫引致的意外嗎？肖恩，麻煩幫忙問佐佐木小姐，關於這組吊櫃的詳情。）

佐佐木杏珠不明白那組吊櫃有何奇怪，竟然惹來倉科明日奈幾番追問。雖然摸不著頭腦，可是仍然一題接一題清楚回答。生前嗜書如命，日常最喜歡去各大中小書店。一旦看見合眼緣的書，勢必二話不說買回家。廢寢忘食讀完後，不捨得賣出去，隨便擺在家中。初時還有心思分門別類，買幾組書櫃安置，還會偷閒取出來晾曬太陽。久而久之書本越來越多，書架都放滿，就用紙箱收納在地上。紙箱都不夠用，便隨便疊在地面，一柱連一柱，鋪得屋中一座座書山書海，快要連睡覺的地方都沒有。

「佐佐木的家堆那麼多書，男朋友都沒有勸過嗎？」

「滉和我都是愛書之人，所以從來不反對，更不時買新書送給我呢。後來擔心我家中空間不足，更好心買了幾組吊櫃，扛上門幫忙組裝，讓我好好收藏書籍。」

「這麼說來，男朋友真是體貼呢。」

「沒錯，滉對我真是太好了。」

任何一個愛書的人都能理解那種佔有慾，但如果佔有慾過於瘋狂，那就成了病態。真虧她的男朋友可以忍受下來，還這麼支持女朋友的興趣，實屬難得。

「吊櫃是甚麼時候安裝的？」

「咦，等我想一想，大約是半年前吧。」

「半年前？」

「哎呀！我的《少女心事》日本語譯本全套都好好收在那邊第三個紙箱內！現在無法拿出來啊！好想要倉科老師的親筆簽名啊！」

雖然滿屋都是書，但是佐佐木杏珠記憶力很好，聊到每一本書時，雙眼均閃閃發亮，也記得那本書擺在哪兒。在生時隨便一抓就能拿到的書，如今無論如何都拿不起來。相比失去性命，沒辦法觸摸書本才更加傷心。興許為人比較樂觀理想，才沒有展露出來。談笑間，突然書堆中傳來手機鈴聲，可惜不知埋在何方，想挖都挖不到出來。

「興許是涀撥過來，不過現在我無法再接聽。」

「喂喂喂！都過去那麼久，手機還有電嗎？」

「因為我插在充電座上啊。」

「男朋友聯絡不上佐佐木好一段時間，會否親自上門呢？」

「也許吧……可是……他知道我家的情況，所以多數約在外面見面，很少邀請進門。」

這點倒也不難理解，這樣的家真的很難招呼來客。

（雙親呢？）

倉科明日奈託肖恩提問後，瞬間察覺佐佐木杏珠的表情有一絲停滯。

「我和爸爸媽媽很少聯絡。」

肖恩好奇想打探更多，倉科明日奈及時阻止。讓對方不自然的情緒舒緩下來，才再接續問下去。

「老是叫我學醫，只能看醫科的書。任何事一定得依他們的話，偷偷藏起自己感興趣的書，都被他們當垃圾扔掉。我就是受不住才會離家出走，一個人住在這兒。」

聽到對方認真動氣埋怨，倉科明日奈不由得回想前世，同樣有一位橫蠻不講道理的變態母親，頓時感同身受。果然天底下的父母，都是無法與之溝通的生物。

「明日奈說，與其等不知何時才上門的男朋友，直接找鄰居幫忙比較快。試試在同樓層看看，有否其他人在家。」

同層左右都是1R單身公寓，似乎絕大多數住戶都是早出晚歸，泰半不在家中。就算留在家中，他們也只是忙著做自己的事，根本沒有留意鄰居死去。

倉科明日奈尚在圖書館陪伴父親一起閱讀兒童繪本，分神思索間，腦中冒出新的想法。

「佐佐木之前提過自己是自由業，具體是甚麼工作？長時間沒有上班，上司及同事多少會懷疑，然後報警吧？」

「我平日靠買賣股票基金賺生活費，雖然認真做筆記，但運氣不大好，所以賺的錢不多，但也足夠日常生活所需。」

嗚呀，這是甚麼美好的生活？不用工作，每天可以看書，有夠愜意，根本是天堂！

肖恩有點意外，無論如何都無法將眼前這位文靜的女子與金融股票拉上關係：「買賣股票有那麼簡單嗎？」

「很簡單啦，看幾本關於股市投資心得的書，自然而然就會了。我還是初學者呢，所以賺不多，但勉強夠錢買書，以及應付日常生活開支。另外我還努力儲蓄，準備將來與滉結婚後買一間更大的房子，擁有獨立的書房，這樣就能夠收藏更多的書。」

「真是很厲害的夢想呢。」

「嘻嘻嘻，滉也是這樣說呢，全力支持我在家中鑽研股票。」

「這麼聽上來，那位男朋友有夠開明的。」

「對喲，滉是對我最好的人呢。」

家有一老如有一害，倉科明日奈想起前世自己難得有休息天，只是待在家中小睡一會，就被母親催促去找兼職。有次失業在家時，立馬給趕出門找工作。總之待在家中多一分鐘，母親定必衝來撒潑一番，煩擾至精神衰弱，無法好好靜下心來動筆寫作。假如沒有老而不死的母親不斷扯後腿，妨礙創作，興許自己早就幹出一番成就吧。

（明日奈又在想前世的事？）

驟然間感覺到另一邊情緒變得消極時，肖恩即時斷定倉科明日奈又在回想起前世的經歷。

（沒有。）

不欲被前世的思緒牽累，倉科明日奈強硬切斷回憶。肖恩無意深究，與佐佐木杏珠在附近巡一圈，終究一無所獲。幽靈無法對現實世界造成任何影響，生者看不見聽不到，也就甚麼都辦不到，注定任何努力都是徒勞無功。結果到最後，明日奈別無選擇，不得不親自出手。

（對了，趁這次機會測試一下。）

（明日奈想測試甚麼？）

（肖恩，麻煩問問佐佐木小姐，家中有沒有收藏某幾位作家的書？）

倉科明日奈接連提出大約五六位作家的筆名，全部都是中國的作家。佐佐木杏珠並非自誇，凡是看過的書，其出版資料都一清二楚，即時流暢回答：「仙揚舞老師的作品有幾本，如果是《俠女于素靈》的話，我有一套自然社於光博四十九年出版的譯本。還有誰？慕容燕？慕容燕老師的作品反而買很多呢，我記得都在那邊……」

幽靈無法移開書山，只可以指出藏書的位置。倉科明日奈叫肖恩深入書堆，她似乎想到某種可能性，即時悶聲鑽進去，不消片刻便全身顫抖。

（這種氣味……這種感覺……難不成……）

佐佐木杏珠站在後面，看見書山外面露出的下半身於空中蹬直，屁股劇烈扭動，不時傳來「嗯嗯哼哼」的呻吟，臉色鐵青問：「誒？甚麼？發生甚麼事？」

「錯不了，這是明日奈的味道！太棒了！太好味了！」

苦忍三年多，久違重現眼前，焉能冷靜自持。旋即放縱本我，整個頭埋進深處，陶醉忘憂享受起來。使勁吸透吸滿後，恍惚間轉身撲出來，問佐佐木杏珠另一堆書在甚麼地方。

「慕容燕老師的作品都收在這邊上面，左起往後數第二棟……」

「我開動啦！」

肖恩嘴角不自覺流口水，如同火箭般衝過去。速度快得讓佐佐木杏珠以為是見鬼……呃不，她自己就是鬼啊！

「這這這是甚麼一回事？」佐佐木杏珠嚇一跳，看不懂肖恩為何態度及行為豹變，登時方寸大亂，在旁邊不知怎生應對。

早在進屋前，肖恩就從混雜凌亂的氣味中，隱約嗅出倉科明日奈作品的氣味。那時只道是對方收藏的《少女心事》，故此未加為意。直到現在明確指定目標，湊近吸吮，才鮮明區別過來。

「雖然品質比不上《少女心事》，但毫無疑問，是明日奈的作品。」

好半晌後吃乾抹淨，整個人滑落倒退，雙眼爽到反白張開嘴巴吐了半截舌頭，大呼暢快過癮。表情過於誇張，讓佐佐木杏珠嚇得倒退半步，幾乎錯把對方當成鬼。

（還滿意嗎？）
（很滿意！非常滿意！簡直是人間極品！如果可以的話，好想捧起來舔多幾次。）
（靠！好嘔！別將拙作描述成猥瑣物。）
（拙作？）
肖恩與倉科明日奈遠距離心靈傳話時，佐佐木杏珠打斷對話問：「那個……肖恩，可否解釋一下方才發生了甚麼事？」
「嗯？讀書唷。」
「讀書？」
肖恩指指自己的鼻子道：「人家讀書不用眼，只要用鼻子嗅一嗅，就能分辨出作品的優劣，以及感受到作者傾注於作品中的情感。」
「這麼神奇？魔女都是這樣的嗎？」
「不，只有人家會這樣。」肖恩認真回答，旋即疑惑起來：「不過奇怪呢，為何那幾部小說，明明作者名稱全不相同，怎麼同樣有明日奈的味道？」
「老師的味道？」
（因為那些都是我的作品。）
（誒？等一會！明日奈的作品？那是甚麼意思？）
（肖恩不是說過嗎？想要借用妳的力量，必須奉獻自己的創作。前世的創作，當然都包括在內。）

（喂喂喂……難不成……居然拿舊作當貢品……）

（就算是舊作，都是我的作品，並無違反約定。）

肖恩啞口無言，她原意是想閱讀新的創作，豈料倉科明日奈拿前世的舊作濫竽充數。最可怕的是剛才讀過的眾多作品，作者名稱和風格完全不同，但核心深處依然是熟悉的味道。

（難道前世明日奈有很多筆名嗎？真是厲害的作家！）

（再重申一次，我不是作家。硬要說的話，就只是寫小說的人。）

（寫小說……的人？明日奈總是這樣強調呢，有甚麼特殊意義嗎？人家完全不瞭解喲！寫小說的人，不就是作家嗎？）

倉科明日奈思前想後，覺得一部卅六史，也不知從何談起，最終報以一彎淺淺的微笑。

（當然有分別……沒關係，妳只需要知道，如今既已上貢，那麼可以授意我發動『權能』嗎？）

前世的作品，那怕冠上他人的筆名出版，依然屬於自己的創作，滿足上貢的條件。既然《少女心事》同樣是前世的作品，可以換取卅次使用權能的次數，那麼這次應該都能接受吧。這就是倉科明日奈苦思多時，無需要違背前世誓言，又能夠滿足肖恩，容許自己使用權能的最佳辦法。

居然被鑽漏洞，肖恩氣得牙癢癢，想大聲斥責對方如此卑劣的行徑。可是想起那些始終都是倉科明日奈的小說，味道確實上乘，遂無法當場拒絕。頭一位不聽話，老是唱反調，從頭到尾都不願逢迎自己的眷屬，偏生才華卻是難得一見，叫她既愛又恨。魔女活太久，更加害怕無聊，恐懼一成不變的日常。於無垠空虛的苦海中，迎來無可預料的變化，不由得燃起某團烈火。

（嗯呼呼，很久沒有品嘗這麼高品質的作品了，感謝款待啦。好吧，難得明日奈獻上貢品，人家就多少感激一下吧。四十次，如何？）

（會不會太少？）

（竟然敢向人家討價還價？那幾本小說都是短篇及中篇合集，四十次算很多啦。）

（好吧，成交。）

倉科明日奈有自知之明，滿意地微笑。從結果而言，總算順利踏出一大步。想到以後光是拿前世的作品不斷上貢，就可以兌換發動權能的次數，簡直是美妙無比的交易。

（麻煩向佐佐木小姐說聲，我已經想到辦法，不過需要時間準備。）

佐佐木杏珠知道事態有轉機，登時高興得跳起來。

倉科明日奈央求父親拿地圖本，然後問他指出自己的家在哪兒。雄司順著女兒意思，在地圖上指明位置。明日奈一邊低頭研究，一邊往左方掃去，嘗試找出佐佐木杏珠居住的樓宇位置。判明方向後，再與肖恩那邊聯絡。

（很好，這樣子應該可以利用。）

（利用？怎麼利用？）

倉科明日奈人有三急，跑去洗手間關進廁格內。女性生理與男性有分別，難以像以前那樣憋尿。以前不習慣時，還會不小心漏尿，所以很長一段時間下體仍然要穿尿片，教她萬分羞恥。

放下廁板，脫下裙子與內褲，坐在上面，莫名冒起安心感。前世常常都躲在廁格內寫稿，頓時有幾分懷念。一剎那間文思泉湧，從下而上進入腦中，無形間充滿自信。說出來有點不好意思，可是只要坐在馬桶上，就能夠達到最萬全的狀態，有源源不絕的創作靈感。

距離上次發動權能，已經是半年前左右。她再三確認能動用的手牌：可以纂改字句上限增加至六句，以及在斜體字與刪除線以外，還增加上粗體字。

粗體字的用法有點微妙，經過一番摸索，姑且掌握兩種用法：一是將說話的字句加粗，以加強語氣與說服力；二是將描述字句加粗，強調並凸顯重點。不過實際應用時，仍然存有很多曖昧不明的狀況。

權能次數用光後，研究只好暫時告一段落。既然確定前世的舊作滿足上貢條件，自然無需顧忌發動權能的次數限制。倉科明日奈心中思量出一個方案，久違地再度發動權能，意識脫離身體飄昇。霎時將肖恩從佐佐木家扯回身邊，雙雙浮於異空間內。肖恩何嘗不是猜到明日奈想挪用權能，正是好奇她能辦到甚麼，才會爽快批出四十次使用權。

（怎麼明日奈又在洗手間內？）

（這樣子我比較好發揮。）

前世聽過一個冷笑話：一流的作家舒服坐在書桌前寫作，二流的就跪在在紙皮箱上，三流就蹲在茅廁內。這麼說來，自己妥妥就是三流了。

（不過佐佐木家不在這兒啊，眼前的微縮世界也只有覆蓋洗手間內，權能可以干涉舞台以外的地方嗎？）

（之前實驗過，那怕沒有覆蓋於領域內，只要遵循一定原理，亦能夠產生一定程度的影響。）

（對，但當時只是影響鄰居的行動啊。）

倉科明日奈之前拿左鄰右里作為實驗對象，試探如何操作粗體字。留在家中，看不見他們的情況下，控制對方做出一些比較簡單的行動或誘發某些事件。這次的目標卻是跨至另一區的公寓，跡近由一步變一千步，老實說連明日奈都沒有多少把握。肖恩無意阻止，只要能夠看到有趣的發展，遇上新奇的經歷，就沒有所謂。

（六句為上限，自己的行動由自己來控制，可以省去插入斜體字。關鍵的描述，嘗試斜體字加粗體字混合……如果不行，就隨便找一個公共電話，老老實實撥一一零算了。）

有時候幻想，末日危機時就躲在洗手間內，大小二便方便解決，比之金山銀山更重要。

怎麼突然會想起末日危機呢？這叫未雨綢繆。正如母親平日都會在家中準備好災難用的逃生包，以及囤積緊急食糧。那怕花田幼稚園，也有安排模擬火災和地震的演練。別的孩子以為不過是習以為常的遊戲，可是倉科明日奈非常認真地聽老師的指示，做足所有步驟。畢竟日本向來地震多發，難保某天會碰上地震，屆時就能好好保護自己。即使不是地震，日常也會碰上無數的危機。平日積極培養危機意識，防範一切危險，才能保持平安。

異空間中的肖恩等待好幾分鐘，倉科明日奈仍然沒有推進事件，反之一直加插無關痛癢的旁白敘述。望見對方全神貫注的表情，肖恩亦不會胡亂打擾，好奇究竟在故布甚麼疑陣。

根據地圖的比例尺，佐佐木杏珠居住的公寓與這間圖書館直線距離大約為二千五百米。即使肉眼看不見，但還是有無數的人居住。

不怕一萬，最怕萬一。會不會有人一時不慎，從而導致家居意外呢？電器漏電而引致火警、煮食時爐火燃點到其他易燃物、抽煙後未曾擠熄煙蒂便棄置……只要有任何一人鬆懈下來，就會招來

各種危機。

當文本推展至此，倉科明日奈暫時停止，呼吸稍微轉重。

（剛才肖恩及佐佐木小姐巡視鄰里時，記得同層有一位男住客尚在睡覺，床邊還擺著一臺有點老舊的電風扇，對不對？）

肖恩隱約猜到倉科明日奈的想法，滿含深意地笑著，爽快配合起來。

（對啊，不知道用多久，老是發出奇怪的聲音，怎麼還不換新的。）

估計那臺電風扇連續開一夜，馬達那邊肯定超燙的。加上使用的歲月太久，內部的電線有可能早已受損。如果繼續轉下去，隨時會冒出火花。屆時多半會傳出的怪異聲響，即使男住客醒過來，可是意識還未清醒，情急間想關掉時，反而因為慌張而將風扇推倒。

老舊的風扇，**在倒下時火花四濺，有可能燃點內部積聚的塵埃，從而導致火警。**

倉科明日奈開始感到右眼的神經線開始抽搐，大腦深處感受到巨大的壓力。三次粗體，其中又有三次斜體，超過上限六句，身體開始敲起警鐘，提醒自己必須就此打住。速速取消權能，意識迅速扯回肉體內。感覺像是奮鬥一天一夜般，體力都透支得七七八八，只能坐在馬桶上緩氣休息。

解除權能後，肖恩懸在倉科明日奈背後，下半截身體插入牆壁內，上半身彎下來，雪白的長髮垂落，灑落在面龐上。

（剛才是頭一次嘗試混合斜體及粗體兩種特效吧？會有甚麼效果呢？）

（不知道……只覺得很疲乏。）

（如果成功的話，無疑是使用超能力遠距離縱火啊。）

（我單純思考興許有這種可能性罷了，如果真的發生火災，只能向對方道歉。）

前面刻意鋪陳一大段敘述，並非浪費時間，而是埋下日常家居危機的伏筆，同時定位聚焦在二千五百米外的北區王子本町。

文學允許虛構，例如莊子「知魚之樂」、李白「相看兩不厭」、辛棄疾「料青山見我應如是」等等，以至張繼「夜半鐘聲到客船」，全部乃想當然耳，無任何科學理據或事實證明描述的對象真的如同作者本人所聽所言。如今人在圖書館洗手間內，看不見王子本町那邊的情況，等同薛丁格貓般，處於無法觀察狀況。一切描述皆視為作者本人想像，而非現實，不會受到世界否定而刪除。

貓怎可能又死又活？當打開箱子時，薛丁格貓不是死就是活，沒有折衷的可能。明明薛丁格最初是用來批駁哥本哈根詮釋的「EPR悖論」[9]，後世人卻一直亂用，意思都相反了。

好吧，那不是重點。總而言之通過主觀臆測，兼用斜體字及粗體字，重點強調這種「偶然的意

---

9 正式名稱為「愛因斯坦—波多爾斯基—羅森弔詭（Einstein-Podolsky-Rosen paradox）」，簡稱「愛波羅弔詭」、「EPR悖論」等。由阿爾伯特・愛因斯坦（Albert Einstein）、鮑里斯・波多爾斯基（Boris Podolsky）與納森・羅森（Nathan Rosen）三人共同發表的論文〈能認為量子力學對物理實在的描述是完備的嗎？（Can Quantum-Mechanical Description of Physical Reality Be Considered Complete?）〉內，設想一個思想實驗：A、B兩個粒子交互作用後彼此遠離。雖然不確定性原理指出位置越精確，則動量越不確定，反之亦然。根據守恆定律，只測量A粒子的動量，可以推算出B粒子的動量；同時只測量B粒子的位置，也可得知A粒子的位置。如此一來，就可以同時知道兩個粒子的動量與位置。論文指出量子力學無法在測量之前，明確預測粒子的位置，推導出量子力學的不完備性。後來有很多學者各自深入研究，其中薛丁格讀了這篇論文後，用「量子纏結」稱呼這兩個產生交互作用的粒子，同時批駁哥本哈根對量子力學的詮釋。詳細可以參考專門的學術論文，此處表過不敘。

外」。那末佐佐木杏珠居住的大樓內，若然有人用老舊的電風扇，就有極高可能引發漏電及火災。當驚擾到警察上門，便有一定機率發現死屍。肖恩聽罷即時飛回去，居然真的成功引發火災。濃煙滾滾自三零一室冒出，同樓幾名住客高呼逃生。

「肖恩終於回來啦！」

雖然事前向佐佐木杏珠提及自己或許會突然消失，但身邊的幽靈倏地不見，還是有點驚慌。城市那麼大，一不小心走散，幽靈無法用手機，便無法再聯絡。只好乖乖照肖恩所言，暫時逗留在現場。然後同層的一室突然湧出黑煙，火勢越來越大，慢慢往二室燒過來。

「我的書快將受祝融之災，這下子怎麼辦？」

不愧是書痴，不是擔心自己的屍身而是書本。

「不用怕，火勢不算猛烈。待會兒消防員破門入屋撲救時，肯定會發現屍體。」

幸好消防員及時趕來，十多分鐘內將火勢撲滅，最終火勢只是波及三零一及三零二室。

「……東京都北區王子本町一幢五層高的公寓，於本日下午四時左右發生火災。鄰居發現報警及高呼通知住客逃生，消防員到場破門入屋撲滅火勢。現場有兩名男女住客吸入濃煙不適送院，六名住客疏散到地面，兩個房間嚴重焚毀。據現場調查，懷疑是一部十四吋電視機短路失火，起火原因無可疑。另外消防員在調查時，發現同樓層有一位死去多天的女死者，轉交予警方跟進事件……」

晚上看見電視新聞這段報導，倉科雄司有點擔心家中電器安全。妻子旋即安心保證，表示每天出門前都會將家中電器澈底關掉，以免漏電或短路，登時讓丈夫放心。

倉科明日奈原本是想讓三樓七室的電風扇漏電，豈料意外換成一室的電視機短路。究竟是自己尚未能完全控制權能引致，抑或單純是偶合的意外呢？無論如何，這類型隔遠操作確實需要進行更多實驗測試，說不定某天會成為救命的稻草。

「嗚嗚嗚……我的書沒有燒掉，太好了……」

晚飯飯桌上，多出一位同席人。佐佐木杏珠哭起來像梨花帶雨，泣不成聲。然而感動的點，卻落在奇怪的地方。

「有人發現屍體後，相信很快會通知令尊令堂，所以不用再擔心啦。」

倉科明日奈一邊吃飯，一邊拜託肖恩傳話。姑勿論過程，至少結果而言是成功解決事件。

「嗚嗚……我知道……所以更加擔心……爸爸媽媽向來都不喜歡我買書，他們整理遺物時，肯定將我的藏書都當成垃圾扔掉！」

家家有本難唸的經，倉科明日奈身為一介外人，根本無權插手。更何況前世自己面對同樣的問題，亦只有逃避的份兒，自然不敢提意見。

「倉科老師，麻煩幫忙救救我的書！千萬不要讓它們送去垃圾堆中！」

達成一個心願，之後又有另一個心願。佐佐木杏珠哭哭啼啼地湊到身邊，就算是粉絲，這樣的要求亦太過分吧，真的當自己是某位從未來而來，有求必應的藍色機械貓嗎？

第十二話　戀人仍未知道那時所感受的愛情的滋味。（後）

A.D. 2004/04/16 - 04/18

發現佐佐木杏珠的屍體後，警方即時聯絡管理員取得死者個人資料，從速通知家屬安排認屍。初步調查現場環境，配合解剖報告，認為死者拾取高處書本時，吊櫃櫃頂螺絲突然鬆脫，意外從天花板朝下榻落。吊櫃與藏書當場砸中頭部同時再壓落胸腹，造成強烈的衝擊。死者倒臥在書堆上，當場身亡。案件列為意外身亡後，便簡單收結。

飄入停屍間，怔怔望向自己的屍體，再望著父母、男朋友，以及生前的朋友哭泣，那種感覺非常難受。這一刻佐佐木杏珠真切瞭解，自己真的去世了。之後她厚顏無恥地待在倉科家，老是抱著一張哀怨的臉，心事重重的樣子，讓倉科明日奈無法狠下心腸趕她出門。肖恩倒是不管三七廿一，整天拉著她四處玩樂，可惜效果似乎不大。

「倉科老師前世是怎麼死去呢？」

今天她與肖恩待在幼稚園時，突然有感提問。其時倉科明日奈正在陪伴水島杏及柊万里花跳繩，透過肖恩雙眼凝視這位女子，不禁長長嘆了一聲。

（肖恩不是向佐佐木小姐好好說明過嗎？）

（放心吧，人家可是知道分寸唷。除去說明前世是《少女心事》的作者外，其他的事都沒有提過。）

（那麼請告訴她，我就在青木原樹海上自縊。）

仰頭望向西南方偏西的方向，根本不可能看見青木原樹海。肖恩非常意外，張大嘴巴，並無轉述過去。

（怎麼啦？）

（不……這麼直接告訴佐佐木，可以嗎？）

（與其繞花園耍手段，還是真實的話語比較容易觸動人心。）

如果佐佐木杏珠是活人，多少會有顧忌。不過既然是幽靈，而且自己信任對方，就算知道也不會四處傳開，才願意透露真心話。

「嗄嗄嗄……倉科，換妳來。」

水島杏還未掌握跳繩的節奏，老是絆住腳，於是將繩柄遞給倉科明日奈。作為四十三歲成年人，換回年青活力的身體，輕鬆就在兩位女童面前快速跳動。為免嚇壞人，所以是正常地跳，而不夾雜花式。

「倉科老師是自殺的？怎麼可能？」

「當時明日奈生無可戀，覺得活著都沒有意思，死掉比較好。」

事實證明死亡確是解決不少問題，而且運氣不錯，至少現在她對轉生後新的身分及生活感到十分滿意。

「怎麼能說那樣的話呢？死掉的話，身邊的人會傷心啊。也不能再做自己喜歡的事。」

（死掉的話，確實有人不開心。因為明日奈再也不能賺錢給某些人任性亂花，也不能替某些人繼續寫稿。少了一位萬能的救火員，恐怕好一段時間報紙上的連載小說都得開天窗呢。不過那樣又如何？世界還不是照樣運轉嗎？有報館或出版社因此而倒閉嗎？甚麼都沒有唷！個人的存在，就是如此微不足道，毫無任何影響力。）

倉科明日奈越是說下去，心情越是糟糕，臉色黑得如鍋底，惱火充盈胸口，似欲噴射而出。不過水島杏與柊万里花並未在意，看見她跳至五十下時，開心地拍動手掌。在跳至八十下時，下巴開始掉落。

「老師……」肖恩一字不漏，將倉科明日奈的心底話說出來。佐佐木杏珠聽罷，不由得糾結起來：「上星期六在我家中，問及好幾位作家，以及他們的作品。那些小說作者同樣都是倉科老師嗎？」

「九十八……九十九……一百……啊！」

倉科明日奈平日並無特別鍛鍊體能，在第一百下時，上氣不接下氣，額上汗水流進眼睛內，氣吁吁地停下來。左手抹去汗珠，右手遞出繩棒。

「柊，該妳來了。」

山本老師也注意到，走過來拍掌讚歎道：「倉科好厲害呢，竟然能跳一百次，看來私下有努力練習過嘛嗎？」

倉科明日奈點頭，她才沒有練習，單純是前世已經學會這門技能而矣。對於成年人而言，一百次真的算不上有何特別。

「各位看見嗎？只要努力練習，就能像倉科同學這樣跳得那麼棒。」

區區一百次，就獲得老師的褒揚，小孩子的世界太簡單了。倉科明日奈心想自己無異出奧步，不禁受之有愧。

「万里花，加油，跳一百零一次！」

「不可能。」

藉口抹汗洗臉，自個兒進入洗手間。在冷水的濺潑下，連同淚水都沖掉了。騙得了所有人，卻騙不了肖恩。倉科明日奈的痛苦與悲哀，都源源不絕湧過去。那怕粗枝大葉樂天無憂的魔女，此刻亦感同身受，從觀眾席上扯到舞台上。雖然不愉快，但是又渴望聽多些前世的故事，於是戀棧不去。

「沒錯，過去我曾經代筆過很多人的小說。」確定洗手間內無別人後，倉科明日奈情不自禁地攥起雙拳。一番掙扎後，終於願意回答佐佐木杏珠：「明明是自己的作品，可是無論寫再多，寫再好，版稅賺再多，名聲傳再廣，都是別人的事。最後更被『那個女人』出賣，一敗塗地永不翻身。」

「『那個女人』……是紀春筠，對吧？」

肖恩冷淡問道，倉科明日奈點頭。佐佐木杏珠聽至此處，再度哭成淚人：「老師的過去居然如此悲傷……如何努力都沒有任何回報，太可憐了……嗚嗚嗚……天底下怎麼會有如此不講道理的事……」

「喂喂，佐佐木小姐還真是容易哭啊。那是明日奈前世的事啦，怎麼會是妳哭出來？」

「不知道……嗷嗷……人家覺得老師受太多委屈，忍不坐哭出來了……」

前世自己是男人，有淚不輕彈；今世要裝成小孩子，不想讓身邊人困擾，所以也不輕易哭泣。倒是相識才幾天的書迷，居然會為自己抱不平，代她哭起來。

「佐佐木小姐的淚腺太淺啦！」

「嗚呀呀……淣也是這樣說啊……每次看到小說悲劇告終，我都會……嘩啦嘩啦流淚……」

女人果然是水造的動物呢，多愁善感、易怒易哭。可是認真想想，幽靈的眼睛有淚腺嗎？體內有水分嗎？那些眼淚是從何而來呢？

肖恩倒是無血無淚，反而關心別的問題：「明日奈前世究竟代筆寫過多少部小說？」

這一條問題，彷如投落一枚震撼彈般，倉科明日奈猛然轉身看著肖恩，一黑一赤的雙眸中閃過一股清冷，很快就隱沒不見。悠長的沉默後，始平淡地數算道：「從十六歲起開始寫，一直寫到四十歲。前後替五十七位作家代筆，化用一百廿七個筆名，寫過四百一十一部小說。」

十五歲起懷抱寫作的夢想，十六歲起拙劣模仿，十七歲立志要成為小說家出書。一直寫到四十歲，依然不曾以自己的筆名出版一部作品，甚至人生最終的作品亦埋在自縊的樹下……

「明日奈全部都記得嗎？」

「作者之於作品，等同母親之於孩子。既然是自己親自生出來，怎麼可能遺忘。」

肖恩內心欣喜若狂，差點無法控制自己，興奮得叫出來：「四百一十一部小說，全部都像《少女心事》那麼精彩嗎？」

倉科明日奈無法理解肖恩心目中「精彩」的定義，低頭看看仍然蹲在身邊抽泣的佐佐木杏珠，瞳孔越發深邃：「《少女心事》是比較特殊的，不過所有作品，我都是傾注全力去完成，絕對沒有一絲一毫偷懶，對不起讀者。」

「人家決定了！」肖恩厲聲大喝道，一下子奪去倉科明日奈及佐佐木杏珠的注意。她露出笑容，果敢朗聲道：「明日奈前世四百一十一部小說，人家全部都要看！全部都要認真舔個乾淨！」

佐佐木杏珠拭去眼淚，奇問道：「舔？」

倉科明日奈聳肩：「不用管她，這個是怪人。」

肖恩豎眉爭辯道：「只要是明日奈的作品，就無分彼此，人家都想吃個飽！來吧，全部都拿過來讓人家舔好舔滿！當然報酬會好好的算啦！」

雖然無法強迫倉科明日奈寫作，但是跳轉想想，前世累積四百一十一部小說，無異是相當龐大的數量。假如能夠全部都嘗一遍，亦足夠自己撐死幾十回。更重要的是，肖恩相信那些都是匹比《少女心事》的優秀作品。要是自己錯過不讀，必定後悔莫及。

「就算肖恩這樣說，現在也找不回來啊。不是全部都有日文翻譯，很多只有中文版。」

「沒問題，魔女可以自然理解及運用世界上任何形式的語言與文字。」

「真方便的能力呢。」

倉科明日奈心想如果自己都會這麼便利的能力，這幾年就不需要辛苦自學日本語了。

「那個……我都想看老師的小說！」

怎麼連佐佐木杏珠都亂入啊？

「不行！妳們覺得用甚麼藉口，可以叫父母帶我去中國，然後買一大堆小說回來？家中也沒有那麼大的空間啊！」

這是謊言，事實上前世出發往日本自殺前，她已經將所有原稿都好好寄出，交至某位朋友保存。不過還是得聯絡上對方，才有辦法取回原稿。其實自轉生後就想過各種各樣的辦法，聯絡前世的家人及朋友。無奈礙於現實各種條件限制，至今依然無法辦到。關於這點，姑且保密，祕而不談。

「空間就像時間，擠一擠總會有的。」

明明自己的公寓都被書本佔據，擠亂成那副樣子，真虧佐佐木杏珠有臉教導他人。光是肖恩日常各種肆意妄為已經帶來很多麻煩，倘若再加上杏珠，倉科明日奈真的想叫救命。

「呃，爸爸媽媽好像下午約浞見面，好像是談喪禮的安排，我去去就回。」

因為肖恩說「自己見證自己的喪禮很有趣」，所以佐佐木杏珠這幾天都待在父母身邊。倉科明日奈眉頭深鎖，暗中向肖恩打點。

（麻煩跟過去，留心佐佐木小姐身邊的人與事，特別是那位男朋友，注意有沒有可疑的地方。）

（為甚麼？說得好像很可疑似的。）

（明明常常炫耀自己的男朋友，但家中半張合照都沒有。二人長時間不見面，甚至死後變得自由，佐佐木小姐亦未曾想過去見對方一面；倒是嘴巴說討厭雙親，卻常常飛回去，不覺得很矛盾嗎？）

佐佐木杏珠自死後惟一見過男朋友一次，就在對方過來驗屍那回。隨後空閒時，便黏在倉科明日奈身邊，完全沒有想過去見男朋友，遂令人生疑。

（佐佐木小姐憶述死亡的狀況，與警方的調查報告無異。不過我總是覺得事有蹊蹺，興許另有內情。總之暫時別讓本人知道，偷偷在旁邊觀察，有事就即時通知我。）

（乍聽上去好像很有趣呢，這麼棒的事怎麼能夠錯過？回頭要好好向人家解釋唷。）

肖恩藉詞陪伴佐佐木杏珠，雙雙離開幼稚園。

自佐佐木杏珠死後，財產及遺物都依法轉交予雙親。對於女兒滿房的書，想也不想就決定找相關業者上門全部清理。作為書本的主人，杏珠如何抗議，父母都不可能聽到，只好祈禱男朋友會代她發聲。然而難以置信的是，男朋友竟然不聞不問。自己死後不用一星期，視為珍藏的書本就當成廢紙，一綑綑搬出公寓去，害她這幾天都哭得肝腸寸斷。倉科明日奈寫過無數小說，其中甚至包括自己前世的作品。對於那些書本的下場，同樣心如刀割。無奈憑她現在的本領，尚無法拯救它們。

男朋友不曾主動找父母，倒是父母突然主動召見他。如今三人約在一間西餐廳內會面，氣氛甚僵，一開始就炮火連天。

「喪禮都委託業者安排妥當了，不過律師告訴我們，杏珠生前曾經購買過一份人壽保險，指名死亡後的受益人是你，是不是真的？」

佐佐木杏珠的父親鐵平臉色烏黑，像是審問犯人般，瞪向男朋友武田滉，開門見山劈頭質問保險受益人的事宜。對方穿著隨便，頭髮還亂糟糟，身體更散發一股異味，叫母親理乃半掩著口鼻，露出不屑的眼神。

（話說……佐佐木小姐的口味真是獨特呢……竟然會喜歡那樣的男人。上次認領屍體時倒也算了，怎麼現在見家長也穿成這樣子？）

（直接點吧，佐佐木沒有挑男人的眼光。）

（麻煩肖恩別對本人說喲。）

（放心，人家自有分數。這些事說出來，一點兒也不有趣呢。）

由於佐佐木杏珠家中連半張與男朋友的合照都沒有，所以實際見到本人後，無不令倉科明日奈及肖恩訝異。

「是的，確實有這回事。」

「為何要買這份保險？」

「伯父，現在這個年代，買保險是很普通的事，有需要這麼大驚小怪嗎？」

佐佐木理乃插口問道：「問題是為何受益人會寫你的名字？」

武田滉雙手指指自己：「我是她的男朋友，不寫我的名字，又該寫誰的名字？」

「沒可能！我家女兒才不會是這樣的孩子！」

「伯母有多久沒有見過杏珠？妳理解她多少？我只知道她不喜歡你們。老是不讓她買書，所以才搬出來一個人住。」

「沒錯，她是搬出來住。即使如此，仍然是我們的女兒！杏珠買保險送給外人，這樣的事太離奇，所以必須問個明白。」

「外人？她是我女朋友！」

「你們還不是夫妻，法律上不會承認任何權益。」

「『女朋友』？這是你個人說法吧？杏珠死去後，妳有理會過她嗎？」

「我也不想啊！你們是杏珠的雙親，警方即時安排辦認屍手續。難道我要厚著臉皮，反對法定規矩，將屍體搶走嗎？」
「哼，真好笑。警方跟我們說，你一直都撥杏珠的手機號碼。明明一星期無人接聽，也不覺得可疑，更沒有想過要上門找她，簡直不負責任。」
「沒錯，任由女朋友死去那麼久，都不聞不問，你這位男朋友真的很不稱職。」
「嗤，不可理喻。我已經向警方交代過，自己工作繁忙，有時候好幾星期都沒空。而且杏珠沉迷讀書時，往往是叫天不應叫地不聞，不接聽手機是常事。難道每次不接聽，我就得丟下工作跑上她家找人嗎？倒是你們為人父母，有多久沒有聯絡過自己的女兒？要說不稱職，你們也不遑多樣。」
「你……你……總之我們絕不會同意你獨佔保險金！總之快點將錢交給我們！」
「嘿，口氣真大。說那麼多，還不是為錢嗎？不同意的話，儘管投訴保險公司啊。」
三個人互相瞧對方不順眼，爭辯得臉紅耳赤。佐佐木鐵平不承認女兒生前購入的保險，揚言要找律師廢除；理乃認定女兒不可能找這樣無德無品的男朋友；武田滉堅持自己就是杏珠的男朋友，合法的受益人，理應獲得保險賠償金。事實上律師清點杏珠的遺產，其儲蓄、股票及基金，加起來亦不及這筆保險賠償金多。難怪向來不喜歡女兒的父母會突然跑出來，爭著啖吃這塊肥肉。
佐佐木杏珠就在三人身邊，靜靜聽著他們為保險鉅額的賠償金而爭得臉紅耳赤。反之自己的喪禮安排，以及藏書去處，都隻字不提。越聽越是惱火，最後拂袖而去。
飄到河道旁邊，佐佐木杏珠望向粼粼波光的水面，鬱抑憤薄的心情慢慢排遣出去。
「從小到大，爸爸媽媽一直都是這樣，從來沒有問過我想要甚麼，只是要我聽他們的話。那怕大學畢業後一個人搬出去住，都要撥電話來問長問短管這管那。如今打聽到那筆巨額保險賠償金，便熱心處理我的身後事，簡直是無可救藥的爛人。」

「難怪認領遺體當日他們一副不情願的樣子，事後突然積極起來，原來是錢作怪啊。」

「明明將我最珍重的書本當垃圾扔掉，反而無比重視那些錢財。怎麼我的父母，會是如此庸俗膚淺的人。」

「人家倒是好奇，他們怎麼會養出個性截然不同的妳呢。」

佐佐木杏珠凝望河水，憔悴失落道：「小時候明明沒做錯事，就只是雙親看不順眼，他們便氣沖沖責罵我。每次感到不開心，悶悶不樂時，只有一頭栽進書本中，才能渾然忘記種種痛苦。甚至自己也幻想，能夠走進書本的世界中，經歷現實所無法體會的事。如是者書本就成為惟一的朋友，也喜歡上看書了。」

「嗯哼，原來如此呢，人家也覺得品嘗小說是很幸福的事呢。」

「可是父母卻拒不認可，只准看他們指定的，與學習有關的書。其他的一律禁止，偷偷買回來也會被罵。直到大學畢業，自己賺到錢後，就找個理由搬出來，儘情買喜歡的書。」

家家有本難唸的經，倉科明日奈默默傾聽對方的話。然而最後還是忍不住，拜託肖恩幫忙傳話。

「明日奈說，幸運的人一生都被童年治癒，不幸的人一生都在治癒童年。佐佐木之所以買那麼多書，是源於『報復性消費』，彌補童年的心理創傷。」

「也許是吧，可是我好肯定，自己真的最喜歡讀書了。」

「嗯，那絕對不是謊言。」

過量買書藏書，隨便堆積在家中，無好好分類保存，反而影響書本的壽命。但是極為珍視藏書，對每一本書都瞭若指掌，認真閱讀，而且準確知道位置及版本，足以證明她也有自己的愛的方式。

「那麼接下來怎麼辦？出席自己的葬禮嗎？」

雖然佐佐木杏珠央求倉科明日奈打救她的藏書，可是這願望太困難，根本沒可能辦到。

「我……我不知道。」

倉科明日奈不約而同想起前世的母親，感同身受，不由得同情對方。

「其實明日奈很羨慕佐佐木呢。」

「倉科老師羨慕我？為甚麼？」

「明日奈說她的母親也是動不動就發神經，不講道理言行矛盾，從沒有將自己的孩子當成人。」

倉科明日奈差點脫口說「兒子」，肖恩為求戲劇效果，故意只說「孩子」，模糊了性別。

佐佐木杏珠頗為意外，憐憫地問：「老師的……母親也是這樣子嗎？完全看不出耶。」

「呃，不，等等，那是指明日奈前世的母親。」

差點就讓倉科曜子蒙冤受屈，真的非常抱歉。

（因為孩子是她生，所以歸她管。偏偏她沒有知識也沒有常識，明明是錯的事都要做，不遵從就是不孝不聽話。我永遠記得，她帶我和弟弟乘車時，明明超齡卻還是買兒童票，查票時被揪出來，便將責任推卸乾淨，說是我和弟弟自作主張買兒童票，要我們道歉。）

肖恩抓抓頭，覺得倉科明日奈的敘述太冗贅，又懶得精簡，最後還是一字不漏轉述過去。

「怎麼可以這樣？明明不是老師的錯！」

（還有很多很多呢……高中時不再是免費教育，她不僅不支持我繼續讀書，還叫我出去工作。說養了那麼久，是時候要還錢給她。高中以至大學，我都是出去掙錢，半工讀唸完。畢業出來後找不到好工作，她常常說鄰居孩子多孝順又體面，人工好職位高，但是別人的雙親從小就在孩子身上投資很多錢，補習、課外活動、放洋留學，全套做齊。我那位混帳母親啥也沒有付出，說笨蛋才需要補習，學校旅行因為要收費也不讓我去……嘴巴說一家人不要計較那麼多，但每月都在催索家用。如果付少一分錢，就不斷在耳邊嘮叨……可是到最後，我就只會啞忍。到忍無可忍，就跑去自殺了。所以有點羨慕，有勇氣逃離父母，有本事賺錢，一個人生活的佐佐木小姐。）

前世母親的罪惡，可是罄竹難書。再數算下去，就變成訴苦大會。自己遇上不幸，也不能隨便向他人出氣。倉科明日奈臚列自己的不幸，並非互舔傷口，而是想說明世界上還有人比她更不幸。至少佐佐木杏珠的雙親好好盡責供完她唸大學，也沒有強索家用。對方默然半晌，雙手按在胸脯上，朝肖恩朗誦：「我不想生下來。首先光是把我父親的精神病遺傳下來就不得了。再說，我認為水虎的存在本身就是罪惡。」

（啊！）「啊。」

倉科明日奈與肖恩不約而同都知道這句說話的出處：「芥川龍之介的《河童》。」

佐佐木杏珠點頭：「無論法律上和血緣上都是我的雙親，就算搬出去，距離再遠，甚至直到死後，都無法脫離他們的五指山。可是老師卻擺脫前世雙親，獲得真正的自由，那樣子不是好事嗎？

難道只有澈底變成全新的人，才能擺脫過去的束縛嗎？」

肖恩插口道：「沒有那樣的事喲。就算是明日奈轉生，但對前世的遭遇還是耿耿於懷。小氣又記仇，牢牢記掛到現在，從未曾釋懷放開。」

（喂喂喂，肖恩，別隨便說出去。）

「『就算生前有再多的瓜葛，現在都沒有任何關係了。』高大上的道理，人人都會說，但做不做得到，卻是另一回事。我思故我在，會為人生而煩惱，那就是人類生存的證明。」

（感覺從肖恩嘴中說出這些話，特別招人討打。）

（哎呀？可惜明日奈打不到人家呢。）

佐佐木杏珠居然認真聽著，搖搖頭後朗聲道：「曾經想過人死後會怎麼樣，當真的死去了，因為甚麼都做不到，所以更加懊悔痛恨。」

（總而言之，不管做任何決定，只要問心無愧就可以。）

（問心無愧呢……）

（別誤會，那是對佐佐木小姐說的話。）

肖恩向佐佐木杏珠轉述後，她心情有幾分輕快，站起身來伸直腰子。

「老師說得對，果然做人最緊要是問心無愧呢！至少我最後能夠死在自己最喜歡的書本上，也算是不枉此生。哈哈哈。」

倉科明日奈皺眉，佐佐木杏珠那抹笑容，並非發自真心。肖恩望也不用望，光靠鼻子也嗅出她根本在強撐。愧疚殞命也好、悼念藏書也好、厭惡雙親也好，全部都不是她真正留戀人世的理由。

（肖恩，將『那件事』說出來吧。）

（現在？這處？真的嗎？）

人在幼稚園那邊的倉科明日奈持續望向佐佐木杏珠，凝思幾分，最終默許。

「吶，明日奈問，假如佐佐木的死不是意外，而是有人蓄意為之，會有何想法呢？」

河水緩緩流動，天空的烏鴉啼飛。二人正在河堤旁邊，佐佐木杏珠表情豹變，與肖恩對峙。

「不是意外？我……我不懂倉科老師的意思。」

「簡單來說，佐佐木的死不是意外，而是人為。」肖恩說完，自行加插補充道：「明日奈懷疑有人想殺死妳，所以精心炮製出這場意外。」

「誒？怎麼可能？沒道理！」佐佐木杏珠站起身，搖頭否認道：「當時公寓內只有我一個人，而且確實是因為吊櫃倒下來壓死。警方的調查不是已經證明嗎？」

「吊櫃會倒下來，不是偶然，而是必然。這個……這個……明日奈！」

倉科明日奈頗為冷靜，逐字逐句往肖恩那邊送出。

（佐佐木小姐家中的吊櫃，是用膠塞螺絲釘入牆身，而不是膨脹螺絲。）

「對！就是那個！佐佐木家中那些吊櫃，按常理應該是選用膨脹螺絲嵌入天花板，而不是用膠塞螺絲。」肖恩聽不懂也記不牢，轉述至佐佐木杏珠處，她同樣無法理解：「膨脹螺絲？膠塞螺絲？」

沒有接觸過建築材料，不知道是啥很正常。雖然有點麻煩，但是倉科明日奈為求讓二人理解，還得想法子用口頭說明。

（過往在牆壁鎖上螺絲，要先鑽一個洞，然後打入一支木塞固定，再將縲絲擰入內。後來用膠塞取代木塞，而且因應不同負重需要，分成不同直徑及長度。不過它的承重力一般，倘若家具過重，又或是像電燈膽那類會散發高熱的物品，會受熱而變軟變脆，影響牢固程度。像是書櫃這類需要大負重的家具，多數會換上更為穩固的膨脹螺絲。原理是插入牆內的螺絲殼尾受擠壓向四周迫開，抓緊四周牆壁。不過需要堅硬的牆身，主要用在承重牆上……呃，妳們明白嗎？）

肖恩遊魂四方，花很大功夫才能逐字逐句傳達過去。佐佐木杏珠非常認真地聽，不過完全無法進入腦袋。

（等等，承重牆是甚麼東西？）

（怎麼會是肖恩發問啊！也罷，承重牆指的是建築物內分攤柱子承受建物本體重量的牆體。）

（就算明日奈這麼說，人家都不懂唷。）

（那些事遲些再說吧，佐佐木小姐看樣子已經明白我的想法了。）

彷彿晴天霹靂劈中般，佐佐木杏珠瞪起充滿了驚恐與徬徨的雙眸，語帶怒意質詢：「為何老師要說那樣的話？」

「最初佐佐木帶著人家造訪貴宅時，明日奈便留意到吊櫃的螺絲不合理。不過那時她認為是安裝時搞錯，還談不上懷疑。後來接連好幾天目睹越來越多事，更加肯定妳是被人蓄意謀殺。」

肖恩終於理解，為何當天倉科明日奈要她特別觀察螺絲，原來早於當時便懷疑起來。

「佐佐木提過，那幾組吊櫃，都是那位男朋友提議及裝設吧。假如認真檢查一下，其他幾組吊櫃，估計都是使用膠塞螺絲，而且開始有鬆動的跡象。」

「不可能……沒可能的……」

倉科明日奈明白這個假設過於殘酷，不過仍然要肖恩代為傳話。

「明知道要收藏沉重的書本，還主動提議選用吊櫃而不是普通的書櫃。興許空間不足，只好改選吊櫃，卻選用承重力不高的膠塞螺絲，顯然非常不合情理，甚至不負責任。高懸在天花板上，無異是布置定時炸彈。無論哪天砸下來，都是意料中事。再者佐佐木的公寓只是1R大小，一旦吊櫃倒下來，覆巢之下焉有完卵，妳根本沒有地方可避，不死也得重傷。」

佐佐木杏珠圓瞪雙眼，一瞬間滿腔怒氣喝道：「滉絕對不可能會做那樣的事！為何倉科老師要如此惡毒誣衊他？」

「明日奈只是根據觀察得到的線索，作出最合理合情的假設。令尊令堂的顧慮並非無理，無緣無故男朋友為何要遊說佐佐木買保險，而且受益人還是他呢？」

「當時滉提議一起買保險，然後互相寫受益人是對方。負責的經紀也說這是為另一半考慮，以備日後有個萬一，可以為摯愛留點錢。當中決不會有任何齟齬，而是愛的證明！」

（愛的證明？）

肖恩插嘴問道：「好抽象，好難理解。為何要用買保險來當愛的證明？一般而言不是買花買鑽石比較合理嗎？」

「因為那是愛情保險啊！是體現戀人一生一世為對方著想的承諾啊！」

「難不成那是保險經紀說的話吧？」

佐佐木杏珠極為認真點頭，對此深信不疑。

「那些都是保險公司為騙人買保險才想出來的傳銷語句罷了，根本不能當真。」

承認自己受騙上當未免太丟臉，形同否定自己與男朋友的戀情。佐佐木杏珠仍然不服氣，全力強撐道：「只要淏和我都相信，就沒有問題！怎麼啊，明明是我們兩個人的事，為何倉科老師要擅自作出這樣惡毒的揣測？」

果真拂中對方的逆鱗，可是倉科明日奈沒有半分動搖。

「確實談戀愛是兩個人的事，可是若然男朋友根本不愛佐佐木，甚至為謀財而殺害妳，那麼就是百分百的犯罪。」

「只不過是用不合格的螺絲，就得惹上嫌疑嗎？我不認同！」

肖恩右手半掩著嘴：「是嗎？請別在自欺欺人了。其實佐佐木心知肚明，早就察覺到，只是不願接受吧。」

「察覺？我察覺到甚麼？」

「口中一直說自己與男朋友有多恩愛，對方對自己有多好，可是身邊沒有半張照片。二人好幾星期不見，也不當一回事。甚至女朋友死了，失去聯絡，對方都不聞不問。妳也是一樣，死了那麼久，從未主動去見男朋友。那樣子太奇怪了，你們真的是戀人嗎？」

「當然是啊！老師不也說過嗎？戀人交往也有很多種形式！」

「痴心單戀，欺騙自己，否認事實，都是戀愛的一種。」

好比前世那樣，犯同樣的錯誤，蒙蔽雙眼衝往深淵。正因為親身經歷過那種悲劇，才不想有人重蹈覆轍。佐佐木杏珠咬牙切齒，全身發抖，呼吸急促，瞳孔擴大，揮舞雙手吶喊道：「太離譜了！警察都說沒有可疑喲！我的死亡只是一場意外，總之和老師沒有關係！」

「那麼佐佐木敢去見男朋友嗎？死後變得自由自在，無拘無束，為何卻不敢去見他，廿四小時待在他身邊？」

「因為……因為……」

「因為佐佐木早就察覺到，男朋友其實不愛妳。害怕目睹真相，所以死後都在逃避，不敢見他。愛情保險之類，終究只是形式。越是缺乏的人，才越需要形式去支撐。」

「不是的！才不是這樣子！我完全聽不懂！絕對不可能是這樣……」佐佐木杏珠臉色陰晴不定，不耐煩道：「我現在就去找滉！向老師證明我們有多恩愛！」

與其說是全力衝刺，不如說是全力奔逃。肖恩二話不說，也跟著追上去。

（唉，我真是顧人怨呢。）

證明武田滉可疑，有殺人的嫌疑，還有好幾個論點。比方說事發後持續撥打手機，就是測試女朋友是否真的死亡，因為死人不會接聽手機。倉科明日奈準備充足，誓要擊潰佐佐木杏珠的信念。

（人家看佐佐木多少動搖，就只是嘴巴很硬。）

（沒辦法，搞不好她一直是這樣子催眠自己。驟然被人撕破，當然痛苦抗拒。）

（明日奈早就想到她會有這樣的反應，為何還硬要說出來啊？）

（那是女人的直覺吧？總覺得佐佐木小姐鐵定看出苗頭了。）

（嗄？不要甚麼都搬女人的直覺出來解套啊！）

（那麼說，我前世都曾經像她這麼天真。視而不見，問題依然存在，而且會越來越嚴重。只有直接面對，才不會繼續受害。）

人到中年，仍然追逐一個未完成的夢。明明文筆及故事是如此優秀，卻不得不一直替他人代筆，將自己的創作雙手奉上給別的作家。他們舒舒服服享受到作品帶來的名與利，而自己卻一無所有。那種不甘心一直煎熬難耐，誓要繼續寫下去，幻想再努力下去，終會有回報。正是因為拒絕接受現實，才會泥足深陷，最終導致無可挽回的下場。

（人生最慘的，莫過於被信任的人欺騙背叛。那種心情，是最難受的。）

彷彿一根刺扎在心上，初時不會很痛。沒有感覺，不正視它，不代表不存在。每分每秒越扎越深，短痛變成長痛，教人痛不欲生。虛偽的夢應該早點揭穿，而不是繼續無休止做下去。

（那麼明日奈呢？甚麼時候才願意將前世的事源源本本道明？）

倉科明日奈沒有回答肖恩的問題，轉而返回主題。

（生前因為種種緣由見不到男朋友也就罷了，怎麼死後無拘無束，都沒有想過去見他？死後要麼待在我身邊，要麼飛回去父母身邊，沒有一次主動去見武田先生。剛才會面亦是，她沒理由不知道雙親約見武田先生的理由，還是幻想雙方會討論喪禮事宜。那樣子無異逃避現實，自我欺騙。）

這才是佐佐木杏珠戀棧陽間，化成幽靈的真正原因。惟有讓她面對無情的真相，方能釋懷成佛。

人類是感性的動物，無法理性判斷一切。要倉科明日奈眼睜睜在旁邊望著，甚麼都不做，放任佐佐木杏珠自我沉淪於苦海之中，這麼一來自己與肖恩這些旁觀吃瓜群眾有何分別？

肖恩持續跟在佐佐木杏珠身後，暢快笑出來。

（人家打從第一天見到佐佐木，就嗅出一陣味道。）

（甚麼味道？）

（藏著很多心事，大有文章的味道。好比發酵造成的美酒，揭開來一定湧出爽快輕柔的氣泡，波濤洶湧，帶來絕頂的甘甜。）

（所以才故意親近她，告之《少女心事》的真相，讓她主動找上門，然後使勁將我捲進去嗎？）

（嘻嘻，這次能夠知道更多關於明日奈的過去，同時親歷如此有趣的事件，簡直賺大了。）

要是感覺無聊，肖恩才不會提起勁兒。打從她最初積極介入，倉科明日奈便覺得可疑萬分。就算肖恩不在背後推一把，自己都不願束手不管，便沒有戳破。

（怎麼啦？生氣嗎？）

（才沒有生氣呢，何況我也賺到了。）

確定前世舊作派上用場，兌換四十次權能的使用次數，簡直是大豐收。說時遲那時快，佐佐木杏珠來到武田滉的家。無巧不成話，親眼目睹自己的男朋友，與另一個陌生的女人走在一起。對方比杏珠更會打扮，穿著也更好，正在用那副婀娜的身體摩擦，熟練地誘惑眼前的男人。

「怎麼突然跑來找我？」

「我掛念滉君，不行嗎？」

「喂，等等，不要這樣。」

「我們好久沒有來『那個』喲。」

「一星期前不是做過嗎？」

「對哦！一星期啊！」

男的極力忍耐下半身的衝動，好不容易才推開貼在胸腔上的女人。

「不是和妳提過嗎？現在是非常時期，萬一被人發現我們有關係，就會惹來嫌疑了。」

「誒？可是滉君不是說警方已經結案嗎？」

「杏珠的父母還在針對我，似乎想透過法律程序，搶走那筆保險金。總之很麻煩，我們暫時別再見面，避一避風頭。」

女人一瞬間露出不悅的表情，然而很快就切換回魔性的笑容，緊黏在男的臂膀內：「那麼沒辦法呢，為了保險金，就再忍耐多一陣子吧。」

輕輕的一吻後，然後是強烈的擁吻，連舌頭都伸進去。

「吶，滉君是喜歡我的，對嗎？」

男人立即用下半身回答：「當然。」

「明明早就知道了……明明早就知道了……」

佐佐木杏珠就跪在兩人身邊痛哭，呻吟聲絲絲入耳，持續折磨她的靈魂。

「早在三年前，滉就常常藉詞說很忙不來見我，而且身上還帶著別的女人的香味……那個時候，我就知道他肯定有別的女人……」

肖恩飄近身後問：「既然早就知道呢，為何不早點揭穿？」

「因為……一旦揭穿了……滉就不會再理會我，真的要離開了。」

「像這樣的男人有甚麼好？」

「我以前只是喜歡看書，沒有朋友。那時就只有同樣喜歡看書的滉願意靠近，一齊聊天，甚至告白……說好努力工作賺錢然後結婚，買一間大大的房子，要有很大的書房，擺很多很多的書……是我，是我先，明明都是我先來的……但是，為什麼，會變成這樣呢……」

肖恩看太多愛情小說，單憑對方片言隻字，以及眼前的景象，腦中都補完整個故事了。父母不支持自己的喜好，與家人疏離，感情都投放在男朋友身上，視對方為自己的歸宿。即使被對方背叛，也不願面對，直到死後也在逃避。

（最初二人會購買愛情保險，事到如今很難界定是否真心相愛。武田先生找到新歡，覬覦龐大的保險金，所以對舊愛痛下殺手，也只是一種可能性。）

此時倉科明日奈早就放學，與母親回到家中，眼睛持續觀察著肖恩那邊的景象，不忍卒睹，卻仍舊向肖恩娓娓剖析後續的推理。

（為求殺人後不需背負罪名，武田先生決定利用佐佐木小姐的愛好，假借送書櫃之名，故意在房間內用膠塞螺絲裝設好幾個吊櫃。女朋友肯定會塞滿書，令吊櫃負荷過重。膠塞螺絲的承重力不足，終有一天會倒塌。）

（那樣子豈非講求機率嗎？實行起來會不會過度重視運氣？假如吊櫃榻下來時佐佐木正巧出門在外，又或來得及逃掉，不就砸不死她嗎？）

（佐佐木家空間本來就不大，加上四周都堆滿書，人可以活動的空間並不多。一旦發生意外，應該很難逃走。何況佐佐木小姐本身就喜歡蹲在家中看書，留在家買賣股票，足不出戶是常事。她逗留在家中時間越長，死亡機率越高。退一步而言，就算砸不死她，即使受傷都有一定的保險金，自己同樣有好處，更可以找個藉口分手。）

千算萬算，武田滉都能獲得好處，事後更不會沾上半分麻煩。要說這個計畫有何缺點，就是望天打卦，祈禱陷阱早日發動。這種驚人的耐性才最叫人細思極恐。

（嗚呀，好恐怖的男朋友。）

「我……我真是好喜歡滉……不要搶走他啊……」

面前男女正在床上展開無碼大混戰，肖恩瞧得津津有味時，身邊的少女持續縱聲嘶叫，偏偏傳不到對象的耳朵內。

「為何我要死啊……我不想死啊……我還有好多話想向滉說啊……是不是我做得不好？哪兒不夠好？我……我會改的啊……滉……求求你望過來啊……」

（前女友在旁邊哭成淚人，男友還在和新女友脫光光滾床單，真是難得一見的奇景呢。）

（肖恩的心腸也太惡劣吧。）

（明日奈不也很冷靜嗎？）

（因為現在無論做任何事都無法挽回，倒不如想辦法善後。）

（善後？）

（畢竟佐佐木小姐是我絕無僅有的二號粉絲啊。）

二號粉絲？肖恩莞爾一笑，這不是變相承認她是一號粉絲嗎？

「明日奈？」

「啊？媽媽，甚麼事？」

倉科曜子溫柔地問道：「今天晚飯想吃甚麼？」

「漢堡扒！」

人的幸福是非常脆弱，往往一碰即碎。倉科明日奈既珍惜自己的幸福，同時不能原諒別人失去幸福。她不能原諒那種渣男，讓這個故事以BAD END收結。可是究竟要如何向那個男人復仇，卻拿捏不定主義。終究她不是執法者，無權判決他人的罪行。

待佐佐木杏珠淚水流乾後，肖恩拍拍她的肩膀：「明日奈所說的，只是其中一種可能性。保險金額那麼大，常人知道後很難不動心，萌生貪念亦很合理。可是貪財與殺人，中間沒有必然的關係。說不定一切都是誤會，男朋友從頭到尾都沒有打算殺人，佐佐木的死確實是意外。或許男朋友只是像尋常男人般花心，瞞住妳腳踏兩條船，又想不到如何提出分手，才拖到現在。因為妳意外身亡，他總算如釋重負，放下心頭大石，和現在的女朋友放飛自我。」

既無法否定，也無法肯定。倉科明日奈所有推理，終究只是假設。長長落落說了那麼多，佐佐木杏珠都是低著頭嗚咽，肖恩親近她的耳朵，輕聲道：「還是說……幫妳報仇，解決那個男人？」

對方肩膀抽動，瞳孔收縮。肖恩嘴角劃出一抹彎彎的弧度，復仇的套路老土，卻從不過時。

「不用了，這樣子就好。」

無論武田滉是不是真的有預謀殺害自己，一切都沒關係了。佐佐木杏珠整個人像是脫力，軟弱地浮起，穿透牆壁，離開武田家，漫無目的地飄蕩。

「怎麼啦？竟然選擇愛與寬恕？真是意外無聊的結局呢，一點兒也不過癮。」肖恩咬咬牙，結局與預期不同，叫她好生不滿。

尾聲

A.D. 2004/04/26

「果然參加自己的喪禮，真是難以忘懷的經歷呢！」

「對唷，佐佐木能夠這麼開心，真是好事呢。」

「昨日的我已經死去，今天的我已經重生！」

昨日出席完自己的喪禮後，佐佐木杏珠又跑回來倉科家。拋棄過往的執念與煩惱，整個人煥然一新，如同脫去舊的軀殼，變化之大令人側目。

「……財務省宣布推出新一輪的經濟改革方案，延續量化寬鬆政策以外，同時降低關稅及消費稅……」

倉科曜子聽罷晚上新聞報導，即時感到高興無比。因為消費稅直接影響著商品的價格，政府願意減稅，意味市民日常支出更省。

議員、企業經營者及財經專家各有不同看法，他們關注的層面當然比一般主婦更高更廣更遠。支持者認為新政策更加強力，有助日本經濟走出困境。是日日經指數亦反彈高收，證明市場普遍樂觀；反對者指出政府這番改革仍不足夠，尤其是遲遲不願改革勞動市場，對企業營運加強監管，長遠而言仍然治標不治本。

前世因為要代筆寫金融小說，接觸過一些經濟學書籍，所以倉科明日奈對經濟學有基本的知識，聽得懂那些受訪者提及的專門術語。即使聽得懂，但有沒有效，誰的說法靠譜，憑她那些臨急抱佛腳學來的知識並無法比較。

即使進入公元二零零四年，環球經濟尚未走出金融風暴的影響。前世自殺前，日本人可是對前景一片看好，認為新任女天皇會為國家帶來好運；偏生改元万通後，就衰事連連。最先是金融風暴摧毀國內經濟、失業率及自殺率上升，然後是超級英雄殺手突然自日本冒出，連續殺害好幾位超級英雄……去年還因為美國瘋牛症事件而禁止進口美國牛肉，與美國產生貿易糾紛。無怪乎外界謠傳新任天皇像是有走不完的霉運，登基後就害日本國運衰退。保守派趁機大造文章，舊調重彈，批判女性不應繼任天皇，企圖復辟舊有的《皇室典範》，扶立他們心儀的「新天皇」。失業的人也不斷鬧事，經常走上街頭示威抗議，社會益發動蕩不安。感慨倉科家能夠在這三年多風雨飄零下無事平安，父親有穩定的工作，今天還可以吃溫熱的飯，有小小的公寓遮風擋雨，已經是最大的幸運。

「真是恐怖呢，連三木銀行的股票都明顯受到沽壓，國內經濟下行壓力真大呢。」

生前就對股市有一定基礎認識的佐佐木杏珠，浮在身邊對國家的經濟改革發表高見。

（肖恩……）

（是？）

（怎麼佐佐木小姐還未成佛？）

（她說生前除去讀書外就啥也沒有做過，決定死後要真真正正活一遍，嘗試生前未曾體驗過的事，所以決定繼續留下來。）

飯桌上倉科明日奈狠狠用力將筷子插入碗內的米飯，光是應付肖恩已經很麻煩，才不需要再多一頭幽靈。佐佐木杏珠突然挨近問道：「倉科老師，我能夠待在妳身邊嗎？」

（誒？為甚麼？）

「因為我很敬仰老師的為人！而且更希望讀到老師的新作！」

倉科明日奈差點被米飯嗆死。

「嘿嘿嘿，佐佐木有沒有考慮加入倉科老師粉絲團？」

「咦？有那樣的團嗎？」

「剛剛成立的，順帶一提人家是一號，佐佐木是二號。」

「請問粉絲團有何活動呢？」

「暫時目標是將明日奈前世四百一十一部小說都全部閱完，好不好？」

「好主意！我數數看……紀春筠《少女心事》、仙揚舞《俠女于素靈》，還有慕容燕《緣來如此》、《玲瓏玻璃》、《浮塵女子》、《飛機師》，即是說還餘下四百零五部大作還未讀過，好期待呢。」

可惡，竟然誘導其他幽靈助攻，這算是威脅嗎？早知如此，就別隨便將前世的事說出來啊。

「全部讀完後，再請求老師寫新的小說，好不好？」

「好！」

（好妳個頭！我說過好多遍，死也不會再寫小說！）

母親就在面前，教自己不敢朝空氣說話。肖恩故意不作轉述，佐佐木杏珠注意到倉科明日奈滿臉通紅，好奇問：「嗚呀？老師生氣嗎？」

「明日奈前世沒有粉絲，今世終於有兩位，所以非常高興呢。」

「原來如此，這是害羞嗎？老師好可愛！」

（肖恩！再敢胡說八道，我就要殺了妳！）

今晚的倉科家依然非常熱鬧，女生的歡笑聲中，絲毫未有留意對面樓頂站著一頭黑色的烏鴉。對方動也不動，漆黑的眼珠穿透露臺的玻璃，注視著那位異色瞳的少女，以及身邊兩頭幽靈的一舉一動。

SP1

A.D. 2003/07/22 - 11/12

「**這塊是五元唷**。」

「小妹妹搞錯啦，這是一元，那塊才是五元。」

「誒？是這樣嗎？」

「來，給妳的，好好拿著啦。」

零食店的店員取去倉科明日奈手中的五元硬幣，結帳完畢，將糖果罐交到女孩子手上。

「明日奈。」

「是，媽媽，明日奈買到啦。」

「明日奈真聰明呢。」

撤去權能後，一手牽著母親，一手抱著零食店買回來的糖果罐，母女踏上回家的路。

（到底粗體字有啥用啊？測試幾次都沒有任何效果。）

（正正因為不清楚，才需要實驗呀。）

三歲生日後，腦海中突然覺醒，自然而然學會「粗體字」這項新能力。然而對於其用途卻非常模糊曖昧，除去知道它有強調重點、加強語氣、肯定事實以外，其他都不清楚。得知倉科明日奈的權能居然會進化出新的能力，肖恩驚訝同時非常高興，急急催促她表演一下。豈料浪費三次權能，依然未能摸清楚原理。

（惟一可以肯定，與斜體字及刪除線不同，並不是直觀型的能力呢。）

前世寫作時，參考過不少與超能力相關的資料。越是複雜抽象的能力，越是難以掌握，但卻有更大更自由的發揮空間。

（以剛才的情況為例，如果用斜體字篡改，肯定會被現實否決刪除。因為明眼人一望就知道，那是一元硬幣，而不是五元硬幣。斜體字不能憑空捏造虛構的事實，但粗體字似乎無意限制。）

（咦，說起來，用粗體字說明那塊是五元硬幣時，並沒有跳出刪除線。唔唔唔……即是如何啊？）

（或許還有我未瞭解的部分，值得更深入研究。）

回到家中，母親煮晚飯時，倉科明日奈乖乖地待在房中，拖出玩具箱，玩具倒在榻榻米上，自個兒安靜地玩耍。雖然父親雄司是課長，勉強是中產之家，但由於開銷甚大，故此家庭經濟並不理想。自己惟一能做的，就是減少家庭開支。反正精神年齡與成年人無異，故此從未主動要求買玩具。可是過度節約，反而顯得不自然。父母都誤會女兒是否勉強自己，尤其是父親深恐她太早懂事缺乏童真，所以不時用員工價，買些商場內過氣賣不出的玩具回家當作禮物送給女兒。

這番好意當然不錯，問題全部都是女孩子向的玩具，如洋娃娃、煮飯仔、小木偶等等。即使內心不喜歡，也不得不顧及父親的心情，裝作開心收下來。當然她根本志不在此，所作所為只是讓母親安心，背地裏繼續思考複雜的問題，又或通過心靈感應與肖恩聊天。

（心中有疑問懸而未解，真是好辛苦呢。明日奈，再發動權能，試試搞清楚粗體字的底細。）

（不要。）

（為甚麼？難道明日奈不在意嗎？）

（我也很在意啊，可是權能剩下的使用次數不多啊，不可以因為任性進行實驗，而全部都用光。）

（不用怕，只要願意進貢新的創作，人家就能再送更多次數。）

（我說過好多次，不會再寫小說，請別白費心機了。）

肖恩非常生氣，像小孩子般潑賴，倉科明日奈都眼不見為淨。心中默算，這些年來持續節約，也省不了多少。最初獲贈的卅一次機會，目前僅餘下三次。

「果然財富是要創收而不是節制……可是我又不會再寫小說……也不知道舊的小說能不能派上用場。不過就算想拿舊作濫竽充數，也得先找到才說。」

這番話只敢在心中想，不會向肖恩傳達。

吃飽晚飯洗完澡，九時半左右，父親就回家了。JUICE銀座廣場開幕後，一切都上了軌道，倉科雄司的工作也輕鬆不少，總算能夠早點回家。

「雄司，爸爸問我們今年回不回去老家。」

「今年不行呢。上司臨時要我參與課程，下星期要飛去鹿兒島那邊出差三個月。」

「這麼緊要嗎？」

「唉，沒辦法。就算升任課長，還是要聽上面的指示。」

倉科曜子微笑著，將預先溫熱的飯菜取出來，讓雄司慢慢吃飯。與此同時明日奈依偎在父親懷中，親暱地叫「爸爸」，哄得雄司十分高興。

「明日奈的臉蛋越來越可愛了。」

過去不怎麼親近父親，害他以為女兒討厭自己。為免這女兒控蠢蛋消沉，倉科明日奈惟有犧牲小我，全力扮演好女兒。

「不過沒關係，爸爸說明年打算復辦山祀，所以明年回去也可以。」

「山祀？」

「嗯，是村中的老習俗。不過聽老一輩的人說，好像最近幾十年都沒有辦了。」

「是類似祭典的東西嗎？」

「兒時聽老人家提過，村民將自己的莊稼獻給山神，表達感恩之意。」

「唔，不錯不錯，聽上去很有意思。」

倉科明日奈也想參觀日本農村的傳統習俗，可是要與外祖父外祖母住在一起，多少有點抗拒。更麻煩的是，她害怕思緒會被前世扯回去，頻頻被噩夢束縛。

「話說起來，無端端為何復辦？」

「這個我也不清楚呢，畢竟是傳統嘛，興許是村中的老人家突然有那個意思吧。」

倉科雄司也不是認真發問，隨便聊一聊，便低頭吃飯。

「明日奈，時間不早了，快點睡覺。」

「是，知道。」

肖恩故意橫臥在榻榻米上，嘟起小嘴裝死。可惜根本構不成阻礙，倉科明日奈照老樣子鋪下床鋪睡覺。望著女兒一切自己打理不求人，差點忘記她只是三歲的孩子。

「吶，雄司小時候也是這樣子嗎？」倉科曜子別有深意一問，雄司的筷子稍微一頓：「沒有那麼厲害。」

「這麼說的話……要不要做個測試？」

「唔？」

「那個啊，智商測試。」

倉科雄司再行扒飯，沉默好半晌後問：「假如發現她是天才，那樣又如何？」

「我不知道。」倉科雄司望望房內的女兒，轉頭放下筷子，握住妻子的手：「就算要做，也得找間安心信任的，不能讓『那傢伙』查到。」

「雄司……」

「曜子和明日奈，都是我最重視的家人。」

即使夫妻故意壓低聲音，但是肖恩依然聽得一清二楚，理所當然透過感官共享，倉科明日奈也一字不漏進去。

（吶吶吶，爸爸隱藏的祕密，真的和爺爺有關？）

（天曉得。）

父母在自己面前從來都不提，她也找不到藉口打聽，澈底無孔可鑽。

（來日方長，慢慢再說。我先睡了，晚安。）

夏去秋來，日復一日的日常，對肖恩而言是地獄，但對倉科明日奈而言卻是愜意安適的好日子。

（最近上映的電影都不好看，連當麵包屑的價值都沒有。唉，果然普天之下，只有明日奈的小說，才讓人家心情澎湃，值得期待。）

（再問一千遍，答案都是一樣。不寫！永遠都不會寫！）

都三年多了，這傢伙還不死心。一旦空閒無事，總愛纏問不休。旋而想想，前世自己還不是差不多，一條筋地追逐一個不可能實現的夢想。

十一月十二日，每周逢星期三，倉科曜子必定洗擦整個浴室。明日奈無聊地賴在榻榻米上浪費時間，突然家中的電話響起。

「明日奈，幫忙聽一聽電話，可以嗎？」

「啊。」

母親在浴室內暫時騰不出身，倉科明日奈即時應聲，撐起身步出房外接聽電話。

「居然叫三歲孩子接聽電話，想想看媽媽是不是太信任我啊……真是的。」

普通父母會這麼信任一個三歲孩子，放心吩咐女兒辦事嗎？真搞不懂他們是怎麼看待自己。

「喂喂，這處是倉科家。」

「妳好，請問是不是倉科明日奈的母親？」

倉科明日奈倏地警覺，向來撥來家中找他們一家，都是認識的人。然而這次話筒對面的人，似乎是陌生人。要直接叫母親過來嗎？抑或是……

「發動權能。」

一如往常地意識往上抽離，飛昇至異空間，下視現實世界的自己。與此同時肖恩被扯過來，一副不情願的發出怒意。

（電影正在演到最高潮的部分，發動權能前不能事先通知一聲嗎？）

（反正妳明日都會飛去電影院啦，再看一次就對了。）

（好過分喲！明日奈的血究竟是甚麼顏色？）

倉科明日奈摟住肖恩的肩膀，好言相勸起來。

（好啦，對不起唷。可是現在是千載難逢的機會，感覺靈感來了，正好趁機會進行實驗，應該能夠抓住粗體字的用法。）

（真的？）

肖恩早就對粗體字相當在意，旋即改變心情。她同樣很在意這新的力量，既然倉科明日奈此時提起，自然緊貼觀察。

「**是，我就是倉科曜子，明日奈的母親。**」

毫無疑問，這是百分百的謊言。對面聽到回答後，似乎有點猶豫，不過還是說下去：「倉科太太，我是花田幼稚園的山本老師，現在特來通知親子面試的時間。」

「謝謝。」倉科明日奈腳趾踮著地面，用力蹬高，勉強抄來一支筆及便條紙：「請說。」

「下周六，早上九時正前，請到花田幼稚園報到。我們亦另外備函，稍晚會寄送至閣下府上。」

「下周六，九時正前報到……有沒有需要攜帶的東西？」

「沒有，敝園需要的文件，倉科太太早就交齊了。」

倉科明日奈「嗯嗯」的聽著，默默記下來，再掛上電話。曜子總算從浴室內走出來，放下刷子，脫去膠手套，問女兒是誰撥來的電話。

「是花田幼稚園的山本老師打來，她說下周六九時正親子面試，之後也會有通知信寄來。」

對於女兒如此通情達理的應對手法，母親早就見慣不怪：「咦，要來了嗎？老師還說了甚麼？」

「最好提早廿分鐘左右報到。」

「看來我也要準備一下呢。」

明明面試的是女兒，但母親更加緊張。

實驗結束，撤回權能。倉科明日奈滿意地點頭，倒是肖恩看不懂方才的操作。

（未觀察性……未確定性……我大概猜到了。好，肖恩也來幫忙，接下來拿鄰居測試一下。）

最後兩次權能，就這樣爽快地浪費在粗體字的實驗上，連累之後的親子面試無底牌可用，自是另話。

SP2

A.D. 2004/04/24

今天藤原雅收到某人邀約，來到位處東京都世田谷區的倉科府邸。與藤原家及涼宮家不同，倉科家的府邸至為老舊，仍然維持百年前的模樣。傳統的日式建築物，假山與流水的庭園，顯然出自名師設計。雖則有園藝師精心保養，彰顯出靜謐之美，可惜未能予訪客安寧舒心。

「需要我陪小雅過去嗎？」臨出門之前，丈夫二馬友亦察覺到此行大有內容，主動在耳邊詢問。

「放心吧，倉科老先生總不可能對我做甚麼事。」藤原雅在全身鏡前扯扯和服的領口，手指彎彎繞起左耳窩旁的一絡長髮：「而且小友友知道，我有能力自保。」

二馬友似乎還想說甚麼，走到妻子身後，雙手手指插進腰帶去：「腰帶的結還是有點鬆，我幫你收緊一點，等等。」

「謝謝。」

「那麼我去處理女僕咖啡廳的開張準備，小雅……保持聯絡。」

「我知道了。」

只要按住和服的衣領，總會感受到丈夫自背後支持自己。藤原雅登時無所畏懼，跟隨涼宮家的傭人，來到一間會客室內。

「久疏問候，倉科老先生。」

她在榻榻米上正坐，隔著一張小圓桌，眼前那位老年男人比自己還要高一個頭，那雙如電的厲目從上而下往自己臉上灼灼盯著，甚是凌厲駭人。室內除二人外再無別人，藤原雅不會正面對抗，故意不與對方雙目接觸，半瞇起雙眼微笑。

「前聞倉科老先生出院，今見身體壯健，實在可喜可賀。」

話像是說得輕鬆，但不是所有人都敢在他面前這樣說話。畢竟對方乃日本七大財閥之一的倉科家家主，同時亦為倉科集團董事長兼社長。對於年逾六十多的倉科源太郎（げんたろう）而言，藤原財務大臣長女亦只是區區一介小丫頭。老人家客套一番，同時親自煎茶。上品茶葉配上一流手藝，甚是了得，可惜藤原雅無心情品茗。老人家放下茶壺，右手執起一個公文袋，推至客人面前。雅大約猜到內容是甚麼，不過還是禮貌性詢問。

「儘管拆開來看看吧。」

公文袋內最上是一份ＤＮＡ鑑定報告，證明兩份受測樣本有祖孫親緣關係。然後下面還有大量日常生活相片，主體都是倉科明日奈那丫頭。藤原雅自然對象中人不會陌生，按捺住心中的激動，同時慨嘆這一天終於到來。

「明日奈是怎樣的孩子？」

出於說話者的身分，以及他的企圖，這句話絕對不可能是普通的閒話家常。藤原雅沉默半晌，猜度老人家這句話背後的意思：「放心，是一位健康的好孩子。」

「我是想問，她有沒有潛質。」

「甚麼潛質？」

「成為倉科集團繼承人的潛質。」

是福不是禍，是禍躲不過。藤原雅聞言，心想終究裝不下去，仍然淺淺一笑：「只不過是三歲的小孩，怎麼可能那麼早就知道呢。」

「如果只是普通的三歲小孩，又何需勞煩閣下親自高姿態重視呢。」

倉科源太郎早就準備另一批相片，推至她面前。打從三年多前起藤原雅和涼宮遙與倉科一家飯聚、安排司機南先生接載往機場前赴京都、委託土御門家的陰陽師上門假裝表演作法……全部一個不漏被對方捕捉至照片內。

「明日奈肯定繼承雄司的『才能』，對吧？」

打從倉科源太郎突然派親信暗中邀請自己上府，一副神神祕祕的樣子，便猜到對方多半知曉明日奈的存在。憑倉科財閥的勢力，掌握長子雄司的消息，根本是時間問題。沒有直接戳破，單純看在藤原家及涼宮家幾分薄臉。藤原雅千算萬算，就是算不出對方的目標，已經換成明日奈。從飯聚的鏡頭，顯然是行程被誰截獲，事前布置偷拍相機，將他們的聚會過程都收在相片上。

藤原雅吟笑道：「哎呀，松阪西餐廳的廚子手藝真的不錯，可惜要踢入黑名單。」

「只是服務員做得不好，廚子是無罪的。將毒瘤踢走，挖走廚子，照樣可以吃好味的食物。」兩邊都在假惺惺地繞花園，藤原雅感到龐大的壓力，一刻也不想再對著這位老頭子。然而又不能輕易撕破臉，給藤原家添麻煩。

「就算如此，那樣又如何？越是厲害的廚子越有個性，怎麼可能說走就走。」

「不試試的話，很難說呢。總之先安排我們見一面，說不定願意跟著走。」倉科源太郎溫厚道：「人望高處，我希望他能在更大的廚房裏工作，不好嗎？」

「那是廚子的本人決定，輪不到我作主。」藤原雅淡然笑道。

「雅肯定有辦法的。」倉科源太郎突然壓低聲音道：「重山合資會社那邊，藤原家也不想讓文月基金得手吧？」

藤原雅皺起眉頭，心想這老頭子祭出這大殺招，真的夠狠。表面上是派糖果，潛台詞是若然拒絕，就換成鞭子。下台階早就準備好，要是再不識時務，掃了老人家的興，肯定吃不完兜著走。

「倉科集團不是對那件事沒有興趣嗎？」

「現在改變主意了。正好拿來考驗一下，明日奈有沒有擔任繼承人的資格。」

在私，藤原雅完全不想安排倉科源太郎與明日奈會面；在公，藤原家及好幾位國家高層，都不樂見文月基金收購重山合資會社，正於暗中與政界及商界密謀，設法阻撓交易。如果倉科集團橫路殺出來，無疑能夠對文月基金帶來沉重打擊，甚至成為最有力的競爭者。只能說薑是老的辣，打蛇打在七吋上。兩相權衡下，雅絕對不可能無視家族以至國家利益，推掉這個「請求」。然而在此之際，她不得不先確認一件事。

「繼承人?倉科老先生認真的嗎?明日奈不過三歲……」藤原雅猶以為自己幻聽，不過對方肯定地點頭。倉科源太郎故意抽出一張照片，輕撫相中的女孩子，流露出志在必得的目光道：「明日奈小小年紀卻很有氣質，充滿大人風範。不禁想起當年，雄司也是四、五歲就展露出自己的才華。雅應該明白，教育應該從小就開始抓緊，長大才會變成優秀的人。」

真虧他有臉說這些話，也不知道他的「英才教育」是如何摧毀自己的孩子。倉科家三子一女，全部都有問題，否則這位老人家不會後繼無人，盯上自己的孫女。藤原雅不願直戳其非，絞盡腦汁後，只得委婉問道：「倉科老先生不怕家族其他人反對？」

據藤原雅所知，倉科家上下都是利慾薰心之輩。迫於現實各種形勢，他們表面上聽令雄太郎，暗中覬覦著其家業及財產。要是知道半路殺出程咬金，老頭子找來一位外面的孫女當繼承人，肯定鬧起無數風雲。

「放心，目前他們還不知道。」倉科源太郎半瞇起眼睛，自信滿滿地道：「在此之前，我會先作好萬全的準備。反正那批烏合之眾，根本辦不到甚麼事。」

避得開初一，逃不過十五。倉科源太郎定必要搶回孫女明日奈，故意向藤原雅說明，就是先禮後兵。背負藤原家的重擔，雅無法堂堂正正向源太郎說「不」。既然無法化解，那麼只好想辦法，將影響減至最少，以及從中獲取最大利益：「好吧，我會儘快幫倉科老先生準備。」

聽得對方態度軟化，倉科源太郎轟然大笑：「那麼我也得好好準備送給乖孫女的生日禮物呢，呵呵呵呵呵。」

SP3

A.D. 2004/04/20

北海道一塊廣袤無垠的牧草地，遍野盡處是防風林，擁抱著成群牧牛低頭吃草。這個牧場由稻田先生及其兒子經營，二人每日的工作，就是放牛牧養，檢查牛隻健康，清洗牛棚，整備乾糧……日復一日，簡單、樸素而充實，與其他牧場毫無區別。

規律的生活於昨晚突然打破，稻田家的兒子急急駕車衝出市區，大約於翌晨時分才回來。車上載著一位穿著名牌定制西裝的男人，打從皮鞋踩在農村的田地上，就與四周格格不入。明明是外來人，卻比主人家更傲慢。走在稻田兒子前面，往某處邁開步伐。那怕是稻田先生亦恭謹出迎，朝他深深一揖。

「早安，文月先生。」

「閒話免了，情況如何？」

「快要生了。」

男人加快腳步，稻田父子默默跟在後面，話也不敢說多句。三個人來到一間獨立的小屋前，除去一道門外，連窗戶都無半個，澈底密封。稻田先生掏出鑰匙，熟稔打開門。男人走進去後，稻田兒子再三打量四周，肯定無人時，才緊閉門口。

天花板上垂下一個小燈泡照明下，可見屋內地面鋪滿稻草秸稈，為一頭母牛作墊。牠哞哞低鳴，聽聲音似乎非常痛苦。

「昨夜發現母牛不停轉來轉去，動作不安靜，我就覺得牠快要生產了，就立即命犬子通知文月先生。」

「做得好。」

之後沉默支配小小的斗室，三人一言不發，靜靜目睹新生命的誕生。

牛犢生下來了，可是完全不可愛，而且非常恐怖。牠似乎想用四肢撐起身體，不過怎麼樣都是趴下來。最為驚嚇的，是牠挺著一張人類的臉孔。

「文月高丸。」

人非人牛非牛，奇怪的異物，正在竭盡全力抬高頭部，用撲克牌的臉，毫無情感地望向文月吐話。

「倉科明日奈……會摧毀你畢生的事業……」

稻田父子臉色驟變，惟有文月一臉平靜，連眉毛都沒有皺過半分。

人面牛犢吐出這句話後，就此倒地嚥氣。男人不發一言，轉身準備推門出去。稻田先生一直低著頭，照老樣子準備善後。

「文月先生。」稻田兒子忍不住出聲，稻田先生嚇得肩膀顫抖，連忙走過來扯住兒子。不過他硬是推開父親，繼續問道：「文月先生有何打算？」

件的預言是絕對的，既然知道了，就得想辦法處理。」男人沒有回頭，推門外出。他掏出手機，撥出一個號碼：「喂，是我。無論如何，立即給我找一個叫倉科明日奈的人。」

後記

小時候香港亞洲電視曾經播放一套電視劇集《郎心如鐵》，年代過於久遠，只能隱約記得模糊的劇情：男主角為錢途戀上富家千金，其想與之結婚，為此必須先除掉原本的女朋友。他藉詞與女朋友去泰國旅行，然後在她身上放入毒品，陷害入獄。猶幸泰國某將軍傾慕這位女朋友，於行刑處死前救出她，同時娶為妻子。原女友便利用新的身分回到香港，向男主角進行報復。

傍上有權有勢的老公，逆襲渣男小三，怎麼和現在中國那些流行的女性愛情小說相差無幾？好吧，那些都不是重點。小時候對於其中換成新的身分，展開新的人生感到無比憧憬，覺得這樣子挺不賴嘛。這個想法隨年齡的增長而慢慢醞釀，進一步深化為「帶著前世記憶轉生，變成富家千金小姐，倚仗權力、財富及美色進行復仇」，以此為底本的故事越加鮮明具體。後來寫作武俠小說及推理小說時，便先後變成任天道／涼宮茜與張仲恆／倉科明日奈兩位主人公的故事。

大學時全心投入構思《全知之魔女》故事時，原稿寫完又改改完又寫，總是未如理想，白白虛度光陰。反而前面提及的轉世復仇故事再次浮上來，於是拿出舊稿，嘗試把涼宮茜及倉科明日奈兩個背景相仿的故事合二為一。因為是以推理為主，武俠為輔，明日奈就此成為第一女主角，茜安排為第二女主角，《觀劇之魔女》的大概脈絡就此誕生。

依據主線年表設定，《溯迴之魔女》第三集預定發生於公元二零一八年，講述馮子健在蘇聯潛伏行動，繼而與其他幾位魔女交集，為此有必要交代她們的故事。於是《溯迴之魔女II：一個都不留》完成後，便把過去的原稿統合重構。

《變幻之魔女》是二戰時代「變幻」之魔女亞加米拉的故事，年代比較遠，而且太硬核。寫得辛苦，讀者亦未必喜歡看。《全知之魔女》尚未有滿意的起源，何況第一集是公元二零零八年的故事，倒不如先跳回去公元二千年，以《觀劇之魔女》起頭更好。如是者最先擺上日程，快速動筆了。

最初向秀威的編輯齊安兒說明《觀劇之魔女》，率先交上首三集的大綱：第一集是倉科源太郎設局考驗明日奈有否繼承人的資格（幼稚園年少組）；第二集是涼宮茜車禍後恢復前世記憶，在明日奈及詩葉的協助下尋找車禍的真相（幼稚園年長組）；第三集入讀小學保護公主搗破祕密入侵校園的恐怖分子（小學一年級）。

反來覆去檢討好幾回，角色很多，故事跑太快，讀者肯定難以吸收。為何不花多點筆墨，好好鋪陳故事，交代角色間的成長、想法及矛盾呢？如是者大幅度擴充前置內容，補充各人的背景來歷、異能的用法，以及各種人際關係及世界觀的伏筆。原本的第一集往後推變成第二集，聚合串聯為日常奇幻的短篇推理。吸收之前同系列兩部著作的經驗，嚴謹拿捏全書的字數；由於不是用作參加比賽，寫作時更加不拘一格，隨心便性。由於日常演出及交代過多，多少削減了推理的元素，深感抱歉。當秀威審稿完畢，居然真的接受並安排出版，讓筆者有幾分汗顏。

根據本人努力調查，目前推理小說史上最年幼的偵探是小學生。換句話說由不足一歲的嬰兒時代起便參戰，從幼稚園起大活躍的明日奈，毫無疑問突破下限，成為推理小說史上最年幼的偵探役主角，還是極為罕有的TS性轉換偵探主角。頂著這兩個頭銜，得更加努力，不要有辱眾多推理界名前輩。祈願這部混合異想天開的推理小說，能夠得到各位的接納與支持，將來第二集也能帶同三歲的明日奈與大家見面，謝謝。

補充：畢竟人是有極限的，假如有讀者發現其他推理作品中，有偵探役的主角年齡比明日奈更幼小，請不吝告之！

要推理93　PG2623

要有光 FIAT LUX　觀劇之魔女

作　　者	有馬二
繪　　者	Demahmw
責任編輯	喬齊安
圖文排版	陳彥妏
封面設計	王嵩賀

出版策劃	要有光
發 行 人	宋政坤
法律顧問	毛國樑　律師
印製發行	秀威資訊科技股份有限公司 114台北市內湖區瑞光路76巷65號1樓 電話：+886-2-2796-3638　傳真：+886-2-2796-1377 http://www.showwe.com.tw
劃撥帳號	19563868　戶名：秀威資訊科技股份有限公司 讀者服務信箱：service@showwe.com.tw
展售門市	國家書店（松江門市） 104台北市中山區松江路209號1樓 電話：+886-2-2518-0207　傳真：+886-2-2518-0778
網路訂購	秀威網路書店：https://store.showwe.tw 國家網路書店：https://www.govbooks.com.tw
總 經 銷	聯合發行股份有限公司 231新北市新店區寶橋路235巷6弄6號4F 電話：+886-2-2917-8022　傳真：+886-2-2915-6275

出版日期	2021年10月　BOD一版
定　　價	350元

讀者回函卡

Printed in Taiwan

國家圖書館出版品預行編目

觀劇之魔女/有馬二著. -- 一版. -- 臺北市 :
要有光, 2021.10
面； 公分. -- (要推理 ; 93)
BOD版
ISBN 978-986-6992-93-3(平裝)

857.7 110015517